BAYUE
SHUISHAN

八月
水杉

徐逢 著

广西人民出版社

图书在版编目（ＣＩＰ）数据

八月水杉 / 徐逢著.—南宁：广西人民出版社，
2015.11

ISBN 978-7-219-09532-4

Ⅰ.①八… Ⅱ.①徐… Ⅲ.①长篇小说-中国-当代
Ⅳ.①I247.5

中国版本图书馆CIP数据核字（2015）第191186号

监　　制	白竹林	
责任编辑	梁凤华	
责任校对	周月华	
印前制作	麦林书装	

出版发行	广西人民出版社
社　　址	广西南宁市桂春路6号
邮　　编	530028
印　　刷	广西大一迪美印刷有限公司
开　　本	880mm×1230mm　1/32
印　　张	10
字　　数	232千字
版　　次	2015年11月　第1版
印　　次	2015年11月　第1次印刷
书　　号	ISBN 978-7-219-09532-4/I · 1818
定　　价	28.80元

目录
CONTENTS

黑夜如一条深沉的长河，每一滴水都承载着回忆。河水缓缓流淌，发出一声悠长的叹息。

汛期时半截浸泡在江水中的杉树，根系牢牢抓住土壤层，既起到了防护作用，又保证了它们在水中屹立不倒。待到汛期结束，它们的下半截树干上残留着浓重的水渍，除此之外，它们风姿绰约，甚至比汛前更胜一筹。

冬季，羽毛般的黄色落叶，将溶解于土壤中，化为养分，滋养自身。

杉树，是冯城了解的，一种能随着外界条件的变化而自我调解的植物。

在一起多年，因为习惯接受，因为懒于付出，渐渐忽略对方，无论是他喜欢吃的东西，还是一些细节流露出的变化。等到他爱上别人，或是对自己失去耐性，又觉得无限委屈。懒人的爱情，大概就是这样的吧。

有些感觉不能跟任何人分享，只能自己去体会。

第九章 飘忽的爱人 / 150

她已不再是从前娇嫩明艳的少女，而是一名少妇。她的人生也不再是一杯清冽可口的果汁，而是一瓶正在酿造中的葡萄酒。她破皮榨汁，饱经痛苦，但还未抵达脱胎换骨的高度。

第十章 初冬冷雨夜 / 168

方雨馨这株温室植物，在上海初冬寻常的冷雨夜里，蓦然苏醒。

第十一章　泥沼上的温室 / 188

自己的命运自己来掌握，是喜。而他为了这个，竟能如此自私，如此残酷，是悲。宋逸尘看到了自己的恶，这是他一生中头一次，或许也是唯一一次看到自己最坏的那一面。

既会问自己后不后悔，已说明她心中隐藏着悔意。这悔，是对孝字的困惑，也是对牺牲二字的怀疑。

第十二章　一场交易 / 212

江水退去，水杉林会奇迹般重现，树干上多日不褪的水渍，是它们曾经历恶战的纪念。这纪念也不是恒久的，终于，水渍消失，水杉长得更高更粗。洪水只是让它们的根系向地下伸展得更深更远。在如何适应环境方面，水杉自有一套本领。

第十五章　爱很简单 / 281

每个人都有苦衷，每个人都有选择，每个人都为自己的选择付出了代价，每个人活下来，都是劫后余生。

宛如一道清冽的溪流淌过心田，宛如一缕暖风拂过心头。在沈墨对方雨馨的低声咒骂声中，冯城脸上竟绽开了笑容。从前他爱的是一个梦影，现在他爱的是方雨馨。多么简单的事，他竟花费了这么久的时间才搞清楚。爱情从来就不复杂，复杂的是人，想得太多，做得太少。

第一章　她从康城来

她坚持了多年的某些东西，忽然之间就放弃了。忽然之间，过去九年像一场梦，父亲离开了，她的梦就醒了。

1. 倾国倾城的城

天色亮得不正常，空气中蕴藏着危险的信号。果然，一阵风吹到她身上，天就暗了，大雨忽至，街上行人退潮一般迅速减少，大概都像她一样，退到最近的沿街店铺中避雨了。

进店后方雨馨才发现，这是一家咖啡馆，一家典型的康城特色的咖啡馆：以咖啡为名，卖各种饮料、点心和简餐，咖啡倒成了附带经营的产品。

店堂很窄，光线暗淡。她定神看了看，除了一个弧形的玻璃橱柜，以及与之相连的收银台，店堂一楼所余空间，几乎全被一架旋转上升的楼梯给占据了。

"楼上有座位吗?"她问低头看手机的收银小姑娘。

"有。这里先点餐买单。"

她看看餐牌，毫无胃口，点了杯最便宜的红茶，付钱后接过那杯泡了立顿红茶包的饮料，沿着狭窄的木质楼梯走上二楼。

跟一楼的逼仄相比，楼上算得上豁然开朗。灯光明亮，落地玻璃橱窗和有波纹褶皱的白色窗帘、圆形小餐台、零散几桌客人，配合着窗外哗哗雨声，颇有几分情调。

咖啡馆并不小，估计一楼除了她刚才看到的，还有一部分隐藏起来，用作厨房和储藏室。

方雨馨在靠窗处坐下。木质椅子小了点，又硬，坐着并不舒服。将就些吧，她劝自己，望着窗外的雨景发呆。

室外暗如黑夜，雨水冲刷在玻璃窗上，窗上映出她的脸。

一阵娇俏的嬉笑声传入耳，随即是"噔噔噔"鞋跟踩在木头楼梯上的声响。眨眼间，三名时髦漂亮的女郎出现在方雨馨的视野内，像三朵流动的鲜花，移植在她斜对面的餐台边。

她们没注意到她，她的心脏却跳得很不正常。

女郎们低声谈笑着，但具体内容被雨声、空调的"嗡嗡"声给淹没。方雨馨捧起茶杯，假装喝茶，迅速地朝她们看了一眼。

她看到两个姑娘的侧影和一个姑娘的背影，视野右边露出侧脸的女郎，修剪精美的短发，在耳边留下一个优美的弧度，露出她的左耳，以及耳郭靠近耳垂处的一颗黑痣。

方雨馨一惊，茶杯里的水洒了出来。她放下茶杯，顾不得窗外是否下雨，起身冲到了楼梯口。

"啪"，灯全灭了。她不管不顾继续往下走，差点撞到正上楼的人身上。

"啪"，灯又亮了。眼前的男子，居然也有几分面熟。

她努力想挤出微笑，淡定地同他打个招呼。但她担心身后那帮人认出自己，嘴巴张了张，什么也说不出来，耳边偏偏还传来窸窸窣窣的衣裙声、脚步声，以及女孩的说话声——

"您的咖啡。"

闻到咖啡的香气，方雨馨心神一凛，醒转了过来。

方才的遭际发生在梦境中。此刻，她正在飞往上海的飞机上，早已将春雨蒙蒙的康城甩在了数百公里之外。

"女士，需要什么饮料吗？"见她睁开眼，空姐轻声询问。

方雨馨要了杯纯净水，喝了一口，觉察到邻座在看她，目光一闪，正好与对方的视线相撞。

她扭过头，看到邻座耳郭上的一颗痣，不自觉地笑了笑。康城的雨，机舱邻座男孩的外表特点，混搭着进入了她的梦境。

邻座问："你是去上海吗？"

搭讪水平着实差劲。方雨馨瞟一眼男孩，很干净俊朗的模样，很阳光。她想快速甩掉那个梦，便同那男孩聊了起来。

"是啊！这趟航班中途会停吗？"

邻座笑起来，脸色微红。

"不会不会，是直飞上海。对不起！我不会说话，你别介意。"

说完他自我介绍道："我叫冯城，二马冯，倾国倾城的城。认识你很高兴！"

方雨馨说："很少听到人这样介绍自己的名字。城市的城不好吗？倾国倾城，一般形容女人。"

"你是说褒姒吗？"冯城接过她抛来的话题，兴致勃勃地说起周幽王和褒姒。

"我觉得周幽王是个情圣。为博心爱的女人一笑，让她开心，什么都不顾，什么都可以放在第二位，这是真爱啊！倾国倾城不一定指女人的容貌，也可以指男人为爱情掏心掏肝的魄力。"

"什么都不顾……是真爱?"

方雨馨的眉头蹙起，又展开。要么冯城太单纯，要么他是故意这样说，博取女人欢心。不管是哪一种，这男孩都不令人讨厌。

至少，在方雨馨认识的男性中，还没有一个人会如此表态，哪怕只是为了哄她开心。

空姐提醒乘客飞机即将降落时，冯城才想起来，他还不知邻座女郎的芳名。

方雨馨爽快地与冯城交换了电话号码。她知道，在资讯发达的现在，一个手机号码，就能让你的生活变得有据可查。偶然邂逅的人，实在没必要留下联系方式。但，如此谨慎，又有多大的必要呢?

假如你真心想躲起来，即便你曾将一切都交付给某人，只要你下定了决心，也可以藏得好好的，让他以为你从人间蒸发。

假如对方穷追不舍，这么做的难度要大一些。但在一定时间内，少则几天，多则几年，总是能办到的。

雨馨想着心事，顺手戴上了墨镜。

冯城看出她态度的改变，知趣地闭嘴不言。下机后两人挥手告别，冯城发现，方雨馨待他，俨如从未交谈过的陌生人。

2. 小白花

上海公司派来接机的是名面相忠厚的中年男子，话不多，车开得很稳。方雨馨同他不咸不淡地聊了一会儿，知道上海公司已在写字楼附近替她租了公寓。

"效率挺高。现在我能去那儿吗?"

司机说:"高老师让我把您送到汤臣洲际，其他我就不知道了……"

高老师名叫高新华，是盛氏老板的大舅子。方雨馨取出手机，打算跟蔡宇恒通通气，先看到的却是几条未读短信。其中一条来自冯城，上面写着:"很高兴认识你! 我想再次见到你，不知算不算打扰?"

方雨馨没有回复，点开手机 QQ，向蔡宇恒报告了自己的情况。

知道高新华的安排，蔡宇恒表示满意。上海公司和蔡氏其他分公司不同，有两大股东，占据49%股份的，是盛氏的老板盛钧。合作当然是为了赚钱，盛氏缺资金，蔡氏觊觎上海市场，双方一拍即合，半年前便有了这个蔡氏上海分公司。

——也有了蔡宇恒和盛钧的女儿盛佳琪的相识相恋，有了方雨馨的走马上任。

蔡氏的人都知道，方雨馨是蔡宇恒的忠臣。一男一女，相识于微时，工作上的配合又非常默契，怎么看，他们都像是一对情侣。绯闻流传已久，蔡宇恒绝不屑于解释这种事，方雨馨则多一事不如少一事，两人态度如此，久而久之，绯闻就成了秘闻，高深莫测，旁人提及他俩，反而不敢信口开河。

高新华在酒店门口迎候新来的方总。

见到方雨馨时，高新华的第一反应竟有些失望。方雨馨打扮得简单、素净，不如照片上的形象漂亮。有些人不上相，得看她举手投足、一颦一笑的动态；有些人上相，其实是木美人。比如方雨馨。

不过，高新华情愿跟木美人共事。失望之余，他也感到一阵轻松。

"方总先在酒店屈就一晚吧！房子已经租好了，卫生工作也做了一遍，但房东配的洗衣机和冰箱都很差劲，我叫他重新换过，明天才能到位。"

方雨馨谢过他，但婉拒了晚上一起吃饭的邀请。分公司一共十个人，她已见了两个，余下的，既是同事，她更希望在工作场合与他们相见。

"饭总要吃的嘛……"

"不吃了。我不饿。"

方雨馨收起笑容，责备地看了高新华一眼。就这一眼，让高新华的心惊了一惊。

他望着转身走向前台的方雨馨，脊背挺直，发间有白光若隐若现。

高老师到底是高老师，精通人情世故。他追了上去，抢着接过服务员递来的房卡，再恭敬地转交到方雨馨手里。

"那你好好休息吧！明天见。"

高新华曾听人说过，旅行的开始，若是遇到一场葬礼，整个旅途都很顺利。迷信又细心的高老师，没忽略上海分公司新老总别在发间的小白花。他不知方雨馨是为谁戴孝，但他忽然就理解了蔡氏公司对方雨馨的议论，也在这数分钟的交谈中，领教到了方雨馨的特别之处。

木美人？冷美人还差不多。不管方雨馨是什么来头，似乎都不可小觑。高新华随即又想到他那任性、傲气的外甥女盛佳琪，不禁摇了摇头。

方雨馨取出乐扣盒子吃了块蛋糕卷，给嫂子李蕾打电话报告平安，顺便赞美她做的点心美味可口。

"你喜欢吃，以后我做磅蛋糕给你快递过去。那种蛋糕可以多放几天。"李蕾很高兴。

方雨馨谢过她，换了个话题。

"我妈还好吧？"

李蕾声音压低了一点，"还行。你走后她哭了一场，说对不住你。"

方雨馨知道，母亲说的肯定不止这一点。

从决定回康城那刻开始，方雨馨就做好了跟往事聚首的心理准备——准确地说，她并没什么准备，只是知道自己必然会面对这些。

二十一岁离开康城，二十二岁离开上海，每一天她都告诉自己，最好不回来，最好能忘记。这很难，但她几乎做到了。

一个多月前，蔡宇恒同她提起上海公司的职位，那时她还非常抵触，蔡宇恒却说，他实在想不出别的人选。蔡氏和盛氏合作之前，盛钧在上海的业务做得还很不错，合作之后，居然一个订单都没接到。蔡宇恒要她去坐镇，看看情况究竟如何。

方雨馨知道蔡宇恒的心思，但他们认识多年，蔡宇恒也知道她向来避讳去上海。

我考虑考虑吧。她说。这话是婉拒，但也给彼此留了点余地。

没过多久，从康城传来她父亲病危的消息。

这些年来，方雨馨跟父母都只在北京或深圳相聚，还没回过康城。但这一次，她必须回去。她知道，父亲人限已到。

既然能回康城，又有什么理由阻止她去上海呢？向蔡宇恒告假的同时，方雨馨接受了上海公司的职位。

她坚持了多年的某些东西，忽然之间就放弃了。忽然之间，过去九年像一场梦，父亲离开了，她的梦就醒了。

手机屏幕亮了一下，接着传来悦耳的铃声，屏幕上出现冯城的名字。

雨馨想了想，接通电话。

半小时后，她换了身装束，来到酒店门外。

3. 社区小店

冯城下机后本应直接前往川沙，在逸凡玻璃公司附近找家酒店住下，以便明早准时跟宋总会谈。但他刚上地铁就接到宋逸尘的电话，会谈时间改在了明天下午，这样一来，时间充裕得很，冯城当即改变计划，用手机在网上搜到他去年住过的一家经济连锁酒店，订好房，下地铁后叫了辆出租车直奔目的地。

在一个路口等红绿灯时，冯城看到一部黑色沃尔沃轿车。

后车窗开了一半，坐在车里的人垂着眼帘，只看到她的上半部侧脸。

是她！方雨馨！是他在飞机上认识的女子！

冯城听到心里轰然一响。奇怪，我怎么又看到她了？

直行绿灯亮起，那辆车很快消失在前方车流中。冯城在突如其来的震撼中不知所措，过了会儿，他才想起他有方雨馨的手机号，立刻搜了出来，发出一条希望再见一面的短信。

抵达酒店办好入住手续，冯城像只困兽在狭窄的客房中走来走去，不耐烦地接了几个电话后，他忽然明白了：之所以坐立不安，只因他没有收到方雨馨的回复。

这太过分了。他竟然会在意这种事！而对方不过是他在飞机上偶然认识、几乎完全不了解的一个女人。

当然，这个女人有些特别。比如，她看上去非常面熟。比如，她微笑时的表情，会让他的心跳加速。

冯城拨通方雨馨的电话，结结巴巴地提议一起吃饭，没想到对方一口答应下来，见面地点也离他相当近。

冯城立刻安定了下来。

半小时后，他见到了方雨馨。后者取下了鬓边的小白花，换了件奶油色羊绒外套，整个人都鲜亮了。

"嗨，我在车上就看到你。"冯城的开场白还是很差劲。

"是吗?"方雨馨漫不经意地瞟了他一眼，"我们去吃什么?"

冯城本已想好，要请方雨馨吃西餐或日式料理，吃什么不重要，关键是环境清雅，便于谈话。

被方雨馨这样一问，他脑子里一根线路搭错，脱口而出的却是："我想到一间小饭店，但要走一会儿，不在街面上，在一个小区里。去年我来上海时莫名其妙地撞进去一回，很特别，只是不知道现在还开没开——"

说到这里他心虚起来，低头看到方雨馨穿的是双平跟休闲鞋，又踏实了些。

"要是带你跑了冤枉路，你就罚我，随便怎么罚……"

方雨馨笑起来。

"随便走走吧，只当散步。"

冯城满面通红，和方雨馨并肩朝十字路口走去。在淡然自若的方雨馨面前，他自觉说什么、做什么都显得有些幼稚。

不过，两人就这样漫步在三月的黄昏，看着夜色渐渐低垂，路边行人步履匆匆，说什么似乎也无所谓，就这样慢慢走着，不说话，也无不妥。

穿过几条马路，冯城带方雨馨拐进一个老式小区。

天已全黑，市声被隔断在小区外。方雨馨没想到，这儿倒是一个闹中取静的所在，只不知冯城所说的饭店在哪里。她刚要开口，冯城兴奋地低呼一声："太好了！"

方雨馨朝他手指的方向望去，前面一楼有户人家的大门开着，晕黄灯光从屋里泄出来，一缕淡淡的炒菜香也扑了出来。

"你确定吗？看不出来，你还知道这样的小店。"

她猜测这儿藏着一位民间高手，擅长做简单家常菜，还会几道复杂菜式，菜的味道和店堂布置，能够满足孤身在外者对家的渴念。等她跟着冯城进了店，才发现不是。

店里，或者说屋子里，两张圆桌旁，零散地坐着几名小学生，每个人面前的碗筷都不一样，菜式倒差不多。隔壁房间的门半掩着，灯光明亮，雨馨朝里张望了一眼，看到一张长桌子，桌旁也坐着几个学生，正在聊天或做功课。

原来，这是一家学生托管点，专为一些家长较晚归家的学生提供服务，可以称之为托管中心，也可以称之为学生小饭桌。

"来了？"厨房里探出个脑袋，冲冯城打了声招呼。

"嗯，有好吃的吗？"冯城问。

一问一答，不像厨师和顾客，倒像是亲友在聊天。

那个人又探出头，朝方雨馨看了两眼。

"两个人？你们自己过来看吧。"

冯城带方雨馨去看厨房外的冷藏柜，里面只有两根黄瓜、几颗孤零零的青菜、三只土豆和一个花菜。

"哦，"那个脑袋又从门边探出来，"荤菜有的，有腌好的牛排，要吗？"

"要的要的！荤菜素菜都要。"

冯城连连点头，又跟那人说："我们先进去坐了。"

他领着方雨馨绕过那两张圆桌，推开一扇小门，手摸到墙壁上的电灯开关，回头冲方雨馨笑道："这是天井改造的小包间，还不错吧？"

方雨馨点头，坐进藤桌旁一张垫了垫子的藤椅里。

"真没想到，看上去还挺有文艺气息，像咖啡馆。"

她环顾四周，对这家奇怪小店的老板产生一丝好奇。但她更好奇的是冯城。

"你不是本地人吧？怎么会知道这种地方？"

"恐怕连本地人都不知道，这里不仅做小朋友的晚餐，还可以开小灶烧精致小菜。"

他压低声音，"厨师大叔，我看是个有故事的人。"

方雨馨笑而不语。这个冯城，故作玄虚，看他怎么把话说圆满吧。

"他像那种孤独的美食家，每道菜背后都有一个故事。他开店不为赚多少钱，客人都是经过筛选的，得合他眼缘，他才愿意做菜给他们吃。"

方雨馨笑道，"好吧有缘人，我现在很饿，只想马上尝到孤独美食家做的精致小菜。"

冯城呆了一呆，为"有缘人"这三个字。

他想说点什么时，门开了，一名四十多岁的女人端着盘炒菜进来。

菜是黑木耳肉片炒花菜，极其普通，却也清爽。女人浅浅笑着，略显疲倦。

她进进出出，又给他们端上油淋青菜、小圆面包、黄瓜土豆拌的沙拉。最后是两份煎牛排，配上颜色诱人的黑胡椒酱。

"菜齐了，你们慢慢吃吧。"

女人退出，关上小包间的门。透过隔窗，方雨馨看到女人和来接孩子的学生家长打招呼、挥手告别。被冯城称为孤独美食家的大叔也出了厨房，端了两只碗放在圆桌上，待女人忙好，两人一起坐下，享用他们的晚餐或是夜宵。

蔬菜新鲜，牛排煎得很嫩，黑胡椒酱的滋味调得很好。方雨馨和冯城很快沉浸在单纯吃饭的快乐中，忘了门外的两个人，也忘了寻找话题谈天说地。

饭后，负责上菜的女人捧上两杯香气迷人的咖啡，请两位品尝她亲手做的爱尔兰咖啡。

"加的不是威士忌，是法国干邑白兰地。两位慢慢喝，慢慢聊，我们不急着打烊。"

4. 绕不开的康城

分手后冯城才想起来，他和方雨馨在一起时，谈论的多是各地美食、和美食有关的各地风土人情。像这样的话题，最适合陌生旅伴之间用来打发时间，可以谈许多，却仿佛什么也没谈。

冯城这次来上海，是与宋逸尘的公司谈合作。宋逸尘在川沙有一家名为逸凡的玻璃加工厂，两年前就接下了康城四季酒店玻璃外墙项目。而冯城的母亲，去年在康城开发区收购了双城玻璃加工厂。四季酒店的项目建设，因种种缘故中途停了一阵子，眼下又重新开工了。酒店在引进新的投资后，修改了玻璃外墙的设计。这一修改，恰恰碰到了逸凡玻璃公司现有设备的技术短板。

当然，这一点，四季酒店并不知情。

要解决这个问题，逸凡玻璃公司需要斥巨资引进一台新的加工设备，或者干脆将相关的加工任务转包给同行。宋逸尘斟酌一番后，选择了后者。冯城此行，就是同宋逸尘商谈将四季酒店的项目发包给双城公司的具体事宜。

在逸凡公司宽敞的办公室里，冯城见到通过多次电话的宋逸尘。

这是一名正值盛年的男子，跟冯城一样，都跟康城有些渊源。宋逸尘很早就将事业重心定在了上海，但在康城，他还有不少人脉。两年前他排除万难，战胜康城本土和临市的十几家玻璃加工厂，得到四季酒店的订单，如今转发给一名新手，虽是出于多方面考虑才做出的选择，多多少少还是有点不放心。

他和冯城东扯西拉，就是不谈正事，有意等对方露出急相。冯城却顺着他的话，从官窑、钧窑的收藏，聊到古董生意经，又聊到《盗墓笔记》。若非沈墨进来，这篇漫无边际的闲扯，还不知到哪里收尾。

看到沈墨，冯城立刻从沙发上站起来，朝她点了点头。

轻敲一下门，随即推门而入的人，自然与这间办公室的主人关系密切。

　　冯城的恭敬、礼貌，赢得了沈墨的好感。她的介入，中断了丈夫和冯城的闲谈，加速了合作细节的友好协商，谈话地点也从办公室挪到会议室。

　　"你们家新进的设备，我是知道的。要不是这两台从奥地利进口的机器，我可能会有别的考虑。不过，硬件到位了还不够——"

　　"宋总您放心，这个项目我亲自盯。"

　　宋逸尘微微点头，笑看着冯城。他跟双城公司的女掌门程菲接触过好几次，冯城长得跟他母亲很像，但这种娃娃脸、大眼睛，更适合女人，可使人显得年轻、有精神。而冯城，听他介绍说已满27周岁，看上去却像尚未毕业的大学生。

　　他提醒冯城："那你要在康城待上一阵子了。"

　　"是，正合我意。"

　　就算宋逸尘不说，冯城也很清楚，眼下双城玻璃公司缺的不是硬件设备，而是管理和人才。他并不认为自己很强，但留在康城的工厂里，似乎是他目前唯一能做的事。

第二章　南方有佳人

当你珍惜一个人时，最好不要与她相恋，而是做朋友。朋友，是你成年后自己选择的亲人。

1. 相识非偶然

高新华轻叩办公室的玻璃门，跟方雨馨视线一碰，他就笑起来。

"蔡总来上海了。"

"嗯。"

方雨馨听出高新华的试探，只应了一声，不再多言。

"我刚接到蔡总电话，他正在从苏州过来的路上，跟大家见个面，他就去机场赶飞机回深圳。现在的问题是，不知道蔡总是几点的飞机，时间紧的话，订位的时候，我得先把菜点好。"

"不用了。"方雨馨语气冷淡。

她不喜欢高新华动辄请人吃饭的做派，想到昨晚蔡宇恒同她讲的话，口气又和缓了些，"蔡总来了，听听他的意思再说。"

高新华点头，"行，那就这样。"

透过玻璃门，方雨馨看着高新华的背影，看到他在几个格子间里分别停留了一会儿，知道他在向那几名"自己人"透露大老板驾到的消息。

由他去吧。方雨馨转过头，望向窗外。

春天，孩儿脸。昨晚下雨，今晨打雷，此刻的窗外，却是阳光灿烂。即便隔着一层灰色镀膜玻璃，方雨馨也能感受到户外的明媚春光。个把小时后，蔡宇恒将在这里同她再次见面，但跟昨晚的会面不同，这次他们只会谈点儿公事，最浅表化的公事。

没错，昨晚方雨馨和蔡宇恒已见过面。她到上海公司半个月，关于公司的业务进展、人际关系，昨晚她和蔡总已谈了许多。他们也谈到高新华，对盛钧的这位大舅子，蔡宇恒建议她与之处好关系。

方雨馨和蔡宇恒有两个月没见过了，过去他们见面的频率差不多也是这样，但这一回，方雨馨感觉格外漫长。见面时他们都感到很亲切，她也切实感受到蔡宇恒对她的关切之情，但，一两丝陌生感还是从脚底爬了上来，像昨晚忽然降落的那场细雨，带来令人不安的凉意。

她和蔡宇恒认识六年了。六年来，她一直认为蔡宇恒与众不同，昨晚她才发现，在某些事情上，蔡宇恒同她交往过的其他男人，并无本质上的区别。

认识蔡宇恒的时候，方雨馨在深圳已生活了两年。两年来，她过着类似学生的生活，报各种培训班、健身班，结识了一堆从全国各地涌进这座城市的人——只是认识，她从不主动跟人攀交情，自然而然地就在她和周围人之间画出一道墙，软软的、无形的墙。人们看不见，甚至不易感触到那道墙的存在，但它就在她面前，谁也闯不过来。

她跟那些人年龄相仿，心却老了。

后来，方雨馨应聘进了一家高尔夫会所，做大客户销售。

蔡宇恒是她的客户之一。方雨馨以为这是一个偶然，其实不是。

蔡宇恒去这家会所，并非为了办卡打球，而是为了找她。他找她也不是为了自己，而是为一个男人。

2. 笑声特别的男人

男人名叫乔晔，是蔡依恒的男朋友。

蔡依恒则是蔡宇恒的亲妹妹，唯一的、感情极好的妹妹。

对这个妹妹的脾气，蔡宇恒再了解不过。依恒骄傲又自卑，脾气变幻不定，有时嚣张，有时紧张。每次谈恋爱，依恒都有些像精神病患者。旁观者看着提心吊胆，她却浑然不觉。不过，跟乔晔交往后，她的心态倒很平稳，每日忙进忙出，总是笑嘻嘻的。单凭这一点，蔡宇恒就对乔晔刮目相看。

因此，他破天荒放下大哥的架子，主动请依恒和她男友去吃日本料理。

"不不，我来请。"

"你请我？"

蔡宇恒要带妹妹和乔晔去吃怀石料理，价格不菲。

猝不及防的，蔡宇恒听到一阵短促而奇怪的大笑声。笑声来自乔晔。蔡宇恒心中纳闷，此人何以笑得如此猖狂？

笑声戛然而止，乔晔面色如常，语气谦恭地说道："那是我的荣幸呀！"

站在他身边的依恒笑道："我哥可是出了名的铁公鸡，被他请客才荣幸呢！"

乔晔很懂礼仪，关于怀石料理，他似乎懂得不少。蔡宇恒对饮食素不重视，但见依恒缠着乔晔说东说西，后者笑容温和，绝非不懂装懂、哗众取宠之徒，娓娓道来，却没有丝毫卖弄之嫌。

蔡宇恒问了乔晔很多问题，对方回答得很是真诚，答卷评分超过了蔡宇恒的预期。

乔晔比依恒大八岁，大学毕业后在武汉一家房地产公司做销售，很快做到销售经理的职位。三年前，乔晔放弃在武汉积累的工作基础，到珠海重新开始，原因也很简单：陪伴母亲。

乔晔的母亲是广东人，在武汉生活多年仍不习惯，退休后便经常回乡小住，三年前干脆常住珠海，跟她的两个表姐、三五名远房亲戚同城乐居。

至于乔晔的父亲，他没说，蔡宇恒也没问。单凭乔晔所述，蔡宇恒也猜得到，那位父亲不是死了，就是跟乔晔的母亲离了婚，不值一提。

乔晔放弃事业随母亲迁居的做法，略有恋母之嫌，但也证明他是重感情肯牺牲的男人。

蔡宇恒有些自责，他是不是太过敏感了？乔晔不过是笑声响了一些，他就怀疑起对方的为人。依恒常说他是龟毛处女座，宽以待己、严于律人，若被她知道这点子想法，必然又要老调重弹。

然而没过多久，蔡宇恒的耳边再次响起了乔晔的特殊笑声。

在一次饭局上，相熟的应老板讲到他最近吃的一个哑巴亏，诅咒花言巧语骗他买问题车的销售员。

跟商务圈的朋友们一样，蔡宇恒也很鄙视这种削尖脑袋钻空子、用下作手段牟取利益的人。

应老板将店址和销售员的名字报了出来。

"大家记得把这家店拉黑，以后买车要绕开它。"

"因为修车，我现在倒是那间店的常客。吃亏我认了，但我也不会叫那小子好过。我去一次就骂他一次，他不敢还嘴，只敢打哈哈，怪笑一气。"

应老板模仿名叫乔晔的销售员，夸张地笑了几声。

蔡宇恒心里一沉，绕着弯子从应老板处打听到更多信息，确认此乔晔正是妹妹的心上人。

他能容忍自己的耳膜受到刺激，但不能允许一个人品有问题的人接近蔡依恒。

3. 蔡宇恒的软肋

二十七岁的蔡宇恒，未满二十岁时就开始介入家族企业的事务，数年间跟随父辈，见多了商场的风风雨雨，外热内冷，为人处世讲道理讲技巧，极少冲动行事。若说他有什么软肋，恐怕就是蔡依恒了。

蔡家兄妹相差七岁。依恒出生后几乎很少跟父母待在一起，直到六岁那年要读小学了，她才被父母从阿婆家接到身边，也第一次见到她哥哥。

阿婆姓冯，与蔡家并无亲戚关系。依恒出生时，蔡氏公司刚刚起步，夫妇俩忙得脚不沾地，别说照顾依恒，就连跟他们住在一块儿的蔡宇恒，一个礼拜也难得同父母亲坐在饭桌旁吃顿晚饭。

依恒尚在襁褓中，就被父母寄养在冯阿婆家里。老蔡夫妇在那几年间已完成了最初的资本积累，手里的钱多了，他们的想法就更多，想做的事也更大。总而言之，依恒被接回来后，老蔡夫妇依然很忙，一家人虽然团聚在一起，也只是形式上的，多数时候，家里只有宇恒、依恒兄妹俩。

老蔡夫妇对孩子们的爱，就是教育他们要坚强、独立。他们如此操劳，既是为了实现自身价值，也是为儿女的未来构筑基础。他们并不拿孩子当孩子，而是像对待成年人一样，不宠溺，也不哄骗。夫妇俩为他们遇上这样的时代而深感庆幸，为他们能从死气沉沉的国企工人变成企业经营者而欢欣鼓舞。理想主义和浪漫主义，落在他们身上，转化成了工作狂的生活方式。

小依恒对新家陌生得很，常常躲在房间里哭。她想念远方的阿婆，对父母的敬畏多于爱。在这个家里，她唯一感到亲近的，是哥哥蔡宇恒。

遗憾的是，蔡宇恒对这个爱哭的妹妹却毫无耐心——眼泪和悲伤令他愤怒，蔡宇恒天性不同情弱者。

放学后，蔡宇恒常常留在学校里打篮球，或者跑到街上的游戏机房玩一会儿再回家。依恒才念一年级，放学早，回家后做好功课，趴在窗口眼巴巴地盼着哥哥回来，好叫外卖给她吃。但这一天，外卖电话怎么也打不通，蔡宇恒放下电话，看到妹妹可怜巴巴瞅着他的眼睛，不知怎的，就想逗一逗她。

"没办法咯！今晚没吃的了。"

他看到依恒眨眨眼睛，两汪泪水瞬时盈满了眼眶。

"我好饿呀！哥哥你饿吗？"

依恒的眼泪已流出来，声音也带着哭腔。

"我也很饿啊！肚子都在咕咕叫。"

话是这么说，蔡宇恒却走到书桌旁，摊开课本做起了功课。

他想像过去一样，想什么时候吃饭就什么时候吃，想吃什么就吃什么。妹妹回来后，为了让她准时吃上晚饭，蔡宇恒得早点回家，还得打电话给他们包饭的小饭馆叫外卖。宇恒知道这是做哥哥的义务，但他从心底讨厌这件事。

不知过了多久，蔡宇恒已做完大部分的功课，这才重新想起饿着肚子的妹妹。他离开书桌，打算重新打那个外卖电话。经过厨房时，他看到妹妹正从煤气灶上端起一锅水。

"你在干吗？"

尖叫声和钢精锅掉落在地上的声响，淹没了宇恒的声音。锅柄太烫，依恒的力气又小，再加上哥哥突如其来的喝问，一锅滚水脱离依恒的手，隔着薄薄一层单衣裤，浇在了她的大腿和肚子上。

她想为哥哥和自己煮两碗泡面，面没吃上，她的肚皮和左大腿上却留下了皱纹纸一般的烫伤痕迹。

时隔多年，蔡宇恒想到那天晚上发生的事，依然很懊恼。那个夜晚，他头一次意识到依恒与自己的亲近关系，也头一次为他人的遭遇难过得彻夜不眠。

从那天起，蔡宇恒成了一名宠溺妹妹的哥哥。

他比任何人都了解蔡依恒。他知道依恒最大的心病，就是那片烫伤过的皮肤。

4. 乔晔其人

烫伤瘢痕的治愈，的确是个难题。

蔡依恒八九岁之后，蔡宇恒就没再见过妹妹被烫伤的地方。依恒的烫伤程度并不算严重，瘢痕虽难消除，但随着时间的流逝，痕迹已变淡许多。

当然，对于脸上冒出一颗青春痘也会耿耿于怀的少女来说，这样的瘢痕简直就是绝症。蔡依恒的每段恋爱都浅尝辄止，跟瘢痕实在脱不了关系。她害怕跟男友亲密，想象着对方看到她的瘢痕时露出惊恐、嫌恶的表情……为了避免想象变成事实，依恒总是在一段关系迅速发展之后，紧急关闭升温通道。

跟她的前几任男友不同，乔晔第一次见到蔡依恒，先已目睹了一小部分烫伤瘢痕。

蔡依恒是在今年夏天才下定决心学习游泳。她选了一件款式最保守的连体泳衣，即便如此，左边大腿上的烫伤瘢痕还是露出了一些。

"你好！我叫乔晔，叫我小乔就可以。你选的章教练今天不大方便，换我来教你。"

依恒特意选了一名女教练来教她，没想到第一天上课就遇到女教练"不方便"。她本可以拒绝培训中心的临时安排，但她没有。

她直觉乔教练泳技高超、富有耐心。跟乔教练相比，她之前选择的章教练，除了占据性别优势，别无所长。最重要的是，乔教练眼神很正，看人时注视着对方的眼睛，对她的身体，似乎毫无兴趣。

依恒很快发现她错了。中途休息时，乔教练问她腿上是否受过烫伤。

"啊？"她下意识地伸手去遮那片瘢痕。

乔教练继续发问："所以现在才学游泳？怕被人取笑，或者指指点点议论你？"

"是啊！"愤怒退潮，语气中有着蔡依恒自己都没察觉的酸涩。

"这么说，你果然是想多了。其实还好，基本上看不出来。你似乎是第一次下水的旱鸭子，但天资好极了，一学就会，实在不该拖到现在才学游泳。"

"……下节课是章教练教我吧?"依恒不知说什么好。

乔教练"嗯"一声，眼睛并不看依恒。

"刚刚认识，我说话唐突了，抱歉。"

他突然跳进水池，奋力朝泳池另一头游去。

蔡依恒呆立在池畔，耳边回响着乔教练的话：你果然是想多了……

乔教练游回来了，他站在水中，朝依恒挥了挥手。

"怎么不下水? 不继续学了吗?"

"啊……不学了。"

"决定了?"

依恒不吭声。

"想好咯? 学不学，今天的学费都付了，损失的是你，不是我和培训中心。就跟刚才我们说的那件事一样，没人觉得有什么问题，你在意，损失的只是你自己，不学游泳，不敢去海边，少了多少人生乐趣?"

乔晔笑嘻嘻的，半开玩笑半认真。依恒却如醍醐灌顶，脸色由阴转晴。她从岸边下到水里，笑容回到她的脸上。

"继续继续! 我才不会便宜你!"

乔晔教会蔡依恒蛙泳、自由泳、仰泳三种泳姿后，成了她的男朋友。

事实上，乔晔对蔡依恒的第一印象并不好，甚至觉得这女孩儿有些矫情。接触几次后，他就习惯了蔡依恒的脾气。乔晔本来就是一个非常随和的人，只要他愿意，可以和任何人和睦相处。同理，只要他愿意，也可以爱上任何一个值得他爱的女孩。蔡依恒对他的好感与日俱增，乔晔也在聊天中知道了这女孩的家境背景，这段恋爱开始得自然而然，除了需要在手机上设置定时给蔡依恒打电话的提醒，乔晔的生活和以往一样，并没多少改变。

乔晔情场得意，职场行情却很一般。来珠海后，乔晔一直水土不服，换了几份工作，都没遇到赏识他的上司。跟蔡依恒交往后，乔晔似乎转了运，他辞去酒店物业公司的工作和他在游泳培训中心的兼职，去一家奔驰4S店做起了销售。入职第二个月，乔晔将店里一辆问题车高价售出，得到了高额提成和老板的青睐。

跟蔡宇恒见面那天，这笔提成奖刚刚打进乔晔的银行卡，别说是怀石料理，更高级的大餐，乔晔也请得起。

他不知道，正是这项令他得意的"业绩"，让女友的哥哥做出了调查他的决定。

做出这一决定的同时，蔡宇恒已有了劝妹妹离开此人的念头。但在等待调查结果的日子里，他只能眼睁睁看着妹妹与乔晔越来越亲密。

依恒脸上快乐的光泽，不是装出来的。她的小心眼儿、跋扈、张狂，在爱情的高光下，消失无形了。好的爱情，会让人越来越好。蔡宇恒不懂这些道理，但他懂得乔晔对妹妹很重要。他不忍心看到妹妹伤心，只好改变调查方向：对乔晔的了解越多，才能为他的不妥行为找到合情合理的解释。

乔晔的家庭关系、学历、职业经历都与他所述大致吻合，调查公司附上的情感经历一栏，其中一行字，让蔡宇恒产生了莫大的兴趣。

"乔晔和前女友方雨馨分手后，随即前往珠海发展。两人分手原因不详，分手时方雨馨的父亲罹患重病，公司倒闭。"

乔晔的前女友不多，除了这个方雨馨，就剩一名初恋女友。该女友名叫钟姝，是乔晔的高中同窗，高三那年即赴美留学。

蔡宇恒眼前闪过乔晔英俊的面孔，耳边再次回响起他的笑声。

他给调查公司打了个电话，这一次，他要了解的不是乔晔，而是方雨馨。

5. 谈话的好手

蔡宇恒是在深圳办事时拿到的调查报告。得知乔晔的前女友眼下就在该市，他打算找到此人，开门见山说明来意，得到和乔晔有关的信息。

等他见到方雨馨时，却改了主意。

他已从调查报告中获悉方雨馨的经历，原本以为他会见到一名年轻的怨妇，或是一名颓废的妇人。穿过会所大厅朝他走来的，却是一名笑容羞怯、目光平静的女子。

蔡宇恒有点懵。此后他回想起初见方雨馨的印象，脑海中浮现的，是一片打了柔光的背景，方雨馨的面容也朦朦胧胧的，不够清晰，唯有那种温馨又冷淡的感觉，刻骨铭心、难以抹去。

他以一名普通客户的身份，在方雨馨手里办了会员卡。第二天下午，他在会所的咖啡厅和方雨馨聊天时，大谈自己的童年往事，也谈到妹妹为他煮方便面时烫伤皮肤的经过……

"你们兄妹俩感情真好。"方雨馨说。

她是一个极好的倾诉对象，从不插话，但会在蔡宇恒停顿时略微点评一两句，证明她一直在认真听。

蔡宇恒问："你呢？你有兄弟姐妹吗？"

方雨馨说："我有一个哥哥。"

"那你家跟我家一样。不过——"蔡宇恒忽然沉了脸，语气也急躁起来。

"最好别摊上我这样的哥哥！什么事都要管，说起来是关心妹妹，其实是家长作风，让人讨厌。"

没来由的，他在话题即将转入正轨时，对自己发起恼来。

如果不是蔡依恒，他不会理睬乔晔。如果不是他好奇多事，也就不会知道方雨馨的故事。那么，当他面对方雨馨时，他会像对其他女人一样，谈正事或调情，心如止水吗？

对面的女人低眉浅笑，并不接话。

蔡宇恒干笑一声，问道："你哥哥管你跟谁谈恋爱吗？"

方雨馨摇了摇头。

蔡宇恒将他和乔晔初次见面的经过简略说了一遍，又详细说了说应老板在乔晔手里买车上当的事。当他提到应老板模仿乔晔的笑声时，不知是心理因素，还是午后光影的变幻，蔡宇恒看到方雨馨的眼睫毛簌簌抖动了好几下。

他停了下来，端起杯子，一口一口喝起已凉透的咖啡。

"我以前在上海一家公司待过，有个同事很有本事，"方雨馨既不接茬，也没有厌倦这场谈话的意思，重新开了个头。

蔡宇恒看了看方雨馨。上海，她果然在上海待过。

"他在公司负责江浙片区的业务，三天两头要出差。他很年轻，但已结了婚，老婆在上海郊区一家私立医院做护士。为了方便老婆上下班，他们的房子也租在医院附近，很多时候，他并不过去住，而是住在离公司更近的舅舅家。"

"如果不是他老婆割腕自杀，'舅舅'找到公司来，我们都不会知道，其实他嘴里的舅舅，是他婚外情人的父亲。他隐瞒结婚的事实，在情人家以准女婿身份进进出出，直到情人怀孕逼婚，他慌了阵脚，到处堵窟窿，窟窿却越补越大，老婆知道了这件事，一气之下割了腕。"

蔡宇恒骂道："垃圾！"

方雨馨说："这事闹得很大，全公司都知道了，老板却在这时候升了他的职，委以重任，指望他拿下杭州、宁波的两个订单。老板说，工作是工作，私生活是私生活，不能一棒子把人打死。"

"听上去似乎也有道理。"

方雨馨露出一丝嘲讽的笑意，"是啊！比如大文豪托尔斯泰，他有私生子，也不妨碍他写出伟大的作品嘛。"

蔡宇恒心念一动，方雨馨是谈话的好手，凭她的谈吐和悟性、应变能力，应该来蔡氏公司呀！

"这位同事果然不负厚望，每天快马加鞭，不是跑杭州，就是去宁波，带回最新进展报告。两周后发了当月薪水，他闪电辞职，临走前跟另一同事坦白，他的所有报告都是编造的。那些项目门槛很高，他连门都没进去。他又说公司产品并无优势，他努力或不努力，这几个项目都拿不下来，既然结果是一样的，他编造一个过程和如实描述一个过程，又有什么区别呢？每次出差，他只是在当地随便逛逛，最近诸事不顺，他无心游荡，下了火车就找个地方坐着发呆，混到返程时刻再搭火车回来。"

蔡宇恒说："可见你那位老板错了。一个人的人品，决定了他对待事物的态度，不分公事和私事。"

他起身，"谢谢你的故事。看样子，我得做一回棒打鸳鸯的恶人了。"

"真正的鸳鸯是打不散的。"方雨馨也站起来，语气冷淡，眼底若有泪光。

6. 跳过男女之情

第三次见面时，蔡宇恒邀请方雨馨去蔡氏工作，遭到了意料之中的婉拒。

蔡宇恒往返于珠海和深圳之间，只要有空，他总是设法跟方雨馨见一面，或是去会所，或是在雨馨当时所在的方位附近找个地方坐。他借着考察蔡氏未来员工的名义，心安理得地和方雨馨约会。

换成别的女孩，准会以为他在追求自己。

方雨馨却不是别的女孩。

她知道蔡宇恒对自己颇为欣赏，她也知道这个有钱又有些本事的男人，是许多女孩心目中理想的对象。她只有二十四岁，生活的磨砺并未摧毁她对爱情、真情的向往，对这位突然冒出来的蔡公子，方雨馨很有好感。

向往是一回事，冒险又是一回事。就像一个刚做完手术脱险的病人，看到玉龙雪山的风景图片，心向往之，极少有人敢贸然启程，身临其境体验那种美丽。

"到我公司上班的事，你有没有仔细考虑过？"三个月后，蔡宇恒旧事重提。

"考虑过，还是算了吧。"

"为什么算了？你早晚会跳槽，不如跳到蔡氏，我敢说你一定会脱颖而出。"

方雨馨只是摇头。

"你在顾虑什么吗？对我没信心？"

"不是。你很好，蔡氏在你手里会越来越棒。"

"这就对了。那么，你是担心别的，我妹，还有她那位男朋友？"

谁都喜欢听好话，蔡宇恒也不例外。方雨馨对他毫不迟疑的肯定，让他感到彼此间的距离非常近，可以问些私密的问题。

"你的推测，有点意思……"方雨馨低哼了一声。

"我知道你跟他谈过恋爱。"蔡宇恒只好承认。

"你还知道什么？"

"关于你？是，我还知道你结过婚。"蔡宇恒注视着脸色发白的方雨馨。

"乔晔追我妹妹，但我信不过这个人，就调查了他，而你是他谈过两年恋爱的前女友。"

"你顺便也调查了我？"方雨馨的声音像从冷库中传来。

蔡宇恒沉默半晌，欠身低头，郑重道歉："对不起！"

他承认了调查过方雨馨的事实，却不知他得到的报告并不详细。

方雨馨也不知道。她以为她的所有经历都被对面的男人知晓。深沉的悲伤从心底涌上来。两年来，没人在她面前提及往事，她也假装失忆，假装什么事都没发生过，尽量让自己过得平静些，但那些埋在她心里的委屈和痛苦，从未真正化解过。一旦被触碰，她就难以自禁地哭了起来。

蔡宇恒不擅安抚，坐到方雨馨身边，将一叠纸巾递过去，劝道："没事的。"

他最见不得人哭，方雨馨的泪水，让他鼻子发酸、眼睛发热。他无权偷窥方雨馨的生活，但他已经干了，现在得设法弥补。

弥补的方法只有一个：让方雨馨观看他的生活。

方雨馨被蔡宇恒的说辞给逗笑了。她没想到，精明能干的蔡宇恒也有幼稚的一面。她无意参观蔡宇恒的生活，对她来说，这是毫无意义的事。

"参观别人的生活确实没有意义，我只是想让你了解我，这样你就会知道，我冒犯了你，但并无恶意，也绝不会伤害你。"

"这一点我已经相信了。就让这事到此为止吧！"

"别！雨馨你没发现吗？其实你和我都是天生的商人，有生意头脑。我的生活不足为奇，但可以帮你快速地了解我，重新考虑到蔡氏公司工作的建议。"

他眨眨眼，"我妹妹跟公司没有任何关系，那个乔晔很快就会明白，蔡依恒跟任何普通人家的女孩儿没任何区别。如果他看中的是依恒而不是蔡家，他自然能经受起各种考验。"

他诚恳地说："过去的就让它过去，新的生活，你需要新的朋友。我希望，我是其中一分子，最值得你信赖的那一个。"

方雨馨进入蔡氏公司第一年，正值蔡氏父子交接权力的关键时期。蔡宇恒首先要过的，是公司元老那一关。他们深知早晚有一天，老板会从老蔡换成小蔡，但当这一天真正来临，还是很难接受。对小蔡老板蔡宇恒，他们表面尊敬、客气，实则持观望态度，等着小蔡用事实证明青出于蓝而胜于蓝，他们才会对他心服口服。

蔡宇恒对这些老员工，敬而远之，养而不用。

元老们立刻感受到了这种疏远，越发怀念起过去的好时光，以及退出江湖仍关注江湖的老蔡老板。

事实上，老蔡夫妇也不舍得退出江湖，只是这几年来，抬眼一看，全是年轻面孔。经常打交道的老朋友们，仿佛一夜之间都改变了生活方式，从行走江湖，改为环游世界，把自己辛苦打下的江山，交给了子女。老蔡夫妇随大流，将企业传给了儿子蔡宇恒，但他们并没完全退出，公司里发生的大小事情，他们总能第一时间得到消息。

蔡宇恒跟父亲争辩过几次，不管谁对谁错，都以他赔礼道歉了结。他到底年轻，守着父母创下的家业，除了巩固、发展，似乎别无选择。创业难，守业更难，人力成本和各项竞争都在加大，但在父母面前，蔡宇恒连"困难"二字都不能提。

旁人看他鲜衣怒马，羡慕他含着金汤匙出生，不用奋斗就有事业。他自己却像在险路行走，稍不留神，就会陷入泥沼。

方雨馨，是陪他走险路的人。

昨晚，在虹桥机场的咖啡厅里，蔡宇恒第一次将这番话告诉方雨馨。是致谢，也是表白。

他对雨馨说："这几天我像老年人一样，经常想起那一年发生的事。我解雇了采购经理江叔和杜会计，老爷子气得高血压发作，差点儿出大事。幸好当时我们在医院附近，不然，我就是千古罪人。老爷子说，他俩太了解公司的底细，只要有心使坏，蔡氏就得关门大吉。我跟他辩的时候，杜会计真的给老爷子打来电话，说了好些威胁的话……"

方雨馨记得，那时她奉蔡宇恒之命在北京开设办事处，夜里她接到蔡宇恒的电话，说是父亲被他气病了，住进医院，暂时脱离了危险。她问，那你呢？你听上去也不大好。蔡宇恒说还好，叹口气，把电话挂了。

方雨馨想起三年前父亲病倒的那一刻，也是在这样的夏夜里，她心乱如麻，拨通男友乔晔的电话。乔晔问，你还好吗？她说还好，叹了口气。乔晔说那他就放心了。后来，有时她也想过，如果乔晔真的关心她，应该听得出来，她说还好，其实却很不好。她多么希望乔晔能在身边，即便什么忙也帮不上，他在，她也不至于那样恓惶。

那天夜晚，方雨馨去了机场，搭乘夜航班机先到深圳，在机场坐了一会儿，天亮后坐高速大巴抵达珠海。

蔡宇恒像在梦境中，待他明白这不是梦，站在他面前的，就是数小时前还在北京的方雨馨时，他心里只有一个想法：这个人是我的亲人，是我自己选择的亲人。

即便在那样的时刻，蔡宇恒也直接跳过了男女之情。

他在高中和大学时代也崇尚过爱情，当他领悟到这不过是苯基乙胺、多巴胺的作用时，就摈弃了这恼人的、飘忽不定的东西，成为实用主义的奴仆。他知道爱情必然会消逝，热情终究会冷却，曾经相恋的男女，最后很可能连普通朋友都做不成。

——那么，当你珍惜一个人时，最好不要与她相恋，而是做朋友。朋友，是你成年后自己选择的亲人。

在方雨馨突然出现在他面前的那一刻，蔡宇恒就认定了她。

六年后，当他考虑向盛佳琪求婚时，用笔在一张纸上列出了诸多条件，容貌、年龄、性格、教养、学历、家世……落笔时他写的是盛佳琪的信息，纸上浮现的却是方雨馨的身影。

第三章　完美家庭

黑夜如一条深沉的长河，每一滴水都承载着回忆。河水缓缓流淌，发出一声悠长的叹息。

1. 简单关系

蔡宇恒出现在上海公司前台时，高新华大步迎过去，一迭声说着"你好你好"，脸上堆满笑容。

"蔡总你真是神速啊！我刚准备到楼下迎接你，你就到了。一路还顺利吧？蔡总运气好，没遇上堵车……"

蔡宇恒今年三十三岁，身材不高，体魄健壮，平头圆眼，肤色微黑。他笑着敷衍着高新华，目光已在公司的大敞间办公室里巡视。

前台小姐沏好一杯绿茶，恭敬地捧给蔡宇恒。

他接过茶水，小心抿了一口，氤氲的白气中，他看到了方雨馨。

"方总！"蔡宇恒伸出手，主动打招呼。

高新华看着蔡宇恒和方雨馨握手、说笑，替他的外甥女吃了一缸子老陈醋。他看不清方雨馨的表情，但他在蔡宇恒的眼中看出了一抹柔情。男人看到他喜欢的女人，不说话，不笑，眼光也是不一样的。

在方雨馨和高新华的陪同下，蔡宇恒在大敞间办公室同上海公司的员工一一见面，分别聊了几句，相当于开了一个简短的小会。

"你们的项目跟踪进展，每周要给方总看，重点项目她会告诉我，需要总部和其他分公司协助配合的，方总会调度操作。"

从进门到离开，蔡宇恒在上海公司只逗留了半个钟头。之后，他也不要公司的车送，自个儿在写字楼门口叫了部出租车，直奔浦东机场。

昨晚他已见过方雨馨，了解了公司眼下的状况，今天去公司露面的目的只有一个，为方雨馨壮壮声势。

上海人是出了名的识时务者，说他们势利世故，也不尽然，他们有的是包容心和接纳之意，前提是，你必须有真本领，让他们心服口服。

方雨馨的本领，蔡宇恒当然清楚，但对上海公司的人来说，方雨馨的业绩属于上海之外的地方，方雨馨的本事，存在于传说中。他们需要的，是亲自见证。

昨晚蔡宇恒跟方雨馨谈话时，已察觉到她的压力。他早就想到会出现这样的局面：派遣任何人空降上海，都会被架空，表面上尊你是上海的老大，实则孤家寡人一名，跟普通市场代表没太大区别。

方雨馨迫切需要的，是在上海签下一个大单。

假如说今天蔡宇恒是在气势上给了方雨馨一定的帮助，那么昨晚，他给雨馨提供的资源，则是真金白银般实打实的援助。

在出租车上，蔡宇恒接到盛佳琪的电话。佳琪说她刚跟舅舅通过电话，知道他去过上海公司。

"我舅舅居然没请你吃饭！"

蔡宇恒笑道："那可不能怪你舅舅。时间这么紧，顾不上。再说了，要请也是我请他。"

他翻翻眼皮，接着说："不对，要请也是我请高老师和上海公司的所有人。公归公，私归私嘛。"

电话那头发出一阵欢快的笑声。

盛佳琪说："听上去有些道理。宇恒，我的室友来珠海，今晚我得跟她见见——"

蔡宇恒故意委屈地打断她："行啊！反正我总是排在第二位。"

盛佳琪大笑，"错！你怎会排在第二位？在我心里，我第一，我爸妈并列第二，你最多排第三。"

结束通话，蔡宇恒轻轻摇了摇头。

就像昨晚他告诉方雨馨的一样，他不爱盛佳琪，两人相差八岁，却像是两代人，谈话时常有代沟。

但他接着又说，他和盛佳琪在一起生活，一定也很幸福。

方雨馨问："你想好了？"

"想好了。她很漂亮，性格也不错，没多少娇小姐的脾气，很难得。"

"她还是盛钧的女儿，"方雨馨补充道，"你们也算是门当户对。婚姻是很实际的事情。至于幸福，幸福跟感觉有关，谁都这样希望……"

"她似乎也不是很爱我。"

"何以见得？听上去，她爱你胜过你爱她。"

"她喜欢撒娇，但其实是一种控制欲，她喜欢盘问我去了哪里，跟谁在一起。"

"那，你想让她怎样爱你?"

蔡宇恒望着方雨馨的眼睛，一字一顿地说:"像你这样就好。"

方雨馨愣了一下，笑出声来。

"像我一样? 像下属对上司，像……朋友对朋友?"

蔡宇恒抓住雨馨搁在咖啡桌上的手。

"像朋友对朋友。没错，就是这样。"

过了一会儿，方雨馨才把手抽回去。

"心思简单，才能做朋友。"

蔡宇恒苦笑着，收回了对方雨馨的念想。他想，但凡他开口，但凡他坚持，雨馨准会遂了他的意思。可是，这些年了，他们之间什么也没发生。

他错过了多少次机会，再多错一次又如何?

简简单单，才是他和她最好的相处模式。

2. 玉兰花簌簌飘落

蔡宇恒前脚离开上海公司，方雨馨后脚也出了门。她已等不及预约，直接去了 DC 建筑设计事务所。

幸运的是，她赶上了一个绝好的时间空当，跟负责 W 项目的西蒙先生见了一面。凭借良好的专业素质，方雨馨很快得到西蒙的认可，西蒙邀请她参加三天后在投资方举行的一次咨询会，届时她可以现场回答投资方代表提出的一些相关问题。

如此顺利的经历，在方雨馨的职业生涯中并不少见，让她意外的是，在咨询会上，她不仅见到了几个面熟的同行竞争对手，还看到了冯城。

散会后，她接到冯城的电话。

"我看到你在忙，不便过去跟你打招呼。如果你方便，没有其他约会，我能不能请你吃个饭？"

方雨馨心情很好，爽快地答应了冯城的邀请。

"没事儿，我没那么忙。不过，今天我请你吧！"她还记得一个月前冯城带她去的那家小店，那是一顿令人难忘的晚餐。尤其是餐后的那杯爱尔兰咖啡，滋味醇美，不同凡响。

冯城说："那行，今天你请我，下次我再请你。"

他等在路边一株玉兰树下，十分钟后，方雨馨出现在他视线中，正四处张望，寻找他的身影。冯城朝她挥挥手，方雨馨看见了，嫣然一笑，踩着细高跟，小跑着朝他而来。

"喂，想什么呢？"

冯城不好意思地笑了笑，为他莫名其妙的走神而道歉。他不敢告诉雨馨，看到她小跑而来的身姿，他脑海中浮现出一段模糊的视频，怎么说呢，像进入《哈利·波特》里邓布利多的冥想盆，他站在路边，看到记忆中的自己，正望着一个女孩小跑的身姿发呆。

"看过《哈利·波特》吗？"他说。

每次见到方雨馨，他都会这样，各种话题乱入，失去控制。

"看过。"方雨馨笑道："你怎么突然问起这个？"

"没什么，就是想到了。"冯城憨笑。

起风了，洁白的玉兰花瓣簌簌飘落。两个人都看呆了。

"上海的春天，真美。"

方雨馨忽然想起来，"对了，你怎么也在这里？"

冯城说："我想投他们公司的项目啊！他们在康城有项目，我们厂也在康城。"

方雨馨"哦"一声，心想，康城竟成了她的世界中心，拼命绕也绕不过去。

"你放心，我们两家做的产品不同，不仅不会发生竞争，还能互相帮助。只要我能够，肯定会帮你。"

方雨馨莞尔，"我没什么不放心的。就算我们是同行，是竞争对手，照样可以台上打得你死我活，台下觥筹交错、吃喝玩乐。刚才你说什么来着？对，你说要帮我。走吧，就为这句话，我也要对你好一点，想吃什么，随你点。"

直到此刻，冯城才松弛下来。两人商量去哪里吃饭，用手机上大众点评网搜了一会儿，冯城竟挑了家必胜客。

"必胜客离这儿最近，走几步就能到。"

"你怕我鞋跟太高，不好走路？这点儿鞋跟，跑步都没问题呢。"

方雨馨看看自己的鞋子，让他另选餐厅。

"不用不用。"冯城的想法被看穿，羞赧一笑，"我爱吃意大利烧饼，你陪我吃吧？"

跟上次在社区小店的体验截然不同，在这种连锁餐厅吃饭，不用动脑筋，知道无论如何，即将摆在眼前的食物都不会很难吃，也不会特别好吃。

方雨馨惦念着那家小店。

她已吃饱，把余下的两块比萨推给冯城。

"中规中矩的东西，不能指望它带给你惊喜。填饱肚子就够了。"

"好吧我错了，不该点这家店。干脆这样，明天我带你去找惊喜，但不去上次我们去过的小店，换个地方。"

"明天我有空，但我们能不能换个节目？不要光说去哪儿吃饭，想想有什么玩的。"方雨馨受蔡宇恒的影响，对美食缺乏热情。

冯城提出许多娱乐项目，诸如看电影、打电玩、逛商场、逛画展等等，方雨馨都没表态。

"你会打桌球吗？九球、斯诺克，不会我教你。"

方雨馨眼睛一亮，"打球？我想去打保龄球！以前到处都是保龄球馆，现在看不见了。你有没有兴趣？"

冯城自然说好。前几天他刚巧听同学提及江边有家新开的会所，餐厅和保龄球馆都有。这项风靡一时的活动是要卷土重来了吗？

"跟你说过没，我老家在康城。对，就是你现在工作的地方。大概是念高中的时候吧，康城忽然开出好多家保龄球馆，可是呢，有些球馆显然是跟风，匆匆建成，只有四根球道，球道做得高低不平。我去遍了所有球馆，其中一家也很小，八根球道，勉强能打，但我最喜欢去那里。原因很简单，他家收费不高，离我家也不远。我跟你说，一般人打不过我……"

冯城不敢告诉方雨馨，这项运动流行的时候，他大概才从小学毕业，迄今为止，他还从未摸过保龄球。

他也不敢询问雨馨芳邻几何。坐在他对面的女子，神采飞扬、兴致勃勃，像对一切都满怀热情的少年。但她说这些，显然是怀旧。根据保龄球的兴衰史来推算，当年读高中的方雨馨，如今至少三十岁。

就在他做这道算术题时，方雨馨的语速慢了下来，目光也跳出了他们这一方小天地。

顺着方雨馨的视线，冯城看到一名七八岁的小女孩。

小女孩找服务生要了叠餐巾纸，一扭身，朝餐厅另一头跑去。

"挺可爱的小姑娘。"冯城没话找话。

方雨馨没吭声，过了一会儿她才收回视线。

"小姑娘看着挺面熟，我想了半天，才想出她像谁。"

"像谁？"

"像我呗！想想我也挺自恋的，看到跟自己小时候长得像的女孩，就觉得特别可爱。"

冯城迅速看了一眼方雨馨，厚着脸皮说了句肉麻话："你现在也特别可爱，可爱……迷人。"

最后两个字他说得极轻，不敢让方雨馨听到。

3. 故人如假包换

沈墨牵着女儿宋若雨的小手，乘电梯往地下车库取车。

"妈妈，我们现在去徐老师家吗？"

"是呀！徐老师家就在附近，我们去看看她的小宝宝，好不好？"

徐老师是宋若雨的国画老师，最近刚生了孩子，沈墨一直说要去探望她们，总未成行，方才她急着带女儿离开必胜客，临时想到了这件事。

母女俩坐上车，宋若雨问："妈妈，你能借我一点钱吗？"

"可以啊！可你得告诉我，你要用来干什么。"

"给徐老师的小宝宝买玩具啊！"

沈墨侧身在女儿脸颊上吻了一下。

"小宝宝很小很小，很多玩具她还不会玩。这样，咱们去商场看看，妈妈给小妹妹买些可爱的衣服，你可以在专柜挑个小玩具送给她。”

临时增加的拜访，推迟了母女俩回家的时间。她们前脚进门，宋逸尘后脚到家。

“回来挺早的嘛？老汤回去了？”安排女儿洗澡上床后，沈墨才得空同丈夫说话。

老汤是同行，在市区开有一家玻璃贸易商行。

“回去了，不在这边住，酒也没喝，说要开车赶回去，明早要送老婆去机场。”

沈墨撇嘴，想说老汤从前对前妻一百个不耐烦，如今在新妻面前倒像个孝子，但那是别人家的事，她自己愁肠百结的，尚不知如何排遣呢。

下午她带女儿去一家跆拳道班试训，课程结束后顺便在附近的必胜客吃饭。若雨去找服务员要餐巾纸时，她四处张望，看到一个男孩，男孩有着一张似曾相识的面孔。

尚未来得及将这面孔与名字对上号，她已发现坐在男孩对面的方雨馨。

时隔多年，她竟能隔着那么远的距离，隔着音乐声、人声、杯盘刀叉撞击声连绵而成的海洋，第一眼就把方雨馨认出来。

心，比眼睛更快做出反应。沈墨听到心脏猛然坠入大海的声音，随即双眼一热，仿佛已哭过一大场，眼皮重极了。

即便如此，沈墨还是朝那边再看了一眼，以确定她没有认错人。

没错，是她。方雨馨换了发型，脸部轮廓较之从前要鲜明一些，但沈墨可以发誓，除非方雨馨有个双胞胎姐妹，世上不可能有如此相像的两个人。

方雨馨的目光不在她的同伴身上，而在餐厅中央——必胜客的顾客似乎都不见了，服务员也不知去了哪里，餐厅中央只有一个人，宋若雨。

沈墨倒吸一口凉气，视线迅速闪回到女儿身上。

此刻，当她向宋逸尘描述这件事时，再次感受到几个钟头前的心悸。

"还好我机灵，墨镜戴上了，站在一个柜子后面，一边找钱包找服务员买单，一边担心被她认出来，拖着女儿，像做贼似的逃出去。"

宋逸尘和妻子一样，内心受到极大的震撼。

"不会吧？她说过，她不会再出现在我们的生活中，就像从未存在过。"

"但现在，她来了。"

宋逸尘凝视着妻子，看到了她的惊恐和恼怒。

"隔得远，你心里紧张，又没有仔细看清楚，更没有面对面问一声，怎么就断定是她？"

"废话！小雨在边上，我脑子坏掉了才会跑过去跟她确认！"

"我没说你要那样去做，只是希望你不要太紧张，很可能你看到的人不是她。多少年前的事了，小雨都长这么大了，她能没变化吗？你只是瞟了两眼，怎么就断定是她呢？"

沈墨明知这是丈夫的安慰之辞，却也不可辩驳。

"对了，跟她在一起的人，就是双城厂的冯城。当时我注意力都在方雨馨身上，但其实，我是先看到冯城，再看到跟他一起吃饭的人。"

宋逸尘摇摇头，"这也太巧了。"

沈墨说："事情就是这样的，但愿我看错了，但愿我神经过敏，眼睛花了。"

"明天我跟叶子联系一下，不行我带小雨先过去，你卖了厂子再来找我们。"

宋逸尘皱着眉头说："多聊聊也好。移民倒是容易，麻烦的是，过去后我们能做什么呢?"

沈墨没理他。移民加拿大的事，对他们夫妇而言，是老生常谈。宋逸尘不愿走，沈墨是受朋友们怂恿，赶时髦，并没下定决心。今晚，他俩都嗅到了危险的气息，谈到移民的问题，既觉得势在必行，又完全没有心思深谈下去。

4. 逆流而上，顺流而下

这个夜晚，沈墨毫无意外地失眠了。宋逸尘在她身边发出均匀的呼吸声，丈夫的安之若素，令她越发烦躁。

黑夜如一条深沉的长河，每一滴水都承载着回忆。河水缓缓流淌，发出一声悠长的叹息。

沈墨在河里游泳，逆流而上，游过去年、前年，游过若雨出生前后的河段，一直游到十六岁，这才喘口气，仰躺在水面上，顺流而下……

她和宋逸尘已认识了二十九年，小半生的时光，她都跟这个男人耗在一起。

躺在黑暗的水面上，沈墨发现，她竟用了"耗"字来描述她和宋逸尘的关系。她有些意外，却并不慌张。是呀，爱得死去活来，恨得咬牙切齿，在回忆的河流中，不过是耗费体力和精神。他们仰仗的，无非是充沛的精力罢了。

河水缓缓流淌，发出一声悠长的叹息。

结婚前，他们小心翼翼，唯恐会怀孕。幸运的是，大姨妈总是如期光临，从未爽约，也极少姗姗来迟，让他们担惊受怕。结婚之初，他们经济窘迫，自顾不暇，计划先把家庭经济基础打好，缓几年再要孩子。

他们的避孕措施并不保险，甚至称得上冒险，沈墨却一次也没中招。她跟叶子说过这事儿，叶子建议他们去医院检查。她说这些年了，哪怕来上一次意外，沈墨也应该怀上孩子。

沈墨被叶子的话搅得心烦意乱，不耐烦地沉了脸。叶子刚生了儿子，计划全家移民加拿大。沈墨发现，她和叶子是越来越谈不拢了，这位从前喜欢谈论服装、电影、八卦的闺蜜，如今满嘴育儿经，巴不得所有朋友都跟她一样，立刻怀个宝宝，变成新妈妈。

当然，沈墨理解叶子初为人母的兴奋、快乐，却在理解之余，依然感受到了叶子满满的炫耀之意。

缺什么，才会觉得别人在炫耀什么吧。可惜当年她不懂。叶子追问她和宋逸尘是否去检查过时，沈墨满不耐烦地说了叶子一顿。

那时她还不到三十岁，宋逸尘毫无做父亲的打算，她也看多了叶子等同龄好友们的可怕蜕变。年轻时髦的女郎，眨眼间变成满脑子只有婴儿、奶嘴、尿不湿的……土鳖，太可怕了！对做母亲这件事，沈墨有些半真半假的抗拒。

然而叶子的提醒还是钻进了她心里。她放弃了所有避孕措施，半年下来，一切如常。她怕了，却更怕去医院检查后是自己的原因。

唉，假如从一开始他们就准备要孩子，早早检查，早早治疗，兴许什么事儿都不会发生。假如两个人的感情世界永远不受到外界的干扰，她和宋逸尘之间，没有经历过之后的惊涛骇浪，也许，有没有孩子，对于他们这个家来说，没那样重要吧？

沈墨苦笑着闭上眼睛。

她继续往下漂流，后面是一段险路，激流、大浪、疾风骤雨、暗礁、漩涡……

她默默地叹了口气。今夜她已太累，还是睡吧，等休息够了，她才有精力去面对一切，过去、现在，还有未知的将来。

5. 剐骨掏心

长江二桥上，宋逸尘正驾驶着他的第一辆车，一辆别克赛欧在飞驰。

车速越来越快，桥面开阔，正午的阳光明媚耀眼，桥下，是滔滔江水。

一辆车疯了一般冲过大桥护栏，掉进长江里。水花撞击的巨响之后，一切又归于平静。

……

宋逸尘从梦中醒来，听到自己的心跳声在黑暗中格外沉重。这是一个过去曾反复出现的梦，这些年来，他已极少梦见这一幕，没想到今夜旧梦重来，他在梦里再次被自己飞车跳江的企图给吓住。

枕畔的沈墨翻了个身，轻轻呻吟了一声，似乎也在梦中，似乎也在做一个并不愉快的梦。

夫妻多年，那么多美好的时光，极少入梦，印象深刻的，依然是那剔骨掏心般痛苦的片段？

那时，他刚开始做生意，整天瞎忙。沈墨也忙，忙着上班，忙着为他拉生意。

那天，沈墨应该结束单位的会议，从三亚返回武汉。十二点钟，梅姐投诉沈墨的电话关机，请宋逸尘务必联系上老婆大人，她有急事找。宋逸尘以为沈墨手机没电了或者正在飞机上，碍着梅姐催得急，只好又试着拨了拨张澜的号码。

张澜的手机是通的。

"叫沈墨接电话，有急事。"宋逸尘跟老婆的同事关系都不错，这次去三亚开会，张澜也有份。

"她不是换休了吗……哦，你等一下……"

宋逸尘心里"咯噔"一下，挂了电话，不想听张澜惊慌失措临时胡诌的谎言。

他的心脏"咚咚咚"急跳，冲下楼，启动汽车，飞一般冲到沈墨公司门口。透过车窗望过去，圆形玻璃房间内，张澜、小王、老林穿着制服，端坐在各自位子上。按沈墨的说法，张澜此时此刻应与她一起，要么正在飞机上，要么滞留在三亚的机场候机厅。

连日来的点点滴滴涌上心头：大概有两个多月了，沈墨有时会背开他去阳台接电话；沈墨为三亚"会议"新买了条性感漂亮的裙子；这次"出差"，沈墨不要他接送。

他打电话给在天河机场工作的朋友，查了查沈墨出发航班的登机名单，当朋友报出林斐的名字时，汗水登时沁湿宋逸尘的内衣。三个月前，沈墨连着参加了几次同学聚会，回来嘀咕着，大学时的死忠粉丝林斐再度现身，痴心不死。宋逸尘听过算数，完全没把此人当回事。

宋逸尘谢过朋友，强自镇定地说再见，挂机。他发动汽车，茫然开着，上匝道，上长江二桥。

车速越来越快，桥面开阔，十一月正午的阳光明媚耀眼，桥下，是滔滔江水。

一辆车疯了一般冲过大桥护栏，掉进长江里。水花撞击的巨响之后，一切又归于平静。

宋逸尘被自己飞车跳江的企图给吓住，紧急刹车后，才发现他已在神志迷糊中下了二桥，停在一条小路上。

十六岁，他和沈墨在教学楼走廊上第一次相遇。二十四岁，他们结婚了。

沈墨漂亮、懂事，在家很得公婆欢心，在外精明干练，是单位里的小红人。宋逸尘一向以她为荣，做梦也想不到，他无比信任、无比依恋、认识了十四年的女人，竟会背叛他。

手机铃响，是沈墨的电话。宋逸尘按了接听键，"叫林斐接电话。"

电话那头陷入死一般的沉默。宋逸尘嘴巴一咧，挂断了电话。

他在笑，却流出了眼泪。

手机铃声疯狂地响着，是沈墨打来的。宋逸尘既不接电话，也不关机，任由铃声响着，直到耗尽手机电池。

两个小时之间，沈墨已成了陌生人。

6. 痛苦让人上瘾

宋逸尘有些惊讶，事情已过去了十五年，记忆依然如此深刻。今夜梦醒之后，他竟不想立刻摆脱被往事惊扰的烦乱思绪。

......

"只要你想出来干，随时跟我联系。"

这是学长马克半年前对他的承诺。马克做建材生意，摊子铺得很大，但他不喜欢招高级管理人员，更倾向于找人合伙做事，他说，人性本来懒惰，只有做自己的生意，才会百分百投入。

深夜十一点，宋逸尘拨通马克的手机，只说了一句话：我想离开武汉，立刻，马上。

电话那头什么也没问，给了他一个地址和两天后的会面时间。

宋逸尘拉开窗帘，对着漆黑的夜空长呼一口气。女人靠不住，关键时刻，还得靠兄弟。

沈墨缩在沙发上，宋逸尘昂首进了卧室，目光越过她，像高傲的君王。他"哗啦啦"打开一个个衣橱，春夏秋冬，四季衣物，统统扔进那只超大旅行箱，他要去机场等飞机，第一时间离开这座城，这个家，这个女人。

"不要走。"沈墨在身后，怯怯的。

他不理。

"你想好了？"

这次他"嗯"了一声，还是不回头。

"我说过什么也没发生！你到底要我怎么说怎么做，你才相信我原谅我？！"沈墨的声音尖锐而颤抖。

宋逸尘从鼻子里"哼"一声，转过身，只看到沈墨奔向厨房的背影。听到金属与大理石撞击的声响时，宋逸尘凭着一种本能的反应冲了过去。

迟了一步，大理石案台上、菜刀上是一摊摊血。沈墨的左手小拇指已被汩汩涌出的鲜血染得面目全非。

在医院里，宋逸尘心如刀绞。十指连心，沈墨竟下得了手。幸运的是，宋逸尘挡了一下，尚未酿成大祸。宋逸尘看着妻子惨白的脸蛋、蹙眉痛楚的表情、包扎纱布的手指，心痛如绞。痛在沈墨身上，也痛在宋逸尘的心上。

两天后，宋逸尘还在武汉。马克的电话打来时，他不知如何解释。

有那么一阵子，宋逸尘确实不想走了。留下来，只当什么都没发生过，当是做了场噩梦吧。遗憾的是，沈墨受伤的手指提醒着他，墙角的旅行箱提醒着他，沧海桑田斗转星移，他没办法假装没事人一般，面对她，面对天亮后所要面对的一切。

"我现在不会跟你离婚。但我需要离开你，换个环境想一想，究竟是什么原因让我们走到这一步。日子还长，你得让我静静地考虑考虑。"

说到日子还长这四个字时，宋逸尘的眼泪差点漫出来。沈墨沈墨，你知不知道，一念之间，我差点就活不过来了。

越是冷静平淡，心底那股子恨意就越浓。沈墨幽幽望着他，无言以对。从她答应林斐的三亚之约那日起，无论她的身体有没有出轨，她已成了等待审判裁决的对象。

"男人的世界，不应该只有女人，而是更广更自由的天地。"这是马克对宋逸尘的忠告。

他甩给宋逸尘的是一个完全陌生却富有诱惑力的业务领域。他信任宋逸尘，个性、品行、能力、背景，无论从哪个方面来看，这位学弟都是他的上佳合作者。

三个月，从深秋到隆冬，宋逸尘像只陀螺，周旋在繁杂艰难的新工作中。沈墨的电话和短信源源不断，他从不回复到偶尔回复，从刻意拒绝到不自主地期待，态度在慢慢转变。

有时，沈墨会飞过来看他，他客客气气地招待，像对普通朋友一般；她带些幽怨地走了，他开始刻骨铭心想念。

宋逸尘也反省过自己：激情早已退去，他对她如亲人般熟悉，也如亲人般冷淡。生活安逸舒适，老夫老妻了，讨好她安抚她的事儿得排在打牌踢球看电视之后。他甚至连吃醋都懒得吃。

他怠慢了沈墨。

有时，他也愿意相信，沈墨和林斐只是见了一面，叙叙旧而已……但这怎么可能？孤男寡女，异地同游，谁能证明他们的清白？

宋逸尘因此更恨沈墨，好歹编个技术含量高点儿的谎言，他也不至于这样为难！

他不知道，沈墨和林斐的三亚之行，确实没有越过那道底线。尽管沈墨赌咒发誓说了一万遍，宋逸尘也不知道这就是事实。

他情愿沉浸在恨里，也不愿选择信任和体谅。痛苦也能让人上瘾吧？宋逸尘过够了舒适、平静的婚姻生活，情愿如此折磨自己，折磨他的爱人——直到他感到疲倦。

春节临近时，上海的工作已有了重大突破。马克非常欣慰，强令宋逸尘回家休假半个月，好好调整一下身体和紧绷的神经。

家里的一切都没变。三个月来沈墨的隐忍示好，他的寄情于工作，都得到了回报。当他们拥吻在一起恢复床第之欢时，似乎昭示着风暴已然过去，从此后波平浪静。

假期结束，宋逸尘几乎不舍得离巢。机票早已订好，沈墨说，这一次，她一定要送宋逸尘去机场。

闹钟响了，沈墨翻个身继续睡。手机提醒叫了，她才磨磨蹭蹭爬起来。宋逸尘催她快点儿，她也自知时间有些紧，却改不了精心梳妆打扮的一贯做派。

一路拥堵。

赶到机场时，那架飞机刚刚起飞。改签很顺利，下一航班就在两小时之后。沈墨陪宋逸尘坐在候机厅等候。然而在东拉西扯的漫谈中，看着川流不息前往各个服务台换领登机牌的旅客，听到广播播报出飞往三亚的航班几点几分起飞时，那件事如所罗门瓶中的魔鬼般窜了出来。

"你这是什么坏习惯？赖床、磨蹭、拖拉、无所谓！你就不能改改吗？要不是这个破毛病，当初你在三亚就不会错过本来订好的早班飞机，中午有人找你时你已经下了飞机手机开了，我也就不会发现那件事！我情愿蒙在鼓里，情愿被骗，永远不知道！"

"出了那么大的事，你还不吸取教训，还是赖床、磨蹭、拖拉、无所谓！你，你太让我失望！绝望！"

他的声音不大，但每句话都如惊雷，在沈墨身上炸出一个个坑壑。

"你怪我误了你的事，你怪好了。为什么要扯那些？我已经说过一万遍，没有事，没有事，没有事！你要我怎样做，你才肯相信我？"

沈墨眼中蓄满了泪，左手小拇指上，刀疤赫然。

沈墨的短信少了，电话维持着一天一个的频率。宋逸尘回信与否，接电话时的态度如何，似乎都不重要了，现在她这么做，更多是尽一个妻子的本分。

她伤了他的心，他又何尝不是？他不肯原谅她，她也渐渐断了跟他修好如新的念想。混吧，不离婚，也不和解，混到哪天是哪天。

宋逸尘仍旧视爱情与家庭为最重要的东西，但他得承认马克说的话：男人的世界，不应该只有女人，而是更广更自由的天地。他跟马克合作的项目走上正轨，业务越来越多。在这间公司里，他占有一定比例的干股，事业上的顺利使他获得了另一种满足。

跟客户或熟人，宋逸尘从不谈及私人生活。包括对马克，他也只在最开始提及过一些。然而偶尔空下来时，他却有一种强烈的倾诉欲，想跟谁说说话，聊爱情，聊婚姻，聊男女之间爱情的产生与消逝，忠诚与背叛。

宋逸尘倾诉的对象是一名网友，是他在QQ上随便加的一名同乡。他没想到，短短两个小时的网聊，苏燕像块磁石，吸引他滔滔不绝地说下去。间或提到各自的职业、年龄、身份，他讲得更多的是沈墨和他，她则提到她离异、单身、空窗至今。

打字的速度跟不上潮涌般的思绪，电话聊天不如面对面促膝深谈。三天后，苏燕跟他见面了，跟照片上一样漂亮，比网上更善解人意，比电话中更多温柔妩媚。

7. 两不相欠

"拉平了……"

黑暗中，宋逸尘听到沈墨的声音。他惊讶地扭过头朝妻子望去，却只见到一张熟睡的脸。宋逸尘摸到床头柜上的手机，看看时间，才刚刚两点钟。

忽然之间，他感到浑身燥热，口渴难耐。他悄悄坐起来，轻手轻脚地下床，裹上睡袍离开卧室，去厨房倒水喝。

一杯凉水一饮而尽，宋逸尘依然觉得热。

拉平了。是沈墨的梦呓，还是他的臆想？今夜，他能不能再睡上一会儿？

他想再喝一杯凉水，犹豫了一下，给自己沏了一杯熟普，坐在厨房的小餐桌旁，他的眼前浮现出另一个厨房，另一张小餐桌。

沈墨坐在那张小餐桌旁，不像以往他每次回家时那般殷勤，没给他拿拖鞋、倒茶、放热水洗澡，而是冷冷地坐着，一脸戒备，彷如他是入侵者而不是这个家的男主人。

餐桌上是她的手机，手机下压着一张 A4 纸。

宋逸尘奇怪地瞟一眼沈墨，又顺着她的目光瞟一眼那张纸。

"某人发给我的短信，劝我放手，不必坚持名存实亡的婚姻。"沈墨的声音平静如水，冷得像冰。

"我恨你。你情愿相信一个陌生女人，而不愿相信我。你竟把我俩的私事，告诉一个外人……"

纸上抄满了苏燕发给沈墨的短信。宋逸尘如何恨沈墨，如何欣赏苏燕……这个女人，她精通如何击垮一名妻子的自尊与信念。

"你想怎样？"宋逸尘语气蛮横，实则心虚。

"我只想问你两件事：这样你是不是就满意了，是不是我们之间就算拉平了，两不相欠？"

"我们还能过下去吗？"

沈墨语气里有种难以形容的悲楚，这使他不由定住神惊异地看着她。真的，好像很久很久以来，他就没有好好看过她了。饱满润泽的脸颊消瘦了，眼睛里那种迷人的光彩没了。如果说三亚事件使他受尽煎熬，那么，她也一样。

打开电脑和手机，他当着沈墨的面，把苏燕的名字拉黑，把她列入来电拒听的黑名单里。

苏燕。多年以后，宋逸尘勉强记得这个名字，但已想不起她的模样。他坐在晕黄的灯光下，看到自己的影子投射在桌上，乌压压一片，而那杯熟普冒出的热气，一缕缕消散在那乌压压里，化作一片濡湿。

门"吱呀"响了一声，又一声。宋逸尘知道，是女儿。她力气小，开门时总是要开两下才行。

他轻轻柔柔地唤道："小雨儿。"

"嗯，爸爸。"

走道的灯亮了，女儿去了卫生间。

过一会儿，他听到冲水声。

"快点儿回去睡，当心着凉。"

"唔，爸爸晚安。"

女儿的声音含含糊糊的，却勾着脑袋，冲着光影下的他咧咧嘴做出一个笑脸。

"晚安，宝贝儿。"

走道的灯关了。宋逸尘喝了两口茶，站起身，回到了卧室里。

在这样的夜里，女儿宋若雨的一个微笑，神奇地抚慰了宋逸尘烦乱的心绪。他躺回到床上，无比笃定地告诉自己：不管他曾做错过什么事，至少，他做了一件绝对英明的决定。

那个决定，就是宋若雨，他的亲生骨肉，他在这世上最大的慰藉。

至于令他今晚睡不安稳的那个人，宋逸尘认为，她应该遵守当初他们之间的约定，永不在宋家人面前出现。

第四章　像水杉一样的女人

　　汛期时半截浸泡在江水中的杉树，根系牢牢抓住土壤层，既起到了防护作用，又保证了它们在水中屹立不倒。待到汛期结束，它们的下半截树干上残留着浓重的水渍，除此之外，它们风姿绰约，甚至比汛前更胜一筹。

　　冬季，羽毛般的黄色落叶，将溶解于土壤中，化为养分，滋养自身。

　　杉树，是冯城了解的，一种能随着外界条件的变化而自我调解的植物。

1. 故人散落天涯

　　四月的黄昏，空气中是湿漉漉的花香，气温很低。

　　从必胜客出来，方雨馨说声好冷，裹紧了外套。冯城只恨自己穿的是件套头毛衣外套，不便脱下来披在雨馨身上。他们同时加快了脚步，拐进一条沿街布满小店的马路，不约而同地钻进其中一间。

　　方雨馨还在挑挑拣拣，冯城选了条粉底格子围巾，围在她的脖子上。

　　粉色是方雨馨童年时期的最爱，之后便坚决摒弃了。若她一个人逛商店，这条围巾，她准会自动屏蔽掉。此刻她站在试衣镜前打量着自己，这围巾，与她的外套很配，与她的肤色也很衬。

冯城抢着去付钱，方雨馨不肯。跟钱没关系，这东西本来也不值钱，是雨馨狷介，不想接受冯城的好意。

冯城有些尴尬。女店员替他解围，笑着说："哎哟，围巾就不要你送了！这个事是有讲究的。"

"是吗？有什么讲究？"

"谈恋爱的人，不能送对方围巾，不管是自己织的，还是买的。其他关系倒是无所谓。"

"哦？这样啊！呵呵！"冯城的脸红了。

方雨馨从来就懒得跟不相干的人多费口舌，听到这话只是笑笑，并不作声。

围上围巾再出来，方雨馨感觉好多了。身体舒适，情绪也高了，接着店员开启的话题，她讲了好几个和围巾有关的小故事。

"我高中有个女同学A，暗恋很多女生都喜欢的校篮球队中锋B，B却在苦追隔壁班的女生C。B过十八岁生日时，我们都去他家玩儿。A去晚了，来时正赶上C把礼物送给男生，是一条围巾。我们正嬉笑着看男生红着脸把围巾围上，忽然听见一声尖叫，A冲到男生跟前，一把夺过那条围巾——送围巾会分手，她嚷嚷着，大家都以为A疯了。"

方雨馨歇了口气，冯城问："然后呢？"

"男生愣了一会儿，还是把围巾戴上了，说，不求天长地久，但求曾经拥有。"

"哈哈！这男生好笨，竟敢说这种话！"

方雨馨也笑了，心里却有些酸涩。她还记得在飞机上做的那个梦，梦里的女郎，是她少女时代的朋友。

她看看冯城的耳朵。

"C的耳朵上也有一颗痣，跟你一样。"

冯城下意识地伸手去摸了摸耳朵，"然后呢？"

"C当场翻脸，什么叫不求天长地久？这么说，你早就想好了，大家玩玩而已咯？B知道自己说错话，却没办法丢下一屋子同学去追她。后来嘛，他们应该是和解了，但又很快闹掰了。再后来，你猜怎么着？"

冯城摇头。

"A和B考上同一所大学，成了一对儿。"

冯城高兴地说："那太妙了！从这两位的做事说话方式就看得出来，两人很相像，都是说话不经大脑的人，都有点儿……二。哈哈哈！现在他们还在一起吗？"

雨馨笑着，缓缓摇了摇头。

"后来，我跟同学们很少来往，基本上中断了联络。所以，他们是不是还在一起，过得怎样，我不知道。"

"这样啊！"冯城点点头，"中学时代的朋友，不知不觉就走散了。故人散落天涯，随缘吧，雨馨。"

方雨馨轻叹了口气。一阵风吹来，她把围巾围好，换了个话题，抱怨起上海四月的天气。

冯城笑道："四月，上海的四月还是很美的。我告诉你，在俄罗斯，在圣彼得堡的森林里，有一座小岛，岛上住着一只兔子。四月的一天，它还在灌木丛里晒太阳睡觉，第二天，身上的毛全都湿了，它才从梦里醒来。猜，为什么会这样？"

"晚上下了一场雨？"

冯城狡黠地看了雨馨一眼，公布答案。

"因为，四月的俄罗斯，积雪才刚刚消融，河水上涨，淹没了兔子睡觉的地方。"

冯城讲的是俄罗斯儿童科普书《森林报》里的一个小故事。这是他小时候最爱看的书。

2. 芍药是春天最后一杯酒

一条在水里的鱼有多重？哪种昆虫的成虫没长嘴？秋天开始的每天每夜，都有鸟儿踏上越冬的旅程，大多数鸟儿飞向南方的法国、意大利、地中海、非洲，还有一些鸟儿向东飞，经过乌拉尔，经过西伯利亚，飞到印度去。有的甚至飞到美国。

方雨馨喜欢听冯城讲俄罗斯森林里的故事。

不知不觉间，她和冯城已成了经常聚在一起吃饭、打球、看电影的好朋友。她很喜欢跟冯城在一起，除了森林、动物，冯城还是一名业余植物学家，马路边种植的任何树木、灌木和花朵，他都能叫出名来，学名、别名、花期、特点，他仿佛无所不知。

方雨馨一度以为冯城的专业是植物学，问过才知，冯城学的是物理。

"你喜欢的是植物，学的是物理，从事的是制造加工业。请问冯先生，你内心真正想做的事，是什么？"

冯城说："叫我怎么回答呢？这问题我也问过自己，没有答案。"

喜欢植物，起初是受一名初中女同学的影响。冯城喜欢她，特意找了些相关书籍研读，以便卖弄。学物理，因为那是他学得最好的一门科目。至于现在做的事，由不得他选。

方雨馨望着湖面上的游船，听冯城有一句没一句地说着他的故事，忽然就走了神。周末的植物园，游客众多。繁花似锦的春日，樱花、桃花、玉兰花的花期过了，此刻园中人潮最汹涌之处，是芍药园。芍药是春天最后一杯酒，此花开过，就是初夏了。

"那你呢？"冯城问。

"我？"方雨馨愣了一下。

"我想做的事，大概就是我手里正在做的事吧。"

"然后呢？"

"然后，然后，你很喜欢问然后。"

冯城看出她的不悦，辩白道："我有吗？你问的是内心想做的事，比方说画家喜欢的就是画画，作家喜欢的就是写作，他们做的事，可能正是他们内心想做的事。我知道你很能干，可这只是一份工作——"

雨馨有些恼，"我没得选，因为我需要工作，要养活自己，要在工作所得中收获安全感。我要的，这份工都能给我。至于一辈子，我没想过，我只知道现在我很满意。"

"假如你能选呢？再说你怎么知道我不喜欢现在做的事？"

"假如？世上没有假如。至于第二个问题，我看得出来，你并不喜欢你家人加在你身上的这副担子，谈起跟这份工作相关的话题，你的声音就低了三分。你排斥这件事，尽管你奔来奔去，但你很疲惫，不是精力不济，而是状态不佳。"

她越说越烦躁，"算了，我为什么要跟你说这些？与我何干？"

隐隐的，她觉得冯城戳到了她的痛处。假如能够选择，此刻她会做些什么？

她心烦意乱，冯城一头雾水。

"我愿意听你说。"

"你愿意听，我就必须说？"

"你怎么了？生我气了？"

方雨馨冷笑，"我为什么要生你的气？你这话莫名其妙。"

冯城对方雨馨的情绪变化茫然不解，只好扭过头，望着湖面上的游船发呆。笑声、谈话声，从湖上飘过来，空气中是醺然的植物芬芳。

"今天几号？"方雨馨忽然开口，未及冯城回答，她就笑了笑，抱歉地说："唉，天气真热，一点儿也不像春天。我今天很烦躁，但跟你没关系，你别介意。"

她为自己的坏脾气找到了理由：生理期前几天，她的情绪总是有点儿反常。

她为这个理由而安心，温言软语安抚冯城，两人一起离开湖畔，去芍药园看花。

连她自己都不明白，触动她暴点的，是一家三口泛舟湖面的风景画面。

3. 像水杉一样

方雨馨，康城人，在深圳生活多年，单身，比冯城大三岁。

她很能干，来上海短短两个月，她就拿下一个大项目。

此外，冯城对方雨馨还了解多少？

铅笔在速写本上滑动，渐渐呈现出一名女子的轮廓，身材、发型、脸型，都和方雨馨非常相像，眼睛细长一些，嘴角上扬，画上的女子显得快乐无忧，又跟方雨馨截然不同。

他画的是方雨馨，还是别人？

冯城用橡皮擦擦去眼睛和嘴巴，试图让画面上的女子更像方雨馨。他改了好几遍，依然没有成功。

眼睛是心灵的窗口，嘴角的弧度会泄露心的秘密。冯城放下笔，撕下这张画纸，将它扔进字纸篓中。

他的眼前浮现出方雨馨的模样……

她是一名温柔的女人。

她有许多心事，有时她会突然陷入沉默和忧思中。

她很敏锐，能轻易看透别人。

她很漂亮，像某位国产女明星，又像某位日本影星。总体来说，她就是她，自有一番韵味。

有时她露出慵懒的神色，像一种猫科动物。不，肯定不像猫。猫总是轻手轻脚，在身后窥视你。她不是，她落落大方，目光坦然。

她像一棵树，树形优美，与其他树并立在一起，仿佛毫无二致。只有当你专注地凝望她时，你才会看到她的特别之处。

水杉……

冯城想到了水杉。

他在康城一中读过一年书。那一年里，他经常往江边跑，在运送黄沙的码头看货船上下货。码头两边，是成片成片的杉树防护林，树林后才是高七八米的堤坝。堤坝外是一条双车道的柏油马路，名叫沿江大道。马路另一侧，连绵着宽约十米的树林，同样种植着杉树。穿过这一片杉树林，走下缓坡，一幢幢红色的四层楼房映入眼帘，就进入了康城老城区。

冯城亲眼看见夏季汛期时半截浸泡在江水中的杉树，它们的根系牢牢抓住土壤层，既起到了防护作用，又保证了它们在水中屹立不倒。待到汛期结束，它们的下半截树干上残留着浓重的水渍，除此之外，它们风姿绰约，甚至比汛前更胜一筹。

冬季，冯城有时会去树林里散步。阳光照在光秃秃的杉树枝上，照在土面上厚厚的枯树叶上。那些羽毛般的褐色落叶，具有一种特殊的美感。它们将溶解于土壤中，化为养分，滋养自身。

杉树，是冯城了解的，一种能随着外界条件的变化而自我调解的植物。

杉树是康城留给冯城的最深记忆，或许正是这个原因，想着来自康城的方雨馨时，冯城才会将她和杉树联系在一起。

康城，康城……冯城感到一阵晕眩。速写本上的女子，不是方雨馨，而是多年前他在康城偶遇的一个女孩。

他只见过一面的女孩。

他的初恋。

4. 社区小店

"来了。你好久没来了。"

冯城走进社区小店时，负责上菜的女人看了看他，打了声招呼。

"老余，炖盅插头该插上了。"她又朝厨房间喊了一声。

冯城大概去早了，学生们尚未放学，小饭桌还没摆起来，店里只有他俩和冯城。

老余从厨房里出来，也熟络地问候冯城同样的话，说完又加上一句："女朋友怎么没一起过来？"

冯城惶然道："别瞎说，只是普通朋友。她今天有事。"

老余笑道："难怪，被放鸽子了。"

女人也笑："上次你带来的朋友，难道不是女的？女性朋友，简称女朋友。你紧张什么？"

老余说："小年轻，一句玩笑话就红了脸，面皮真薄。"

女人走过去，手指头在老余脸颊上弹一下。

"你当像你一样，脸皮厚，都不知道脸红是怎么回事了吧？"

老余不羞不恼，顺势捉过她的手看了看，摇头道："不是我皮厚。你这手肉嘟嘟的，又没蓄指甲，戳到脸上没啥感觉。当年这双手，又细又长，那才叫好看。"

"可不是！手被你的小店给毁了，你怎么赔我损失？"

"明天给你炖木瓜雪蛤吃。"

"不高兴吃雪蛤，换一个！"

……

两人也不避嫌，打情骂俏，大秀恩爱。冯城看着眼热，低头闷笑。

再抬头时，不见女人的身影，屋里只有他和老余。

"那个，余师傅……今天营业吗？"

"唔。"

冯城看看时间，奇道："今天怎么没小朋友？"

老余一边沏茶，一边说："今天礼拜天，双休日这儿比较清净。阿黛这会儿去看她妹妹了。每周她可以休息两天，我有时候陪她出去逛逛，有时候我懒得动，她也不要我陪，我就留在这里，来人了，烧两个菜，没人来，我就歇着。"

冯城笑道："听上去很惬意，这工作挺悠闲啊！"

"悠闲的意思是，这么闲，怎么赚钱？"老余笑着接过话头，递给冯城一杯香气扑鼻的凤凰单枞。

"是呀！余师傅，不瞒您说，我挺好奇。您这儿的菜味道真好，收费却不贵。这也就算了，如今是酒香也怕巷子深，营销至上，您这店开在社区里面，连个店招都没有，谁会来呢？"

老余睄着他，眼角笑纹更深了。

"咦？你不就来了吗？来了一回又有二回、三回，还带过朋友来。"

老余坐下来，燃起一支烟。

"这会儿闲着，你要不要跟我喝一杯？我请客，小菜有东北酱包菜，有我昨晚做的酱鸭，还有油炸花生米。"

5. 不必理解只需妥协

酱包菜并非咸菜。将包菜撕成片，放在滚水中略焯一下，用热油炒香花椒末、辣椒碎，再加入老抽酱油等做成调料，待冷却后拌入包菜中，置入保鲜盒放冰箱冷藏数小时，即可得爽脆入味的一道小菜。

酱鸭的做法比较复杂，老余没有仔细说。

"过去大户人家请厨师，据说就考两道菜，一道蛋炒饭，一道青椒牛肉丝。听上去简单吧？越是简单的菜，越考厨师的功底。像酱鸭这种菜，我说起来很复杂，其实不难。下趟你要想讨女朋友欢心，想学特别好吃的蛋炒饭和青椒牛肉丝，我教你。"

冯城连连点头，眼前飘过方雨馨的倩影。

老余把菜摆在圆桌上，从屋角的一只酒瓮中舀了一碗陈年花雕。

"这天不冷不热的，也用不着温酒。"

话虽这么说，老余偏又转身拿了一只白瓷温酒壶。

冯城看着老余忙进忙出，心里有些过意不去。他对这地方，对这儿的人，老余和阿黛，甚至对那些他没记住面孔的孩子们，全都怀有一种莫名的亲切感。

半年前，他为什么会走进这个老式小区，为什么会走进这个屋子？除了用缘分来解释，冯城找不到别的理由。

他说这话时，两人已饮了两壶温热的花雕。那瓷壶很小，两壶也不过是半碗酒，约莫三两。饮了些酒，老余谈兴更浓。

"你虽年轻，但依我看，也是有历练的人。你应该看得出来，我这里既不是拿执照做饭店的地方，也不是开班带学生的机构。我跟阿黛，就是随便收点钱混混日子。她的朋友比较多，人缘也好，每年都要回绝掉一些学生的家长。我呢，除了管孩子们一顿点心，本来不做别的，两年前吧，不记得具体是哪天，有人走进这里，误以为这是一家小饭店，朝冷柜里一看，拣里面有的菜蔬叫我做。我还没回过神来，人家已大大咧咧坐下来，从包里取出笔记本电脑，打开来问我 WIFI 密码了。"

"然后呢？"冯城说完想到方雨馨说他喜欢追问然后呢，连忙改口道，"我的意思是，他算是您的第一位顾客吧？"

"当时我和阿黛都有点儿惊讶，但那孩子，看着极其顺眼。事后我跟阿黛说到他，都有这种感觉，好像，你完全不能拒绝他，告诉他这里不卖饭，他走错地儿了。"

"那么，后来他又来过这里吗？"

老余摇摇头。冯城端起酒盅，敬了敬老余。

"有点儿遗憾！刚听您说时，以为他会经常来，成为这儿的熟客。"

老余笑了笑，忽然问冯城看过《一代宗师》没。

"王家卫在香港书展做讲座。有人问，张震在《一代宗师》里耍帅，莫名其妙地出现，又莫名其妙消失，不知道是干吗来的？王家卫说，有时候我昨天遇到一个人，感觉他非常有意思，印象深刻。但后来就再也碰不上了，人生就是这样。"

冯城说："明白了，第一个顾客，就是这样的人。"

冯城和老余漫无边际地聊着闲天，老余讲了许多故事，有他自己的，也有别人的。冯城听得津津有味，不知不觉中，盛花雕的碗空了，老余又舀了一碗。

这个年轻时就立志在四十岁退休的男人，在他四十五岁那年终于实现了自己的愿望，彻底脱离职场，过上了在都市隐居的生活。

"我很佩服你，老余！但说心里话，我并不理解你。"

"不理解就对了。"老余伸手，在冯城肩头重重地拍了两下。

"别说你不理解，从前的同事，亲戚朋友，多少人都不理解。他们批评我胆怯、缺乏责任感，劝我为了儿子着想，也要多赚点钱。多？多少算多？他已经读大学了，我们为他攒的教育金，完全够他继续读下去。我要怎样做才算尽到做父亲的责任？我也不理解劝我的人的想法。我认为，任何人之间，不了解、被误解，才是正常的。"

冯城不禁问："阿黛姐了解你、理解你吗？"

老余笑着沉默了一会儿，"她妥协了。"

冯城说："那就是理解了。"

"不，不是。她只是妥协了，愿意接受我的决定。"

半小时前，冯城听老余说到他和阿黛的婚姻时，曾提过他们差点儿离婚。一个多小时前，冯城亲眼看见过这对夫妇打情骂俏。关于爱情，冯城的看法是：相爱的两个人，要走进彼此的心里。老余却告诉他，心是自己的，可以互相串门，进去坐坐。夫妻之间要长期相处，这样就够了。

"小冯，比如你爱上一个女孩，你觉得对方更愿意你用哪种方式待她？是你看透她的一切、前世今生你都了解，还是你不管她做过什么想做什么，只管接受她的一切？"

冯城默默咀嚼着老余的话，忽有豁然开朗之感。

6. 焉知不是棋子

方雨馨并非有意放冯城的鸽子，这个周末，她在杭州陪在此出差的嫂子李蕾。冯城和老余饮酒聊天的时候，方雨馨和李蕾正在西湖边饮茶。

来上海公司不到三个月，方雨馨一口气拿下DC设计事务所参与的两个项目。包括高新华在内的所有上海同事，尽管仍自成一体，对方雨馨的态度，还是恭敬了许多。谁也搞不懂她是怎么拿下的这两个项目，除了敬服，他们没有更好的选择。

当然，他们还是会观望。因为高新华私下里已同他们聊过：蔡宇恒在追求他的外甥女盛佳琪，前不久已经求婚成功。

两大股东之间的联姻，令上海公司的盛氏老员工振奋不已，仿佛这样一来，盛氏在上海的力量又大了许多，而他们这些做事情拿薪水的人，也将获得额外优待。

方雨馨对蔡宇恒派她来上海的目的再清楚不过，无非是要她撬开上海市场的盖子，用事实堵住盛钧的嘴，必要时，他有充分理由对上海的人员结构来一次大换血。

方雨馨也知道蔡宇恒同盛佳琪的交往，但没料到进展如此迅速。

同事们莫名兴奋的神色，高新华按捺不住的得意，都让她对自己的所谓知道产生了怀疑：她是蔡宇恒的朋友，还是他的一枚棋子？若是棋子，将来在上海被换掉的，焉知是她，还是盛氏那帮人？

她曾对冯城说，她用这份工作养活了自己，在工作所得中收获了安全感，她很满意。几天前，蔡宇恒告诉她，他和盛佳琪确定了婚事，并将到上海补一个订婚仪式。方雨馨这才发现，在她生活中占据重要地位的工作，并非她一直以为的那样可靠。简单来讲，她所依靠的，并不完全是这份工作，还在于老板蔡宇恒和她之间微妙的友情。

她曾以为这种关系是无可替代的，是男女之间最纯粹的情谊，比恋人、夫妇都要牢靠。

没有任何迹象显示这样的关系已崩盘，方雨馨的情绪却非常低落。

蔡宇恒在她心里占据一个位置，她承认。

他是她人生低谷中遇到的贵人，是她欣赏、信赖的人。

她也知道，蔡宇恒对她的感情与众不同。

然而，他们之间还能怎样呢？从一开始，他们就有着超乎寻常的默契，摈弃男欢女爱，做彼此生命中的异性好友。

加盟蔡氏之后，方雨馨没有正经谈过一次恋爱。诚然，她无意涉足爱河，只愿专注于工作。但她正值芳华，即便本人无意，也不乏恋慕她的对象，那些温柔深情的目光，那些发自内心的动情话儿，难道从未打动过她吗？

她可曾错过什么？

即便是错过了，方雨馨也不觉遗憾。彼时彼刻，她的生活里只有工作。

"我要是你呀，肯定有空就去旅游，国内国外到处玩儿，逛累了再说，总之想干吗就干吗。生活嘛，不能只有工作，工作是为了让自己生活得更好。"

坐在西湖边的茶室里，李蕾对雨馨说。

这话多么耳熟！不久前，冯城对她说过差不多意思的话。

"唔，"方雨馨认真地敷衍着嫂子，"最近老是看到旅游者在国外出事儿的报道，不然我真打算休个假出去逛逛。"

第五章　被移植的记忆

在一起多年，因为习惯接受，因为懒于付出，渐渐忽略对方，无论是他喜欢吃的东西，还是一些细节流露出的变化。等到他爱上别人，或是对自己失去耐性，又觉得无限委屈。懒人的爱情，大概就是这样的吧。

1. 沈家姐妹

"非走不可。"

一见面，沈墨就告诉阿黛，她已下定了移民的决心。

"你说有要紧事跟我说，就是这个？"

阿黛比沈墨大两岁，当年沈黛考进上海的大学，毕业后定居于此。数年后，沈墨和宋逸尘夫妇也从武汉移居上海。

沈墨点点头，浓重的黑眼圈昭示了她最近的睡眠质量。

姐妹俩都算得上美人，长相却并不相似。沈黛像母亲，体态娇小，圆脸，眉清目秀，是古典美。沈墨更像父亲，身材高挑颀长，五官秀丽，比姐姐更夺人眼球。如今两人都步入中年，沈黛早就洗尽铅华，沈墨则非常注意保养和装扮，姐妹俩的外表差异越发明显，奇怪的是，旁人若是同时看到她俩，反而会觉得沈黛比沈墨年轻。

"姐，我就是舍不得你。"沈墨递给姐姐一根香烟，拿了打火机替姐姐点上，也给自己点了一根。

沈黛的目光停留在妹妹左手小拇指上的一圈疤痕上。时光久远，疤痕的颜色已褪成淡淡一圈白色的细线。记忆却并没有随着疤痕的褪色而模糊。

关于这个疤痕，多年前，沈黛听妹妹讲过一个故事。她心疼妹妹，但也觉得妹妹太作了一些。姐妹俩性格迥异，妹妹自幼任性、主意大，脾气又倔，对姐姐亲热、体贴，却从不肯听姐姐一句劝告。

"外国有什么好？"沈黛问。

沈墨自顾自说道："我问过叶子了，像我们这样的情况，移民过去不成问题……"

"问题是，有这个必要吗？"

沈墨掐灭还剩一半的香烟，幽幽叹了口气。

沈黛又问："上次你说有个老板想收购你们厂，逸尘也很动心，后来怎样了？"

"还在接触中，逸尘没把话说死。"

沈墨顿了一下，忽然激动起来。

"姐，你东问西问，一句话也没说到点子上。卖掉厂子，我们全家移民出去，这不难。最大的问题是，去了国外宋逸尘能做什么？他不像姐夫，喜欢宅在一个地方，过自己的小日子。他这个人，没事做就会瞎折腾，还会把一切麻烦都怪在我头上。到时候不知他会闹出什么花样来！"

沈墨唉声叹气，只说羡慕姐姐和姐夫的小日子，浑然忘了，就在不久前，她和姐姐聚在一起吃饭时，谈到日用开销，谈到服装首饰，她还满心心疼姐姐过得太清寒，愤愤不平地数落姐夫关门闭户、不求上进的生活态度。

　　每次听到妹妹指责老余，沈黛都笑而不语。

　　"你真的羡慕我跟你姐夫？"沈黛问。

　　不等妹妹回答，她又问："那你知不知道，我怎么会忽然同意他辞职回家，最后把我自己也搭进去，陪他过现在这样的生活？"

　　沈黛一直知道老余的不求上进。当然，这是只有最亲近的人才会获悉的真相。在外人看来，老余工作认真，办事靠谱，即便算不得职场精英，也差不到哪里去。沈黛一度很欣赏老余的"宅"，别人家的老公下班后有应酬有活动，老余不一样，业余时间就爱逛菜场、超市，采买各式新鲜食材和调味料，炮制精致菜肴来喂养她和儿子。

　　多么让人放心的老公啊！

　　有时老余也会外出旅行，返回后必然会试制旅行所到之处的特色美食。沈黛笑称她和儿子是小白鼠，饱受乱七八糟菜式的荼毒，苦不堪言。这种情况在儿子进入寄宿高中后有所改变，三口之家忽然退回到两人世界，老余一如既往地沉迷于他的烹饪试验中，对失而复得的两人世界毫无珍视的意思。沈黛开始感到生活的单调、沉闷，对老公奉上的佳肴失去了兴致。

　　第一次争吵，是从老余端给沈黛的一块炸猪排开始的。

　　"快尝尝！又酥又香的炸猪排。喏，辣酱油在这儿，蘸一点儿。"

沈黛说："中午在饭堂吃的也是炸猪排。"

老余嗤之以鼻，"你们食堂做的猪食，能跟我的手艺比？"

沈黛烦了，"是，全世界就你做的菜最好吃。我们在外头吃的都是猪食，我们都是猪，就你一人最高贵。"

老余嘴硬，"我就是打个比方，夸张一点点，怎么了？你得承认，我说的是事实。"

沈黛把盘子一推，"我情愿去外面吃，吃日式料理，吃海鲜自助，吃黑暗料理，吃烛光晚餐！"

老余知道妻子心情不佳，却有心同她吵一架，特意选在此时告诉她："你说的这些，我统统会做，而且肯定比外头做的要好。我早说过做到四十岁就退休，结果拖到现在还没退，现在看来，是时候做点自己的事了。"

"你说什么？你要辞职回家？"沈黛忘了生气。

"没错。"

"你疯了吗？天上会掉馅饼？你待在家里，钞票会从钱包里自己长出来？儿子还没读大学，将来还要买房子、讨老婆，样样事需要钱，你竟然就想退休了？"

"我又不欠儿子的，该给他的会给他，该他自己去赚的，由他去赚。我不是他的奴隶。至于每个月的开销，我早有计划，你放心好了。"

老余的计划，就是给社区里一些家长晚归的学生做托管。他在社区论坛上发过帖子，眼下已储存了足够开班的信息资源。

沈黛早知老余不是能带给她大富大贵的男人，却不知老余的志向如此"低落垂地"。为了实现这一目标，他已筹划良久。

男人啊，你的名字叫阴险！

这不是调侃，是沈黛从牙齿缝中进出的肺腑之言。

在一起生活多年，她知道老余一定会将这一计划变成事实。在无数次的争辩后，在无意中看到老余跟同学的QQ聊天记录后，沈黛放弃了让一头牛从食草改为食肉的努力。

她开始转移夫妻共同财产，为离婚做准备。她懒得跟老余啰唆，假期不是跟妹妹或老同学聚会，就是独自出门旅行。

老余死人一般，依然沉浸于他与厨房的热恋中，对妻子的忧郁、愤怒假装不解。

2. 沈黛的邂逅

这天午休，沈黛跟几个同事到五楼一家服装公司玩。那儿在搞内部特卖会，其实就是低价抛售库存，很多在这幢大厦上班的女士跟沈黛一样，吃过午餐，抱着随便看看的心态跑过去，小小的特卖会场因此显得更加拥挤。

看到那个女子的第一眼，沈黛就忘了身处的环境，忘了她的同伴。那一刻的感觉，是一道光照过来，照在一页书上，女子的名字和样子，甚至她的籍贯、年龄、性格，上面都有显示。

沈黛走近，轻描淡写地说道："这件小外套不错，可以搭在吊带衫外面，遮阳。"

女子脸上露出惊诧的表情，不知是不是被沈黛主动搭讪给震的。

"你是湖北人？那我们是老乡！"女子看上去有些激动。

因为这层关系，加上沈黛有意接近，从特卖会出来时，这位名叫溪的女子跟沈黛已变得很熟络。

在电梯间，同事们笑话沈黛，阿黛姐，你现在变得很随和很接地气嘛！逛个特卖会也能跟陌生人打得火热。

沈黛很奇怪，难道她以前很高冷吗？

同事们嘻嘻哈哈地把话题岔开，电梯"叮"一声，又该工作了。

沈黛坐回到自己的位置上，办公桌上的台历正翻到六月。

时间过得真快啊！沈黛已销假返工一个月了。

从同事们的眼神和谈话中，沈黛知道一个事实：经受过一场近乎丧命的灾难后，她跟从前有很大的改变。

奇怪的是，她对自己的所谓改变毫无感觉，不知旁人为何露出诧异之色。

说起来，这场车祸算得上一次严重事故，输入时间和公路名称，网上会跳出许多条相关新闻报道。事情发生在三月，沈黛独自参团旅行时，旅行大巴在通往山区的公路上出了车祸。

沈黛从昏迷中醒来，首先看到一双男人的眼睛，关切、惊喜。男人四十出头的样子，握着沈黛的手，温柔地叫着沈黛的名字：阿黛！阿黛！

沈黛脑子里一片空茫，但她记得自己是结了婚的，那么，这男人该是丈夫老余。

于是沈黛说：老余？

两颗硕大的泪珠从老余眼里滚出来，落在沈黛手背上，滚烫，灼人。

"我没照顾好你。"老余在忏悔。

沈黛再次跌入昏睡中。

据说这次车祸有三人遇难，很多人受伤，沈黛只是四肢受到皮外伤，脑部CT检查也很正常，奇怪的是，沈黛却像重伤者一样，昏睡不醒。

老余守了沈黛三天二夜，胡子拉碴面容疲倦。他对沈黛这么好，沈黛却觉得才认识老余。关于从前，沈黛似乎全忘了。

医生说沈黛可能受惊过度，像这种部分失忆的症状，相信随着时间的流逝，会慢慢好转。

沈黛没想到失忆这种事会发生在自己身上，看起来也没什么了不起，只是有时候，当沈黛死活想不起从前，想不起自己有个正在市重点高中读书的儿子，想不起老余和她恋爱、结婚的细节时，沈黛还是很难过。

比失忆更让人困惑的是，沈黛的脑子里平白多出一段记忆。中午在特卖会认识的溪，就是这段记忆的一部分。

沈黛不仅知道溪这个人，还知道溪有一位高中时就相恋的男友。男友虽然没打算离开她，但已爱上名叫勤的女孩。

为什么沈黛会知道这些？

因为，因为……在这段记忆里，沈黛，就，是，勤！

3. 奇特的记忆

这种事说出来，沈黛会不会被送进精神病院？至少也会被当作高烧患者吧？

沈黛和溪的交往越来越频密。她发现，关于溪的一切，外表自不必说，性格、喜好，都跟她记忆中的溪一模一样——该如何称呼"她的记忆"？姑且将关于溪的一切信息称之为勤的记忆吧！

沈黛陷入恐惧中。她跟一名年轻女郎走得很近！她和溪，在同一幢大厦的不同办公室上班，又是同乡，她们的年龄相差十来岁，但这一点，不能成为阻碍她们交往的理由吧？

如沈黛的同事所言，往日的阿黛姐，是那种与任何人都保持一定距离的高冷女士，主动与年轻人攀谈，绝对不是阿黛姐的风格。

就是这样。沈黛觉得，是一种神秘的力量在推动她和溪的交往，而不是出自她本意。

出事后，老余一直守着她，对她悉心呵护，对她的种种不正常，比如不跟他同房，比如不记得他们之间的过往，老余都表示出最大的体谅和理解。

每周末回家住的儿子，甚至不知道出过车祸的母亲，精神上正遭受一场难以言喻的折磨。这当然跟老余的勉力维护分不开。

沈黛决定冒个险，跟老余分享这段奇特的记忆——被移植到她脑中的，勤的记忆。

"你记得勤的姓名，还有其他有用的信息吗？比方说，工作单位，哪个地方的人？"

沈黛凝神想了想，有了！她在纸上画出一个图标，又写下几个英文字母。

老余拿着那张纸到电脑跟前忙了一会儿，又打了几个电话，再次面对沈黛时，他脸上写满惊讶。

"这是一家外企的名称缩写和企标，勤是这家公司的员工。"他看着沈黛，仿佛在尽量克制自己的激动。

"三月份，勤请了年假到上海来玩，"他停顿了一下，"恰好我同学在那家公司，他听说了些八卦，好像是说勤最近跟一个有女朋友的上海男人关系亲密。可是，不知怎么回事，勤到上海后似乎并没跟那个男人在一起，因为第二天她就踏上了一辆旅游大巴。大巴在高速公路上出了事，有三人丧命，勤是其中之一。"

沈黛接下去说道："勤和我，是同一车的游客。在那次旅行中，出事的那一瞬，勤的一段记忆印在我的脑子里。对，就是这个原因，我才不记得过去的事情。"

她看着老余，心情复杂到极点。

"因为，过去，被勤的记忆给挤掉了。"

老余注视她良久，点点头，同意她的说法。

几天后，老余告诉沈黛，他记得从前看过一本书，那是一本搜集世界神奇事件的书，里面记载过与沈黛情况类似的事。

一位黑人妇女在车祸中受到重伤，脑部没有受损，但在两个月后她伤愈出院时，却拥有了与从前截然不同的另一份记忆。这份记忆属于一千多公里外的一名少女。少女在两个月前死于一场流感。

沈黛不知老余是真的看过这样一本书，还是精心编织了这番谎话，只为宽慰她。

对于自己无法解释的事情，接受它是最简单的方式。

办公桌上的台历翻到七月时，溪与沈黛已成为很好的朋友。有时她们在写字楼下的喷水池边站着聊天、微笑，沈黛会忘记她跟溪之间莫名其妙的联系。

但这个礼拜五中午，当她们照例站在喷水池旁说些无关紧要的话时，沈黛忽然提出一个冒昧的要求。

"明天我去你家玩好吗?"

溪爽快地答应了，"我正愁明天怎么打发呢! 你早上就来，中午我们去吃点东西，下午找个包间 K 歌怎样?"

晚上沈黛告诉老余要去溪家做客。老余正在举哑铃，忽然就停了。

"就是跟勤交往的男人的女朋友？"不就是情敌吗，老余咬文嚼字，听上去有点可笑。

但沈黛从他的眼神看出来了，他是担心沈黛又在不知不觉中扮演了勤的角色，他担心勤的记忆在引导妻子的行动。

老实说，沈黛正在这么干，而且不希望受到阻挠。

为了让老余安心，沈黛把溪的地址和电话抄给老余，同意他在溪家附近等沈黛出来。

溪的家，如沈黛所料，家具家电都有，看上去也干净整洁，可是毫无温馨可人的家庭气息。

"房子是他家早就买好给我们结婚用的。平时他是空中飞人，我跟爸妈住，他回来我就住过来。"溪介绍的情况，在沈黛的，哦，不，在勤的记忆里都有。

沈黛走进厨房，拉开冰箱看了看，冷冷地说："你家厨房真干净。"

溪的脸上露出诧异之色，她耐着性子告诉沈黛，她不擅做饭，跟男友在一起时要么煮速冻水饺，泡方便面，要么出去吃。

"那你男朋友最爱吃什么你知道吗？"

溪摇摇头，"你看上去好严厉！你怎么了？"

沈黛注视着溪，溪的脸色从烦躁不安到严肃再到迷惘。

她说："我从没考虑过这些。我们从念高中时就认识，谈了很多年恋爱，他什么都顺着我，我喜欢的他就喜欢。但你突然这么一问，我才发现，我从没想过他喜欢什么。"

就在溪沉默和说话的这几分钟里，沈黛的脑袋疼得快要裂开了。按照勤的记忆，沈黛将代替她跟溪进行一场谈判。然而溪的神情和语气又激发了沈黛的同情心，提醒沈黛，这也是一个陷入感情困境中的女孩。

冰箱里只有三个鸡蛋，正好可以做个厚蛋烧，也叫玉子烧，是一道日式菜。

在勤的记忆里，反复出现她和一个男人坐在餐桌前吃些番茄炒蛋、清蒸鱼、青椒肉丝这类家常菜的情境，也提到过男人最近喜欢上日本料理。

假如没有发生那场可怕的车祸，假如勤还活着……勤到上海来，就是想跟溪摊牌，就算溪最后跟男友结了婚，她也可怜溪：溪营造的家，像间冷冰冰的旅馆客房；溪这个女人，什么菜都不会做。

忽然之间沈黛感到筋疲力尽。溪的家里连像样的茶具都没有，只有瓶装矿泉水和易拉罐汽水和啤酒。

沈黛靠在水槽旁喝了几口水，拉开冰箱门，"我教你做个简单的菜，很多人都爱吃，也许你男友也喜欢。"

现在，沈黛已从勤的记忆里跳出来。她不再是勤，而是沈黛，是老余的阿黛。

老余擅长做饭，老余的阿黛只会做几样菜，其中一样就是玉子烧，还是她特别喜欢，老余手把手教了她好几次，她才学成的——拿手菜。

4. 玉子烧

真不容易，沈黛所需要的调味品，溪的厨房里恰好有，而且都在保质期之内。

把三个鸡蛋敲进碗里，加一点点盐，少量浅色的生抽酱油，再加一大勺糖。加一点干贝素。用筷子使劲搅打到蛋液起泡。

开小火，平底锅内放少许油，将鸡蛋液的三分之一倒进锅内，轻轻摇动平底锅，让蛋液在锅内形成类似长方形的条状，稍微凝结后，用锅铲轻轻将它对折成蛋卷。贴着这块蛋卷的边缘倒第二次蛋液，也是三分之一的量，重复摇动平底锅的动作，将凝结的蛋液对折后再卷到第一次做成的蛋卷上。再倒第三次，重复以上动作。火开得小一点，蛋液看上去有点流动也没有关系，只要翻身翻得过来。

沈黛一边做一边解释每道步骤，溪则像一个认真的学生。

现在，锅里出现一个粗粗的蛋卷。沈黛把它盛到盘子里，用溪递过来的水果刀切成两厘米长的段。

"甜中带咸，要是绑上一根细海苔作装饰，就跟寿司店里卖的一模一样！"溪尝了一个，开了两罐啤酒。

佐酒、空吃、配白米饭都可以。玉子烧真是风情万种啊！

溪很快喝光一罐啤酒，想起什么，从冰箱冷冻室里取出一袋鱼豆腐、贡丸、鱼丸之类的东西，又翻出一袋写满日文的关东煮调味包。

"这是他上个月买的。我以为，他买回来，是让我加在泡面里吃。"溪"哼"了一声，"看来他是想吃关东煮了。可是，为什么他不明说呢？"

大概是醉意和内心深处的酸楚一起涌了上来，溪的眼里涌出泪水。

沈黛望着她，也流下了泪水。

她是为溪而落泪，也是为自己，为老余。

在一起多年，因为习惯接受，因为懒于付出，渐渐忽略对方，无论是他喜欢吃的东西，还是一些细节流露出的变化。等到他爱上别人，或是对自己失去耐性，又觉得无限委屈。懒人的爱情，大概就是这样的吧。

那天，沈黛把她会做的所有菜的做法抄在了一张纸上，送给溪。不过是玉子烧、关东煮、清蒸鱼、排骨汤这样清淡简单的菜式。那天溪喝了太多啤酒，靠在沙发上睡着了。正午的阳光照在她年轻光洁的脸上，真是美丽、简单的女孩。

真像年轻时的沈黛。

沈黛在菜谱下留了言，起身出门，轻轻关上了溪家的房门。走出门，远远就看见老余站在一棵树下。他一定等沈黛很久了。

老余看见沈黛，从树荫下走出来。阳光照在他的头发上、脸上、身上，像照在一本翻开的书上。

沈黛仿佛看到他跟初恋女友的聊天记录，他们在QQ上回味过去的美好时光，回味高中时代的各种趣事，学校周围的黑暗料理以及早点摊的油炸鸡冠饺。

老余在QQ上说，太可恨了，我老婆讨厌重口味的食物，自己不吃，也讨厌我做。重口味嘛，当然也不适合常吃，适当调剂一下有何不可？说起来，我还真想吃呢！

前女友说，你可以偷吃嘛。

暧昧、调情，话越说越肉麻。老余对沈黛全是抱怨：冷漠、自私、专制、自以为是，跟同事关系紧张，对他吹毛求疵。他们之间毫无理解，阿黛这个人，跟他生活了这么久，其实对他毫不了解。

他说的人，是沈黛吗？

书翻了一页，呈现出沈黛悲戚的面容、旅行社的参团合同、大巴车座位以及邻座女孩的名片和笔记本电脑。

沈黛完全记起来了！

大巴出事前一瞬，沈黛还在偷偷看着邻座女孩的电脑显示屏。沈黛没有失忆，也没有拥有勤的记忆。沈黛只是被勤的故事所吸引，牢牢记了下来。

沈黛只是不想回顾旅行前跟老余的争吵、冷战、分居，濒临破碎的婚姻，为离婚而做的种种准备……

老余越来越近了，沈黛看到他温煦的笑容，内心深处涌起了幸福感。沈黛说，肚子好饿，真想吃顿味道浓烈点的东西，川菜、湘菜，我给你打下手，你烧给我吃吧！

5. 妥协

沈黛是现代女性，平日与人闲谈八卦，谈及闹离婚的夫妇时，最恨劝女人反省自己是否做得不够好的论调。凭什么一段关系出了问题，首先就要女人检讨自己？一个巴掌拍不响，要反思的话，男女双方都要反思，否则免谈。但从这天开始的好几个夜晚，沈黛在总结她和老余的婚姻时，还是深深地反省了一番。

老余错了吗？依据某种标准，老余的确错了。比如说他的退休计划，足以说明他的胆怯、缺乏责任心。然而怎样才算勇敢呢？赚钱和负责是一回事吗？

一年后，老余正式离开职场，在社区开办了一个小小的学生托管中心。沈黛并不理解老余为何坚持这样的选择，但在儿子考上大学后，她也辞职回到了家中。不理解不要紧，她愿意妥协。他们之间没什么难题，他们有多年的恩爱打底，只是欠缺一点对彼此的怜惜。

　　一场车祸，一段被移植的记忆，改变了沈黛的生活方式，也终止了她的离婚计划。有时想到这些，沈黛有些恍惚。是来自外界的力量改变了她的命运，还是她本来就希望如此，当有一点点外力作用在她身上时，她便顺势而为？

　　对于自己无法解释的事，她选择接纳。

　　沈墨哀叹命运对自己不公之际，没料到会听姐姐说出这样一段往事。她当然知道姐姐的那场车祸，但对姐姐、姐夫之间曾有过的那场婚姻危机，一无所知。

　　姐妹俩感情虽好，却并非无事不可分享。这也跟她们对彼此配偶的看法不佳有关。沈黛一直不喜欢宋逸尘，正如沈墨对老余的轻视。她们都认为自己的姐妹配得上更好的男人，宋逸尘势利、浅薄、大男子主义，老余从外貌到能力都只是勉强及格，这就是他们对妹夫、姐夫的评语，且这印象随着岁月的流逝非但没有改变，反而顽固地根植于她们的头脑中。

　　沈墨最好的朋友不是姐姐，而是此刻远在加拿大的高中同窗叶子。

　　沈黛的好友倒有不少，但她做梦也没想过，这几年来，同她走得最近的，却是在大楼特卖会上搭讪认识的溪。

　　"那个叫溪的女孩，后来跟她男友结婚了吗？"

　　沈墨暂时忘却了自己的烦恼，被姐姐讲的故事所吸引。

　　"没有。"

　　"因为她知道了男友劈腿的事？跟勤那一段？"

　　沈黛默认了妹妹的猜测。

溪的男友，在勤去世后很久，都没有办法化解他对勤的歉疚，也感到愧对正牌女友溪，最后，他居然对溪坦白，以求解除自己的压力。

溪接受不了这一事实，求助于年长她很多的阿黛姐，经过一段尝试性的努力后，还是与男友分了手。

"原谅一个人，没那么容易。溪知道他们之间走到这一步有自己的责任，但她没办法说服自己原谅男友。后来嘛，他们和平分手，再也没见过面。"

沈墨苦笑，"也许她也劈腿一次，心里就平衡了。"

沈黛不同意妹妹的观点，却什么也没说。姐妹俩相对无言，吸烟、喝茶，静静地消磨着初夏美妙的下午。

尽管她们各怀心事，甚至说得上心思沉重，但分手时，她们依然感到这个下午的美好。毕竟，在人类诸多的关系中，姐妹之间的亲密、妥帖，堪称数一数二的美好关系。

第六章　绕不开的康城

有些感觉不能跟任何人分享，只能自己去体会。

1. 让她从视线中消失

蔡宇恒和盛佳琪的订婚仪式，在瑞金宾馆的小南国饭店举行。

方雨馨的目光掠过每一位莅临嘉宾，嘉宾平均年龄在三十岁以下，显然这是一场为准新娘的同学、朋友举办的派对。

最后她才看到蔡宇恒和他身边的女郎。璀璨灯光下，挽着蔡宇恒胳膊的女郎，漂亮夺目，身量跟方雨馨一般高，脸上带着甜美的笑容，肌肤胜雪、整个人都散发出蜜糖般气息的女郎，正是蔡宇恒的未婚妻、盛钧的女儿盛佳琪。

隔着人山人海，方雨馨和蔡宇恒视线相接，彼此点头致意。

方雨馨迅速将目光移开，看到了不远处的蔡依恒。

蔡宇恒的父母均在国外，两人的婚礼也将在印度洋某个迷人的小岛上举行，届时才是属于双方最私密亲友的盛宴。因此，这场订婚礼，蔡家只有蔡依恒携夫婿出席，夫婿自然不是乔晔，是与蔡家门当户对的广东某小家电工厂的少东。

准新娘是上海人，盛钧夫妇却也没参加这个仪式。这是年轻人的欢宴，他们不凑热闹。盛家的亲属代表是盛佳琪的舅舅高新华，他坐在主宾席上，春风满面，时不时勾着脖子，向蔡依恒的夫婿请教小家电方面的相关事宜。

没提防的，这位订婚礼上最年长的男士，忽然走到方雨馨的座位前，捧起斟了香槟的酒杯，祝她工作、感情都顺利，早日步入婚姻殿堂。

方雨馨笑着与高新华碰杯，知道他已醉得不轻。

从这时起，那些陌生的面孔都涌到了方雨馨面前。金色的香槟酒，欢快的笑声，空气都是甜蜜和幸福的。方雨馨堆着笑应付完这一拨人，趁着去卫生间之际，悄然离场。

饭店门外，空气清爽，夜风微暖，令人心情惆怅。方雨馨长舒一口气，仰头望望暗沉沉的夜空，心头一片迷茫。

"喂，雨馨!"

她听到有人在身后叫她。不用看，她也听得出来，是蔡宇恒。她想哭，结果却笑了。几年来的感情，随着笑声摔落在地上，碎成一点点。

她回头，"宇恒，蔡总，我今天有点儿感冒，先回去休息了。祝你幸福! 快快回去吧!"

夜色中，她看到蔡宇恒默然的脸。她再次笑笑，那张脸终于也回她以笑容。

她转身而去。蔡宇恒在原地站了一会儿，直到再也看不到方雨馨的身影。

待他回到宴会厅，盛佳琪迎面走向他，挽着他的胳膊，在他耳边轻声笑道："我看到你送方小姐了。她怎么这么早就走了？"

蔡宇恒瞅了盛佳琪一眼，"她说她有点感冒，依我看，她大概是太累了。"

盛佳琪眉毛一扬，"说的也是。等我过来坐镇，她就不用这么辛苦了。"

蔡宇恒皱皱眉头，不置可否。盛佳琪也不吭声。一群满脸堆笑的客人朝他俩涌来，两人依然没说话，却不约而同地靠紧了一些，微笑着接受祝福。目光不经意间相撞，蔡宇恒自觉过分，嘴角咧一下扮个鬼脸，盛佳琪欲笑又止，终究还是笑起来，两人就算和解了。

有些女人巴望着被男人当洋娃娃、乖女孩般宠爱，盛佳琪习以为常，要求更进一步。她要让爱她的男人知道，除了温柔甜美，她还有强悍的一面。比如现在，她已下定决心，让未婚夫的绯闻情人从她的视线里消失。

尽管那个猫一样的女人——方雨馨，在她看来平庸至极，但她看到未婚夫与方雨馨单独站在一起的那一瞬间，她就下定了这个决心。

2. 可以打扰的对象

六年来，这是方雨馨头一次萌生离开蔡氏公司的念头。进入蔡氏之前，她虽然也在其他公司做过事，时间既短，事情也不复杂，蔡氏才是她职业生涯的真正开端。她在这里从一名最基层的员工做起，即便有蔡宇恒的鼎力支持和帮助，仍旧历经无数挫折，才变成今日精明干练的方雨馨。

从某种意义上来说，蔡氏公司，甚至可称为她长大成人后的另一个家。

有家，就有家长。方雨馨进入蔡氏时，蔡宇恒刚刚成为公司的第二代掌门人，自然，蔡宇恒就是这个家的家长。

现在，方雨馨萌生离"家"之意，自然跟这个家长有着密切的关系。一直以来，她都低估了自己对爱情、友情的渴望程度，却高估了她对感情的控制能力。多年来她"观看"了蔡宇恒和众多女子的亲密关系，她知道终有一日，蔡宇恒会成为别人的丈夫，却没料到，这一日即将来临时，她的内心却极其苦涩。

夜色越来越浓，雨馨却毫无叫辆车回住所的念头。她不知自己在街头走了多久，也忘了她穿的是一双细高跟鞋。终于，脚趾的胀痛提醒她，她累了。

路边就是一家咖啡馆，方雨馨走进去，叫了杯卡布奇诺，坐在角落里的一个空位上，从包里取出手机。

她很想给人打个电话，随便说些什么都好，打开电话簿，却不知这个电话打给谁。

手指滑到冯城的名字时，方雨馨决定打扰一下他。

"雨馨！"冯城欣喜的声音令人感动。"你感冒了吗？声音听上去有点哑。"

方雨馨眼角泛了潮，她没说几个字，冯城竟听出她的声音与平日不同。

"还好，没事儿。"一时之间，方雨馨不知说什么才好。

"你在家，还是在外面？"

"在外面。"

电话那头传来"吱吱呀呀"的杂音，冯城似乎拉开一扇门，走到了户外。

短暂的沉默之后，冯城又说话了。

"外面风很大，今晚有点凉……雨馨，你在哪里？"

方雨馨说了个地址，半小时后，冯城站在了她对面。

"嗯，你在笑，那就没事儿了。"冯城坐下来，仔细看了看方雨馨，夸张地吐了口气。

"接到你的电话，我就有些担心。你很少打电话找我，又是晚上，你又在外面……"

方雨馨笑意更深，冯城有些窘，不放心地看看自己的衣裳，以为自己出门匆忙，闹出什么穿戴上的笑话。

"你笑什么？"

"我在想，你这个人，追女孩子的成功率一定很高。你别误会，我不是说你技巧和经验如何如何，而是——"

方雨馨诚心想表达她对冯城的赞美和感激之情，说到这里，又怕词不达意。

偏偏冯城兴趣浓厚，追问道："而是什么？"

方雨馨只是笑。

"你说说嘛，我很想听。然后呢？"

方雨馨笑道："还不承认？你就是爱问然后呢？"

冯城难为情地笑了起来，话题就此岔开，两人商量着去哪里玩玩，看看时间，打了几个订位电话，又去了他们曾去过一次的江边保龄球馆。

3. 计划外的表白

冯城没告诉方雨馨，自从上次在这家保龄球馆惨败给她，冯城就成了一名保龄球迷。和逸凡玻璃公司谈妥合作事宜之后，冯城大多数时间都待在地处康城开发区的双城公司，他在康城发掘出好几家尚在营业的保龄球馆，有空就去练球，如今已是老玩家，足以跟方雨馨比拼一番。

方雨馨猜到冯城私下练过，却没料到他最近都待在康城。冯城给她的感觉是从未离开过上海，随时随地都会出现在她面前。

"从康城到上海，先要坐车去武汉，接着坐飞机或动车，无论如何，都不算是特别方便的事。可你像孙悟空似的，一个筋斗云就来了，一个筋斗云又走了。"

冯城惊讶地说："你不知道吗？上海到康城已有动车直达。就算没通车，康城开发区离新建的武汉火车站很近，在那里坐动车过来，也非常方便。"

方雨馨虽在三月份回过一趟康城，却并不知道家乡这几年来发生的种种变化。她也不知道，除了要跟上海的潜在客户定期见面，冯城跑来跑去，只是为了见她一面。

她承认了自己的孤陋寡闻，又问："有没有去江边那家球馆？"

"嗯？"冯城糊涂了，"江边球馆？现在这家就在江边……哦，你是说康城的江边球馆，是吗？那边道路拓宽，已经改得面目全非了。不过，在拓宽的路边，还是栽种了大片大片的水杉。"

此时他们已坐在球馆隔壁的小酒吧，叫了一扎啤酒慢慢啜饮。

雨馨眯着眼睛，那片连绵不尽的杉树林仿佛就在眼前。

运动使人放松，精神愉快。两个钟头之内，方雨馨的情绪从谷底回到地平线，想到故乡那令人难忘的景致时，一改之前的惆怅之情，生出了淡淡的向往。

"我很喜欢待在康城，现在有点热了，上个月和上上个月，康城的天气特别好。有一次我跑到江边码头看运黄沙石子的货船，顺便到水杉林里走了走。酢浆草开得好极了，紫红色的、黄色的，颜色鲜嫩可爱，花朵也比我们在马路边看到的酢浆草要大。我想找一种野生的果子，也许多走几步就能找到，偏巧接到厂里打来的电话，只好折返回去。"

"那种地方，有很多小虫子，可能还有蛇。"雨馨笑道，脑子里划过一团影子。是她和某个男子，背景就是那片杉树林。

"会吗？再过去一点儿就是一个开放式的公园，我还看到蓝色的烟雾，有人在那个公园的烧烤区烤肉吃。没事时带顶帐篷，带个睡网，带上野餐篮和一点酒，在那儿待上大半天。这种事，真是想想都开心。"

方雨馨忍俊不禁，"你双鱼座的吧？这么喜欢幻想。"

"不是。哈，你别鄙视这个星座。这不是幻想吧，这是生活。你什么时候回老家，告诉我！我肯定能让这个想法变成现实。"

"好啊！听上去诗情画意的，还挺浪漫。"

话虽如此，方雨馨却很了解这个季节待在水杉林中的滋味。她一口气饮下半杯啤酒，克制住给冯城泼冷水的念头。

"冯城，告诉我，你为什么总是这样开心？不仅你自己很快活，也让跟你在一块儿的人感到轻松愉快。"

"因为……"冯城看着方雨馨，依然笑着，脸色却变得认真、严肃，"我看到你就很快乐，看到你笑，看到你开心起来，我就特别高兴。"

方雨馨垂下眼帘，避开冯城的目光。

"瞧你说的，难道我总是愁眉苦脸需要人拯救的样子吗？"

"那也不是。我总觉得以前我见过你。你，你有印象吗？唉，对不起！"

表白的话尚未来得及说出来，冯城已语无伦次。是夜晚的缘故，还是这点儿酒精的刺激？冯城绝无今晚向方雨馨表白的计划。

方雨馨蹙了蹙眉头。

"我们见过?"

"准确地说,我觉得我们见过。"

"在哪里见过?"

"康城。"

"康城?"

"是,在梧桐街,许愿树咖啡馆附近。"

"记得这么清楚?"

方雨馨的语气越来越冷淡,冯城听出来了,却只能硬着头皮往下说。

"十年前,我在康城一中读过一年书。有一天我在梧桐街上走着,看到马路对面、许愿树咖啡馆附近站着的女孩。她长得很漂亮,跟你一模一样。"

"然后呢?"

不知不觉间,方雨馨也染上冯城的说话习惯。

"没有然后。"

方雨馨叹了口气,"这件事本身就信息不足,没法去验证你看到的女孩是不是我。不管是不是,听你说这些,我都无法高兴。是,只能证明你记忆力惊人,不是,我就成了一个替代品。"

"没人能取代你。"冯城有些激动,"我只是表达跟你认识后的惊喜和珍惜。"

"有些感觉不能跟任何人分享,只能自己去体会。"方雨馨摇摇头,"抱歉,我今晚心情很坏。谢谢你陪我,但我要走了,再见。"

说完她站起来,快速走出酒吧。

冯城愣了一下,待他追出来时,方雨馨已坐上了一辆出租车。

4. 即将做姑妈

办公桌上的台历已翻到八月。

过了立秋，白天依旧很热，早晚还是跟盛夏时节不同。时令的变化，康城比别处更明显。风吹在人身上，微有凉意。

方雨馨在外地待久了，已不习惯康城的气候。从母亲家出来时，她不禁低呼了一声："好冷！"

母亲说："那就不要去住酒店，免得路上冻感冒了。"

雨馨说："没事儿。妈你早点儿休息吧，我走了。"

加件衣裳就能解决的问题，母亲想的是另一种办法。当然，也许母亲只是希望她留宿家中……

"雨馨。"嫂子李蕾从楼上窗口探出头。

过一会儿，李蕾拿了件空调衫下来，方雨馨穿上后，李蕾又说："我陪你去酒店吧？这样妈放心些，我也正好散散步。"

明悦酒店离方家不远，约莫十分钟的路程。姑嫂俩边走边聊，不一会儿就到了。

"明天一早我就去办事，不知几点才会结束。完了客户那边会用车送我到机场，所以我不再过来了。"

"嗯，我知道。妈问起来，我会说的。"

"还有我哥那边，也替我打个招呼。"

李蕾抱歉地说："放心吧，我会告诉他的。时间不巧，今天恰好是礼拜三，他实在脱不开身。"

方雨馨笑笑，和李蕾拥抱一下，算是告别。她伸手轻轻碰了碰李蕾的肚子，打趣道："这是姑妈跟小家伙的第一次拥抱吧？"

李蕾怀孕了。这是方雨馨此番回乡听到的最好消息。姑嫂两个五月在杭州相聚时，李蕾还在为孕事发愁，她跟方晓晖去年就想要孩子了，之后没采取任何措施，却一直没消息。雨馨劝她放松些，果然，没过多久李蕾就怀上了。

眼下正是暑假，哥哥方晓晖接了两家培训机构的活，几乎每天都要出去给毕业班的学生上补习课，每周三晚还要给一个学生进行一对一的补习。方晓晖如此拼命赚钱，自然同他即将为人父有关。这次回来，方雨馨和哥哥只打了个照面，连话都没来得及说上两句，兄妹俩都不觉得怎样，倒是李蕾有些过意不去。

公公去世时，李蕾第一次见到方雨馨。那时她已发现方家兄妹之间似有龃龉，之后在与丈夫的闲谈中，在婆婆的碎碎念中，李蕾大概知道了方家的情感结构，知道方家四口人分成两组，自己的丈夫和婆婆是一组，小姑方雨馨则与逝去的公公是一组。李蕾还知道，雨馨为方家牺牲不少，按照李蕾的理解，是方家亏欠了雨馨，方晓晖应该对这个妹妹更好些才是……

方雨馨目送李蕾离开，内心百感交集。不久后，她将看到一个粉嫩可爱的小婴儿，那孩子是她最亲爱的侄子，血脉里流着方家的血。

她将做长辈，当那孩子咿呀学语时，她将听到一个稚嫩的声音喊她——姑妈。

5. "许愿树"咖啡馆

青柚科技园位于康城西南角，面积不小，但能用到蔡氏产品的地方却并不多。对于方雨馨来说，这样小的订单，只用六分力气，她就能做到完美。

尽管如此，整个上午，方雨馨的神经还是绷得紧紧的。青柚的代表许工，其貌不扬，却骁勇善战，方雨馨的兴奋点被点燃，双方分秒必争，一口气谈妥了全部条款。结束工作后，她和许工在青柚的食堂炒了几个菜，填饱肚子，想想似乎已无必要继续在此逗留，看看时间，此时去机场又实在太早。

"要不，送你去明悦休息一会儿？我跟司机说说。"

"不用了。许工，科技园出去，过马路右转，就是梧桐街，对吗？这一带是康城老城区，我记得梧桐街上有家咖啡馆，我去那儿坐一会儿。"

"你说的是'许愿树'吗？"许工问。

"对，还开着吧？"

许工笑起来，"还开着。真没想到，方总也知道这家康城老店。那好，你去吧！我叫司机五点整到'许愿树'接你去机场。"

方雨馨笑笑，与许工挥手告别。

她当然知道"许愿树"，当它还不是一间咖啡馆的时候，方雨馨就是它的常客。当它成为一间真正的咖啡馆时，方雨馨也曾在那里消磨掉许多时光。

方雨馨刚念初中，"许愿树"咖啡馆的招牌就挂在了青杨路某个小区外墙上了。

与其说它是家咖啡馆，不如说它是间冷饮店。虽然许愿树咖啡店里确实摆着几套座椅，方雨馨也亲眼见过有人坐在里面，轻轻谈话，面前摆着冒热气的饮料，但那不是咖啡，"许愿树"里没有咖啡特殊的香气。

读初中时，方雨馨家还住在老房子里，从家到康城一中，梧桐街是必经之路。夏天，"许愿树"门口的两只巨大冰柜是吸引路人的神秘武器，几乎每一个经过它们的年轻人，都会不由自主地停下来，把手伸进钱包里。

冰柜里有各种各样的冰砖、冰淇淋和各式瓶装饮料，最新最时髦的冷饮，"许愿树"都有。除了这些，"许愿树"还卖刨冰，橘子味和菠萝味两种。这两种简单的冷饮，也成了"许愿树"的招牌。

方雨馨读高中后，父亲赚了些钱，在明悦酒店对面的青羊街买了两套房子，举家搬了过去。母亲和两兄妹住在楼上，父亲一人住楼下。父亲解释说，他要等国外客户的电子邮件或电话，晚上也要办公，一个人住楼下，彼此都方便。

方雨馨的高中也是在康城一中读的，但因不再从梧桐街经过，也就很少光顾"许愿树"。等她再次频繁出没于梧桐街时，"许愿树"装修一新，成了一间真正的、颇有格调的咖啡馆，也成了她和乔晔的约会据点之一。

沿着马路走了一会儿，过十字路口，右拐，再笔直朝前，一些熟悉的景物呈现在方雨馨面前。梧桐树枝繁叶茂，八月午后的阳光透过绿叶打在路面上，知了有一声没一声地鸣叫着，空气中夹杂着慵懒、寂寥的味道。

熟悉的故乡味道。

方雨馨看到了"许愿树"。一别九年，窗外的遮阳棚和外墙装饰都是新的，显然重新装修过。难得的是，木质镶嵌着玻璃格子的大门，花体字店招"许愿树咖啡馆"，还跟雨馨记忆中的一模一样。

推门而入，方雨馨在角落里找个位置坐下来，点了一杯拿铁，随手从过道上的杂志架取了一份周刊，翻开，随意浏览。

这是一份本城周刊，内容、排版都有些落伍，但雨馨能在上面看到许多熟悉的街道名字，倒也觉得不错。

再翻一页时，她看到了双城公司的字样。

方雨馨赶紧读了起来。这篇文章的重点并非双城公司，事实上，这是即将开业的四季酒店的宣传软文。文章盛赞四季酒店的一切，从设计风格到建造选材，无不精良至极。提到双城公司的部分也不吝溢美之词，称它为全国玻璃加工业翘楚，拥有世界上最先进的加工设备和一流的管理水平。

雨馨莞尔，翻过这一页，继续浏览其他内容。不过，她的心情却已不复之前的沉静，望望窗外的街道，冯城的身影晃来晃去，冯城的声音也在耳边回响。

"我们见过，在康城，梧桐街，许愿树咖啡馆附近。"

蔡宇恒和盛佳琪举行订婚礼的那个晚上，方雨馨心情不佳。冯城好意陪她，她却任性得很，一句话不入耳，她就闪电离开，把冯城抛在脑后。她翻脸无情，像没有心肝的坏女人，要求冯城扮演招之即来挥之即去的奴隶，刚刚还对他感激不尽，转眼又弃如敝屣。

她明知冯城没有恶意，还要如此，不过是知道他爱她，恃爱行凶罢了。

恃爱行凶，方雨馨想到这四个字，一股酸酸甜甜的滋味泛上心头。这些年来，向她示爱的人不少，也就是在冯城面前，她敢这样任性吧。

半个多月了，除了那天晚上冯城打来电话确认她平安到家，他们再没联系过。

冯城生气了？

他该气。

此时此刻，坐在故乡的"许愿树"咖啡馆里，方雨馨回想起和冯城相识以来的点点滴滴，深感歉疚。

现在给冯城致电道歉，是不是太晚了？

6. 她是我的前妻

方雨馨拿起手机，又重新将它放在餐台上。抬头望向前方时，她发现自己出现了幻觉：她看到了冯城。

几米开外，咖啡馆吧台前，冯城正朝她这边张望。

方雨馨的心脏跳得很不正常，轻轻跳得老高，却重重坠落，她能听到心脏砸在心湖上的巨响，过了很久，那颗心才从湖面升起，沉重地朝上跃了跃，又很快坠落下来。

尽管如此，方雨馨的思维还是清醒的。她很快就知道，这不是幻觉，而是事实。

顺着冯城的目光，有个人一边打电话，一边朝她望过来。方雨馨心跳失常，主要是因此人而起。

她陷在沙发里，无法站起来，更无法脱身。冯城和那个人说了句什么，已朝她走来。

"雨馨！"

冯城的目光和声音里都饱含着惊喜，仿佛他们之间从未发生过不愉快的事情。

"嗨！"

方雨馨勉强笑着，随即看到朝他们走来的宋逸尘。

她想她的脸色一定很糟。

"你好！"

在离她一米远之外，宋逸尘站住了，朝她点头，轻轻打了一声招呼。

方雨馨不知自己是怎样站起来的，但她站起来了，还微笑着冲着对面的两个人说："世界真小。"

这是她的心里话。世界真小，无论你走到这世界的哪个角落，都会与过去相遇。

冯城笑嘻嘻地看着雨馨。

"太不够意思了！回来也不通知我一声。"

他指指身边的宋逸尘，"我来介绍，这位是宋总，我的同行老大哥。"

宋逸尘注视着方雨馨，"馨儿，你还是老样子，一点儿没变。"

冯城看看宋逸尘，又看看方雨馨，明白这两人是老相识。

"雨馨，你坐呀！你在这里待多久？要是来得及，我明天带你去江边——"

方雨馨打断他，"我马上就回上海。"

她看看冯城，又看看宋逸尘，心一横，伸手做了个请的动作。

"请坐！难得这么巧，我请两位喝咖啡吧。"

话音刚落，宋逸尘已在她对面的沙发上坐了下来。

这样一来，冯城要么跟宋逸尘同坐一张双人沙发，要么坐在方雨馨边上。他一秒钟也没迟疑，自然而然地跟雨馨并排坐在那张赭红色沙发上。

从见到方雨馨那一刻开始，宋逸尘的目光就没有离开过她。现在，他终于记起了冯城。

对面坐着的这对男女，男人阳光俊朗，女人清丽秀雅，怎么看怎么般配。最要命的是，他们年轻。就算他们不说话，不笑，其中一个人的眸子里还藏着深沉的心思，但在宋逸尘看来，青春、蓬勃的气息，从这两人的每个汗毛孔中散发出来，给他以难以忍耐的刺激。

冯城偏过脑袋看着方雨馨，雨馨回以仓促的一瞥。匆忙，却不失亲密和信赖。

一股醋意窜了上来，宋逸尘蹙起眉头。

"小冯，刚才你说什么？想带馨儿去江边？"

他的语气中带着家长的威严，瞬时将方雨馨置于受他保护和管辖的地位。

冯城说："没错，这是我跟雨馨的一个约定。"

"约定？"

宋逸尘一边嘴角翘起，笑容里带着些许讽刺意味。他再次把目光投向方雨馨，"约定和计划一样，是用来打破的。"

方雨馨深吸一口气，没理宋逸尘的挑衅。

"冯城，我刚看到一篇关于你们公司的新闻。"

她把那份周刊推到冯城面前。

冯城瞟了一眼，笑道："四季酒店嘛！对了雨馨，我还没跟你说过，这个项目，就是宋总给我做的。"

"小冯，你有没有发现一件事？"宋逸尘做梦也想不到，他和方雨馨的重逢场景里，会多出一个人，一个对方雨馨充满热情和爱慕的男人。

"嗯？"冯城不解地望着宋逸尘。

"馨——方小姐，并不欢迎我的出现。"他放弃了对雨馨的昵称。

"哪有？"冯城笑着替雨馨周旋。

冯城已看出方雨馨和宋逸尘交情不浅，也看出了雨馨的紧张、不安……

他看看宋逸尘，又把目光转向身边的方雨馨。

雨馨正看着对面的宋逸尘。

"不是不欢迎，是很意外。"她说。

哈哈哈！宋逸尘大笑起来。

"这我相信。小冯，这要多谢你！要不是你非拉我到这里喝杯咖啡，我也不会跟多年不见的前妻遇上。"

他把手机搁在了咖啡桌上，摆出一副要长谈的姿态。

"许愿树"咖啡馆里忽然死一般沉寂。几秒钟后，方雨馨和冯城才听到客人们低沉的谈话声、头顶的空调出风口发出的嗡嗡声、不锈钢咖啡勺和骨瓷咖啡杯撞击时的响声……

7. 让我见见小雨

胜利的快感没能维持多久，随即被巨大的空虚感给取代。

宋逸尘一眼就看出冯城对方雨馨的恋慕之意，让他诧异的并不是这个，而是前妻与冯城交换眼神时的那种亲昵、信赖。

印象中，方雨馨从未那样看过他。

那又怎样呢？难道他还指望方雨馨对他怀有特别的感情？

难道这是奢望吗？不管怎样，到目前为止，在这个世界上，还有谁比他和方雨馨的关系更加特别？

宋逸尘呆坐在沙发里，为他的冲动之言而懊恼。

冯城是三人中最快恢复正常的那一位。

半个月前跟雨馨发生的那场不愉快，曾令他心灰意冷，他用工作和运动来纾解郁闷，整个人还是像用久了的手机电池，长期处于无法充满电能的状态。今天意外与雨馨相逢，那种能量满满的状态，立刻回到他身上。那一刻他如醍醐灌顶，终于知道他为何总能神采奕奕地出现在雨馨面前。倘若他能带给雨馨快乐，原因只有一个：雨馨本身就是他的快乐之源。

他爱她，对她的一切都充满好奇，但他不会去窥探方雨馨。他早就想好了，对于雨馨的一切，他只管接受。

在那个初夏的黄昏，在社区小店里，老余曾问过他：比如你爱上一个女孩，你觉得对方更愿意你用哪种方式待她？是你看透她的一切、前世今生你都了解，还是你不管她做过什么想做什么，只管接受她的一切？

几分钟前，当宋逸尘说出"前妻"两个字时，仿佛来了一阵狂风，在冯城心里刮起沙尘暴。风停之后，气象澄明，冯城竟比任何时候都快乐。

他觉得他理解了方雨馨。

此时，他最好回避一下。

"这样的话，你们聊，我先告辞了。"

冯城站起身，不放心地看看雨馨，又俯身在她耳边叮嘱了一句。

声音虽轻，宋逸尘也能听到，冯城说的是：我去对面的甜品店坐坐。我等你。

透过落地玻璃窗，宋逸尘看着冯城穿过马路，走进对面的"苏打"冰饮室。

沉默之后，方雨馨先开口："我要向你道歉。"

宋逸尘问道："是吗？为什么要向我道歉？"

方雨馨说："我没有遵守承诺。"

宋逸尘眯起眼睛，悄悄打量着雨馨。

"也不算吧。当年大家都没把话说死，只说你尽量不再跟我们产生瓜葛。"

雨馨说："今年三月份，我第一次回到康城，也第一次回到上海。我一直避免回来……"

宋逸尘点点头。

"我明白。上海是中国人的上海，岂有你不能来的道理？你的心意，你的为人，别人不了解，我会不清楚吗？"

宋逸尘一边说，一边考虑如何说出沈墨已看见过方雨馨的事。

"上海太大了，若是在上海，你我未必会相遇。康城不一样，康城到底小，走到哪里都能遇到熟人。"

"……"方雨馨欲言又止。

"就这样重逢了，也是缘分。"宋逸尘看着她，语气亲昵起来。

"有一天，"方雨馨没有接茬，自顾自说了起来，"我在上海的一家餐厅吃饭，一个女孩从我身边经过。她……好像小雨！"

宋逸尘顿了顿，"像小雨？你在做梦吧？"

"就当我在做梦吧。"方雨馨仰起头，望着对面的男人。

她的眼里含着泪光，整个人像在做梦一般，仿佛随时能从座位上飘起来。

"我无数次梦见过小雨，那个女孩，跟我梦里的形象一模一样。逸尘……我，我不该回来，我高估了自己。"

宋逸尘谨慎地问道："能告诉我，这是什么时候发生的事吗？上海有那么多饭店，到处都是漂亮、可爱的小女孩儿。"

雨馨喃喃复述了那个春天的黄昏，在必胜客餐厅发生的事。

宋逸尘目不转睛地看着方雨馨。

她记得如此清晰，时间、地点、小女孩儿穿的衣裳、头发上的小发饰。

那一幕，一定反复不断地在她脑子里、心里重演。

"逸尘，让我见她一面！让我见见小雨！"

方雨馨的身子朝前倾了倾，几乎是低喊着在恳求他。

宋逸尘望着这双美丽的、充满渴望的眼睛，一时间忘了身在何时何地……

第七章　相遇在谷底

　　没有这一场邂逅，他们之间，或许就像许许多多萍水相逢的人一样，偶然萍聚，随后分离，忘记对方的姓名和模样，甚至忘了他们曾相遇。

1. 失恋的女孩

　　九年前的一个下午，宋逸尘亲自驱车送一名重要客户去天河机场。办完事后，他意外地看到方雨馨。

　　那女孩与他擦肩而过，完全没注意到他的存在。

　　宋逸尘眼看着她跌跌撞撞地朝前走，差点儿撞倒一名年长女士，赶紧追了上去。

　　"方雨馨！"

　　女孩站住了，像被定住一样，背对着宋逸尘，呆站在原地。

　　宋逸尘只好再走几步，站在她对面。

　　"果然是你！我看着像，试着叫你的名字。喂？"

　　女孩虽然看着宋逸尘，目光却是空洞的。她的脸色很苍白，人也极瘦。总而言之，她的状态极差。

"他走了。"

方雨馨终于开口了。话说得不明不白，宋逸尘却有点儿猜到发生了什么事。

他环顾四周，"跟我来，你得坐下来休息一下。"

他想扶一扶方雨馨，到底不敢唐突，只好自个儿走在前面，不停地回头看看方雨馨，怕她体力不支倒下去，也怕她突然转身离开。

两人在机场咖啡厅坐下，方雨馨仍然木呆呆的，对于宋逸尘的关切问候，她置若罔闻，要么不吭声，要么重复那三个字：他走了。

宋逸尘有些着急。

"他是谁？坐飞机走了吗？你没赶上送他，飞机就起飞了？那又怎样呢？心里有你的人，不会在意这些细节。若是他走了，以后也不再出现，那——就当做了一场梦，梦醒了，你该干什么，还得干什么。"

他一口气说了许多，恨不得摇醒这漂亮的姑娘，喂，醒醒吧，你到底在干吗？

"梦……"方雨馨喃喃自语，两行眼泪忽然奔涌而出。

宋逸尘从随身带的小包里翻出一包餐巾纸，方雨馨接过纸巾，眼泪却越擦越多，肩膀一耸一耸的，显然是在尽力控制情绪。

"宋先生……对不起。"她哽咽着，"谢谢你！"

方雨馨又是道歉又是致谢，宋逸尘好奇心大起，柔声道："没事儿，哭出来就好，大不了我背一次黑锅，让人以为我欺负你了。"

"对不起。"方雨馨再次道歉。

"别客气！来，我给咱们叫点儿喝的。"

宋逸尘叫来服务员，自作主张，点了两杯意大利特浓和一块鲔鱼松饼、一大份水果拼盘。

"你比上次我看到你时瘦多了，肯定平时不乖，不好好吃饭。"

半年前，宋逸尘第一次见到方雨馨。那时雨馨还没毕业，一家大型电器制造企业举行新品发布会，她被选中充任礼仪小姐。宋逸尘去得晚了，由方雨馨带他入座，两人并没说什么，只是交换了姓名，宋逸尘知道方雨馨即将大学毕业，方雨馨知道他的公司并不经营电器。

没有今天的重遇，他们两个，或许就像许许多多萍水相逢的人一样，偶然萍聚，随后分离，忘记对方的姓名和模样，甚至忘了他们曾相遇。

2. 世界已颠倒

咖啡很苦，却没有此时方雨馨的心更苦。

二十一年来，方雨馨过着同龄女孩羡慕的日子。她健康、漂亮，不缺钱，也不缺爱。进大学第二年，乔晔从众多追求者中脱颖而出，成了她的男朋友。每个周末下午，乔晔都会准时出现在宿舍楼下，护送她回康城。到了礼拜天，乔晔一早就赶到康城，陪她逛街、喝咖啡。气候宜人时，乔晔也带她去江边，两人漫步在那片绵延不尽的水杉树林中，说着傻话，偶尔互相看一眼，接个吻，抱一下。

日子流水般过着，仿佛永不会改变。方雨馨从没有居安思危之心，也不曾怀疑过自己得到的一切。她生来就是被娇宠的，就像有的人生来就是受苦的一样。当然，她也听说过许多不幸的故事，陪着流些眼泪就是了，在她看来，幸福跟能力无关，而是一种基因，与生俱来的某种个人属性。

是她太骄傲了吧，命运开始拿走它给予她的许多东西，尤其是她视为基因和个人属性的幸福。

短短三个月，世界在方雨馨面前倒了个个儿。

事情是从父亲被一家公司拖欠巨额货款开始的。三个月前，父亲住进医院，方雨馨才知道，父亲的公司已被迫关门。祸不单行，父亲很快从康城医院转到武汉来治疗，医生通知家属，方毅的病情比预计的严重得多，唯一可行的办法，是换肝。

母亲晕过去又醒来。雨馨要给方晓晖打电话，让他赶紧请假回家。

"你哥正在毕业答辩，还是，别跟他说吧。"

方晓晖在北京读研，据说已找到接收单位，拿到硕士学位后即可去上班。不过，母亲不愿惊动儿子，却不仅仅是出于这个原因。方毅偏爱女儿雨馨，父子关系远不如父女间亲密。方晓晖多次对母亲说，他讨厌父亲，也讨厌待在家里。

"家里就我跟你两个，你说该怎么办呢？"母亲从来都是无主见的人，既然不肯惊扰儿子，只能求助于女儿。

方雨馨并不比母亲强多少。半年前，父亲要她别急着找工作，毕业后只管到自家公司来，他是大老板，雨馨就是少老板，这个公司，早晚得交给他的宝贝女儿。

如今方毅自身难保，何谈为女儿做安排？

手机铃声响了，是男友乔晔打来的。

方毅住院没多久，乔晔就被公司外派到长沙的一个楼盘做销售主管，两个多月来，方雨馨忙着跑医院，乔晔忙他的工作，除了打电话，两人靠着网络，在电脑屏幕上见了几次面。

父亲转院的那个夜晚，心乱如麻的方雨馨，曾给乔晔打了一个电话。乔晔问，你还好吗？她说还好，叹了口气。乔晔说那他就放心了。他应该听得出来，方雨馨很不好，但他没有，只说困了累了，都早点休息吧，随后挂了电话。

那个夜晚，方雨馨一个人哭了很久很久。她对乔晔灰了心，但第二天清晨，乔晔准时发来提醒她要吃早餐的短信时，她又原谅了乔晔的低情商。

她接通电话，手机里传来乔晔低沉悦耳的男中音："雨馨，你在干吗呢?"

"在医院。你呢?"

"是吗? 你爸还是不能出院?"

"嗯，情况很糟糕。医生说，唯一的办法就是换肝。"

"啊? 开玩笑吗?"乔晔不相信似的，竟笑出声来。

他笑得不合时宜，笑得夸张。

但他很快收了笑，语气严肃起来。

"那要很多钱呀! 而且，肝源也很难解决。"

方雨馨走到走廊尽头，望着窗外雾蒙蒙的天空，满心酸楚。

最爱她的男人，此刻正躺在十多米外的一张病床上，是生是死，前途难料。另一个爱她的男人，两个月来远在他乡，据说忙得四脚朝天、废寝忘食。

此时此刻，方雨馨只盼着能见到乔晔，趴在男友的肩头，靠一靠，说说她的烦恼和委屈，大哭一场，或者不说也不哭，只是靠着，什么也不想。

乔晔在电话那头沉默了很久。

"喂，乔晔，你在吗?"

"在啊。雨馨，我很想去看看你爸爸，但你知道的，我去了，恐怕他会生气，对身体不好。"

"唔,我知道……你在哪里?我想见你。"

"我……我今天倒是在武汉,但我走不开。"

雨馨默默叹了口气,"我就在武汉,我去找你。"

她父亲见过乔晔一次,并未明确反对他们的交往,但态度冷淡,对乔晔颇有轻视之意。

每一个疼爱女儿的父亲都会如此吧?乔晔的自尊心太强了些,受不了女友父亲的轻漫。

方雨馨还不知道,她所依赖的东西,已如多米诺骨牌一样,正一个接一个倒下。早在她父亲住院第一天,得知方氏公司关门的消息,乔晔已决定跟方雨馨分手。两个多月来,他几乎每周都会从长沙回武汉述职,来去匆匆是真的,回避见雨馨,也是真的。三天前他已办好辞职手续,收拾好行李,买好去珠海的机票。

乔晔并非不爱方雨馨,但他害怕麻烦。在这一点上,他跟他厌憎的父亲一模一样。乔晔的母亲一度罹患肺病,病情略为好转,他父亲就申请了外派,几年后以感情不和为由,向妻子提出离婚。

乔晔的母亲祖籍广东,去年退休后就萌生叶落归根的念头,不久前决定常住珠海,那里有乔晔的两位表姨妈和另外几名远亲。一面是希望他陪伴在侧的母亲,一面是遭逢家庭变故的女朋友,何去何从,乔晔觉得他正在做出正确的选择。

3. 他们没有孩子

咖啡只喝了一口,点心和水果没有动过。宋逸尘猜到对面的女孩遭到类似失恋的打击,却没猜到摆在方雨馨面前的,是一道她无力解决的难题。

"我重新叫一杯咖啡。你好歹吃点东西吧！"他不知如何劝慰这女孩。

女孩摇摇头，"我吃不下。不过，谢谢你！现在我好像没那么难过了。"

说罢，女孩抬起头，朝宋逸尘挤出一个笑容。

这个笑容，像一束阳光，照在宋逸尘尘封已久的心窗上，让他心动了一动，随即笑了起来。

他已很久没发自内心地笑过了。

人不能总是生活在痛苦中。宋逸尘已厌倦了和沈墨的各种互虐，有心和解时才发现，他们再也回不去了。有了裂痕的婚姻生活，令他神经紧张、胸闷难解，日子一天天过着，幸福却离他越来越远。他的钱越赚越多，干脆在上海成立了一个公司，除了销售马克代理的产品，还做别的生意。钱能带来一定的满足，却在满足之余，加深了他的孤独感。

他没有孩子。

想做一名父亲，是宋逸尘这两年才萌生的念头。刚结婚时，他满足于两人世界，完全不能想象有一个小小的"第三者"出现在他和沈墨之间。后来发生了那么多事，他和沈墨却将这段婚姻维持了下来，他想，或许现在可以要个孩子了。孩子，是夫妻关系最好的黏合剂。他已做好准备，随时可以迎接家庭新成员，沈墨那儿却始终没有传来好消息。

"我们应该去做一次全面检查。"他说，"这不正常。"

"当然不正常。我三十五岁了，高龄产妇，生孩子的风险很大。"沈墨颇有怨言。

没错，是他不好，让一个女人错过了最佳生育年龄。但她沈墨若是坚持一结婚就怀孕生子，他也不会反对吧？

　　沈墨不愿意去体检，宋逸尘却有些不踏实，一个人偷偷去了趟医院，检查结果令他心安。尽管他的精子存活率不算特别好，但已足够满足生育条件。现在，就看沈墨那边情况如何了。

　　他越是催促，沈墨的抵触情绪越大。终于有一天，他俩为此大吵一架。沈墨问他，如果他们没有孩子，是不是就过不下去了。

　　"是。"他说。这个问题他考虑了很久。"如果我们之间没任何问题，像很久很久以前那样，有没有孩子，完全不是问题。"

　　沈墨猛地抬起眼皮，狠狠地瞪着他。

　　"你没有错吗？为什么要把所有的责任都推到我身上？"

　　"现在我们不谈这个，也不谈假设的事情，就说体检吧。我去做了，结果一切正常。你不去做，结果未知。那么，如果我们还是没法要上孩子，责任在谁的身上呢？"

　　他越说越气。

　　"我不明白，你干吗那样排斥做检查？我去之前也很担心，查过后就踏实了。"

　　"是吗？"沈墨冷笑。

　　"你想过没有，要是你的原因不能要上孩子，我们怎么办？"

　　宋逸尘被问住了。

　　"你没有想过，是不是？如果是你的原因，我们的婚姻当然可以继续，反正你本来也没那么想要孩子。"

　　宋逸尘没吭声，但不代表他默认了沈墨的话。

　　"结果证明你没问题，那么，你就要誓死捍卫你做父亲的权利。对吧？不管你想不想成为一个孩子的父亲——"

　　"不！"宋逸尘不想听沈墨继续剖析。

"我想要孩子！我无比想要一个孩子！"

为了强调他的想法，宋逸尘又补上一句："我妈走的时候，最大的遗憾就是没抱上小孙子。她疼我，胜过疼我哥。这一点，你也是清楚的。"

沈墨脸色突变，显然是被这句话给戳到痛处。婆婆生前最疼小儿子宋逸尘，爱屋及乌，对她这个儿媳妇也格外偏心。婆婆早已抱上大孙子，但总是念叨着想抱小孙子。前几年她跟宋逸尘闹得最凶的时候，婆婆虽不明白他俩在闹什么，却出乎意料地站在儿媳这一边，批评儿子怠慢了沈墨。

"我养的儿子，我还不清楚他？多大的人了，还像小孩儿一样。墨啊，你不能太惯着他。"

婆婆的意思，是劝沈墨要个孩子，宋逸尘当了爹，才会真正成熟起来。那时沈墨已知道她几乎没有做母亲的希望，听了婆婆的话，百感交集，心里却更添一层堵。

4. 死对头兼好友

"方雨馨！"

一个清脆的女声打断了宋逸尘的思绪，方雨馨则伸手遮住了她哭得微肿的双眼。

一名身材高挑的女孩走到他们桌前，大大咧咧地坐下来，看一眼宋逸尘，转头望着方雨馨。

"你怎么在这里？你哭了？"

女孩一把拨开方雨馨用来遮脸的那只手。

女孩留着一头时髦短发，耳边修出一个优美的弧度，露出耳朵。宋逸尘并未特别留意，却也看到女孩耳垂上生有一颗黑痣。

从年龄和气质来看，女孩应是方雨馨的同学。

"他是谁？你怎么在这里，跟这个老头子在一起？"

宋逸尘哑然失笑，此地再无别的男人，他就是女孩所说的老头子。

"别胡说。许希哲，他是宋先生，我碰巧在这里遇见他。"

"宋先生？没名字吗？"

宋逸尘见这女孩咄咄逼人，方雨馨越发显得可怜，只好淡淡地插话道："姓宋名逸尘，叫我老宋、逸尘，都可以。"

女孩扭过头，冷淡地冲宋逸尘点了点头。

"这名字不错，一粒飘逸的灰尘。"

说罢又扭转身子，问方雨馨："那么你是一个人来的？送人？送乔晔？"

一语中的。这位名叫许希哲的女孩，跟方雨馨的关系显然很亲近。

方雨馨的嘴巴瘪了瘪，声音也变了。

"没错，我跟他完了。一切如你所料，你很得意吧？"

"啊？"许希哲低呼一声，"这个浑蛋！"

"到底是怎么回事？这几个月都没看到你人影儿，见面就给我一个爆炸新闻！"她的声音听上去很焦急，似乎很关心方雨馨，但她的措辞却很粗鲁，关心八卦胜过关心朋友。

宋逸尘咳嗽一声。

方雨馨的目光越过许希哲头顶，与他交换了一个会意的眼神。

"先别说我。许希哲，你怎么会到这里来？"

"我么？嗯……我……哈哈，你猜。"

许希哲忽然忸怩起来，方雨馨懒得猜，朝宋逸尘望了望。

"雨馨，要不这样，你跟你朋友再聊一会儿，我把车开过来。"

说着他站起身，也不跟许希哲打招呼，继续叮嘱道："时间不早了，马总那边该等急了。我马上去开车，你也抓紧点儿。"

方雨馨配合地点点头，"好，我马上就去门口，等你把车开过来。"

第二次见面，宋逸尘就和方雨馨合演了一场戏，把雨馨的对头兼好友许希哲晾在了机场咖啡厅。

在驶往市区的路上，宋逸尘接到沈墨的电话。

"我签字了。明天去民政局吧。"

"你想好了？"宋逸尘并不是很当真，在他和沈墨之间，"离婚"这个话题，并非头一回拿出来讨论。

"是的。"沈墨挂了电话。

"宋先生……"

"叫我名字吧，宋逸尘，逸尘，小宋，老宋，都可以。"

方雨馨说："我想过了，除了卖掉一套房子，没有其他办法能凑出爸爸的手术费。宋先生，你能给我介绍一个靠谱的人吗？"

宋逸尘说："这个没问题，我回头就找个专业人士，让他帮你。康城的房价不高，不知能卖多少钱，够不够手术费。另外，卖掉房子后你住哪里呢？"

雨馨说："管不了那么多。现在最要紧的是筹钱，我爸还年轻，只要他身体康复，一切都会好转的。"

宋逸尘点点头，"你很孝顺。"

他惦记着沈墨的来电内容，一路上话并不多。对于方雨馨的遭遇，他非常同情，也会尽力给予他能给的帮助。不过，坦白讲，他觉得这件事很悬。方雨馨是在温室里长大的小花儿，温室被毁了，等待她的命运就是凋零。

他想，能扭转她命运的办法，大概是立刻重造一个温室吧。

5. 我们离婚吧

沈墨已受够了宋逸尘的冷嘲热讽。这一年多来，宋逸尘成了婴儿迷。两人偶尔一起散步，遇到推着婴儿车的年轻夫妇，宋逸尘必然会朝那车里多望一眼，接着就会陷入沉默；他拒绝参加同学聚会，理由是无共同语言，别人谈自家的孩子，讨论幼儿园、学校哪家好，他只有工作可谈，令人生厌；电视屏幕上出现尿不湿、奶粉等广告时，他的眼神就呆滞起来，仿佛那些肥肥白白的婴儿，是他失散多年的亲人。

比这些更可恨的，是在床上。每隔一阵子，完事后宋逸尘都会长吁短叹一番。他的身体得到了满足，内心的遗憾却越发深重。他在她身上尽了全力，她这块贫瘠的土地，却注定令他颗粒无收。

逸尘，离婚吧！是我的原因。

她终于向他坦白，在宋逸尘提出体检的建议时，她已从医生那儿得到自己很难怀孕的诊断书。她不甘心，不接受这一结果，无论是为了婚姻、家庭，还是为了她自己，她不能容忍任何人否定她做母亲的资格。她换了医院重新做检查，借出差的机会，在上海、北京的医院看病，她相信在医学发达的现在，总有一种技术手段，能满足她做母亲的心愿。事实却给她泼了一盆冰水，从头到脚，寒彻骨髓。

她不仅不能自然受孕，甚至无法产生合格的卵子。医生不无遗憾地告诉她，她已错过最佳治疗时间，倘若在她非常年轻时就做过这类检查，结果大不一样……

宋逸尘看着沈墨，长久以来的猜测被验证，他的心里依然掀起滔天巨浪。就像当年他发现沈墨欺骗他时一样，宋逸尘的天，塌了。

不，我不想离婚。

宋逸尘反悔了。他想要个孩子，这不假。别人的孩子，会触动他的神经，这也不假。但他只有在沈墨面前，才会尽情表现他的情绪。那些带着表演性质的唉声叹气，是他对沈墨不去做体检、让他猜来猜去的报复。

在沈墨面前，他可以为所欲为，像孩子一样任性。因为他知道，即便如此，他也能在他们的夫妻关系中立于不败之地。

现在，真相大白，宋逸尘的生活模式却被破坏。他曾说过的话，现在可以付诸实施。沈墨跟他离婚，他再娶，娶一名能给他生孩子的女人为妻。

宋逸尘无法想象他跟其他女人的相处模式。比如苏燕，他跟她走得最近时，心里想的还是沈墨。她是他的青梅竹马，是他的初恋，也是他唯一想一起变老的亲密爱人。

宋逸尘拒绝了沈墨的离婚要求，却没有接受一辈子丁克的生活方式。

为什么她不能给他生个孩子呢？他总是纠结于这个问题，折磨自己，也折磨沈墨。说到底，他就是不甘心。

"我不能剥夺你做父亲的权利。"沈墨把两张打印好的A4纸递给他，语气很平静。

两份离婚协议上，沈墨都签了名。武汉的房子，她要了。此外她只要了两张用她的名字存的定期存折。

"你傻不傻啊？我公司还有流动资金，上海还有付了头期款的新房，我还有车，这些都是夫妻共同财产。"

"我知道你有钱，也知道这些钱我可以分一半。可我有房子住，有一笔可做投资的现金，差不多也够了。"

沈墨沉沉地看了丈夫一眼，"我没那么高尚。我有固定工作，可以保障基本生活。你现在是有钱，将来可能会更有钱，但你是自己给自己做事，要担风险。上海的房子，你要还贷款，我就不掺和了。车子你自己开吧，我不喜欢开车，当然，以后若是需要，我也会考虑买一部。至于流动资金，你敢把它提出来分我一半吗？"

"没什么敢不敢的，大不了不做了，我去找个地方打工。"宋逸尘仍不相信沈墨真的想离开他。

"别说了！"沈墨摇摇头。

"不，我要说。你应该很清楚，我从认识你第一天，就想跟你在一起，一辈子都不分开。可是生活不让我们称心如意，非要制造些麻烦和问题，考验我们的承受力，再根据我们的表现，决定是否发放幸福许可证。墨儿，墨儿，告诉我……"

他张开双臂抱住沈墨，眼泪流下来，落进沈墨的头发里。

他能感到那熟悉的柔软的身体在他怀中的温暖，他从沈墨的身体语言中感受到他俩的密不可分。

"告诉我，该怎样才能不让你离开我？"

沈墨望着他，眼中分明是痛苦与不舍。

暮色已浓，屋内光线昏暗。

"怎样做，我们才能回到从前？"

沈墨围在他后背的手，僵了一僵。

6. 完美计划

"你决定了?"

"你真的要离开我吗?"

沈墨真想对宋逸尘说:不,是你做出的决定,是我必须给你自由。

但她什么也没说。她太了解宋逸尘了。他会胡搅蛮缠,找出无数个理由为自己辩解,结果却于事无补。

尽管她已看透这个与她相识二十载的男人,甚至对他满怀怨恨,却无法停止继续爱他。爱他,已成为沈墨的习惯。人生有多少个二十年? 一辈子能了解几个人? 宋逸尘贯穿了她的整个青春,一生最美好的时光,所有的记忆,甜蜜的、酸楚的、快乐的、悲伤的,点点滴滴,每个片段里都有宋逸尘的身影。

所以她说:"是的,我决定了。离婚,不做夫妻,但你永远是我的家人,我的兄弟。"

"你会嫁给别人。"宋逸尘垂下头,语气幽怨。

"重要的是,你有机会做父亲。"沈墨提醒他注意离婚的目的。

"可我希望你是我孩子的母亲。"

"逸尘,别说了⋯⋯"

"我要说。"宋逸尘站起身,眼里闪烁着兴奋。

"我希望你是我孩子的母亲。可以的,你可以!"

沈墨深吸一口气。

"走吧,时间已经不早了,我们去民政局。"

她不知道,此时此刻,宋逸尘的心里已冒出一个堪称十全十美的计划。但他绝不能把这个计划告诉沈墨。因为，这计划虽很完美，却存在着许多变数，而沈墨本人的态度，就是最大的变数。

三天后，宋逸尘带着他的两箱衣物飞往上海。

武汉的房子归沈墨所有，宋逸尘只带走了一部分衣物。房子里还有他的冬衣，有他的大量日用品，即便沈墨将这些东西全都扔掉，也不能抹去宋逸尘留在家里的所有痕迹。

老实说，他也希望如此。

离婚后，沈墨依然属于他。这是他隐秘的愿望，他但愿沈墨能令他称心如意。

没人知道他俩已离婚。沈墨去过三亚后，宋逸尘就没在她单位露过面，沈墨夫妇的关系，在她单位里是禁忌话题。她不说，没人敢多嘴问东问西。

至于宋逸尘，从一开始，他就没打算公开离婚的消息。

刚到上海，宋逸尘就接到方雨馨的电话。

方雨馨感谢了他的帮忙，语气却并不高兴。

"不用谢我。希望能真正帮上你的忙，希望你父亲早日康复。"

那边沉默了一会儿，传来干巴巴的两个字："谢谢。"

电话随即就挂断了。

几分钟后，宋逸尘从房产经纪何经理的电话中得知了这件事的来龙去脉。原来，方雨馨家的两套房子都被业主方毅抵押给银行了，若要出售，先得还清剩余贷款。奇怪的是，偿付贷款的账号却跟方家无关。几个月前方氏公司就已关门，所有余钱几乎都耗在了医院里，而这两套房子的银行还贷，近几个月倒是正常得很。

何经理说，他把情况对方雨馨说明后，那姑娘的脸色顿时变得煞白，过了好一会儿，她才缓过神来，问他能否帮忙查出究竟是谁在偿付这笔贷款。何经理表示，查是可以查，但这种事，想来方父最清楚，不如直接问问他。

"这种事哪里能查？拔出萝卜带出泥，谁知道那女孩的父亲还有多少事情瞒着家里！方雨馨一看就很单纯，应付不来这种复杂局面，听我说了后，手足无措，完全乱了阵脚……"

宋逸尘谢过何经理，又拨通方雨馨的电话。他仔细询问了方毅的病情，甚至找雨馨要来主治医生的电话号码。整整一天，他都在忙方雨馨的事，直到夜幕降临，他才发现自己已饿得前胸贴后背。

饥饿感令他满足。这是离婚后他头一次感到饥饿，也是他头一次将沈墨和已经完结的婚姻抛在脑后。

现在我是一名单身汉。他边吃饭边想。

我竟为一个才见两次的人忙了一天。他继续想着。

这不是我的风格，我从不做没道理的事。

难道我不同情她的遭遇吗？难道我没被她对家人的爱给打动吗？宋逸尘放慢了咀嚼速度，脑子里浮现出方雨馨的模样。第一次见到她时的娇俏可爱，第二次偶遇时她的楚楚可怜，她的眉眼、脸型，甚至身段，都跟沈墨有几分相似……

宋逸尘明白了，从一开始，他就对方雨馨充满好感。

可怜的女孩，父亲病重，自己又被男友抛弃。可怜的他，孑然一身，无家无子。

命运安排他们在此时相遇！

宋逸尘推开餐盘，脸色复杂莫名。

我想帮助她！让我来支付她父亲的手术费。

这笔钱不用她还了。她可以嫁给我，为我生孩子。

宋逸尘被自己的想法给镇住了。

7. 一笔交易

如果有钱等于成功的话，宋逸尘已有跻身成功人士的资格。马克早就劝宋逸尘离婚另娶，他说，一名单身的成功男士，尤其是像宋逸尘这样的，年纪不大，外表不差，身体健康，拥有如此条件，必然成为社交圈的香饽饽，数不清的待嫁女郎都会围着他转。宋逸尘相信马克的话，不过，玩玩是一码事，娶妻生子，又是另一码事。娶一个他能完全掌控的妻子，则是难上加难。

宋逸尘很清楚，他不可能再遇到像沈墨那样为爱而婚的女人。他再娶的女人，必然会重视他的钱，而他要的，不过是一个能孕育他孩子的子宫。既然如此，何必花费精力谈情说爱？

何况，他已经遇到了一个合乎他理想的对象——方雨馨。

宋逸尘决定速战速决，第二天他匆匆处理完在上海的事务，搭乘末班机飞回了武汉。

下机后他意识到自己已无家可归，干脆叫出租车司机将他送到医院附近的一家宾馆门口。次日上午，他在一家茶馆的豪华大包间里见到应邀而来的方雨馨。

"你来负责我爸的手术费？"方雨馨不敢相信她的耳朵。

"我家的房子……现在还不能卖。等能够出售的时候，才能把钱还给你。宋先生——"

"不要这样叫我。"

宋逸尘很满意地看到方雨馨喜忧交集的表情。

"叫我逸尘就好。"

"哦……那好吧。我想问，这是真的吗？你真的愿意借钱给我，并不催我马上还吗？"

"数目不小，宋先生，哦，逸尘，你家人会同意吗？"

宋逸尘哈哈大笑起来，笑得既夸张，又痛快。

"家人同意？我一个人就是一个家，哪来需要同意的家人？"

方雨馨看着他，欲言又止。

宋逸尘笑着回望她，也不吭声。

包房的空气，就这样冷了下来。最初的欢腾、紧张，慢慢凝结成严肃的思考。

终于，方雨馨开口了。

"我不知该怎么表达，老实说，我很不安。"

宋逸尘说："嗯，我明白。换了我是你，也会掂量掂量。"

方雨馨瞥了他一眼，又垂下眼睑。宋逸尘一眨不眨地注视着她，那对浓密的睫毛却静止不动，像两幅窗帘，将她的心事遮蔽得极其严密。

谈话就此中断，包房里静悄悄的，两人甚至能听到对方的呼吸声。

忽然，方雨馨抬起眼皮，目光像两道闪电，扫在宋逸尘的脸上。

"你是好人，我应该相信你。对吗？"

宋逸尘被闪电给击晕了，不由自主地点了点头。

"那你告诉我，你对谁都这样好吗？"

宋逸尘的脑袋依旧有点晕。

"因人而异。雨馨，我得把话说明白点儿。"

"洗耳恭听。"

宋逸尘发现，方雨馨在短短几分钟之内仿佛成熟了许多。他很诧异，却也感到新鲜和高兴，不管怎样，方雨馨的这种改变，使谈话变得容易了些。

"我愿意无条件地帮你处理眼前的难题。因为——我想请你嫁给我！"

方雨馨表情木然，语气也平淡至极。

"这是一笔交易。"

"别这么想！"

一丝阴云从宋逸尘眼底划过。方雨馨并不好对付。也许，所有女人都不容易对付。

"那我应该怎么想？"

"雨馨，"宋逸尘改变策略，"我说错了。忘了这事吧！"

他看到方雨馨仰起头，脸上不再是方才那种死气沉沉的样子。

"你的意思是，就当你什么也没说，你也不会借给我这笔钱？"

宋逸尘心情一松，不禁笑了起来。

"你看你，总是误解我的意思。"

他背转身，替方雨馨和他各斟一杯茶，好整以暇地招呼雨馨喝茶。

8.态度倨傲的女士

方雨馨从没想过，他们一家人住的房子早已被父亲抵押出去，抵押得来的款项也并非为自己公司所用。得知消息的那一刻，她的眼前闪过一个女人的身影。她厌恶地摇摇头，想把那个影子给甩掉。

不能让妈妈知道这件事。她想。不过，爸爸做什么，妈妈本来就无意知道吧？父母的关系，从她懂事起就很平淡，不像别人家的父母之间那样亲密，但也不坏，客客气气的，有时也互相开开玩笑。

父亲在这个家里，最疼的人，自然是她方雨馨。父女亲，母子亲，夫妻关系相敬如宾，这就是他们方家的人际关系。

那个女人，最近几年才冒出来。大概因为她不是本地人的缘故，方雨馨对她颇为好奇。她说话的口音像江浙一带人，但似乎住在武汉。父亲的生意做得最好时，在武汉一家饭店里包了一间套房，雨馨去那儿找父亲，去十次，总有六七次会碰见她。这个女人从不主动跟雨馨打招呼，甚至连看都不看她一眼。

方毅也总是很快地将雨馨支开，从不向她介绍这位容貌寻常、态度倨傲的女士。

方雨馨疑心过此人和她父亲的关系，她总觉得，这个女人应该是父亲方毅的崇拜者，如同《哈利·波特》中只认自己主人的魔法界奴隶——小精灵，其他人，这个女人都视若空气。

爱，会影响一个人的判断力。方雨馨明明看到她父亲投向那女人的目光特别温柔，明明听到方毅跟那女人说话时的声音格外亲热，她早就应该明白，父亲和那女人并非偶像与粉丝的关系，却非要等故事结束时才恍然大悟，继而让一种被欺骗的感觉在心里蔓延，以此来原谅自己的"天真无邪"。

送走何经理后，方雨馨给宋逸尘去了一个礼节性的致谢电话。她正走在漆黑的巷弄里，找不到出口，也看不见来时路，宋逸尘在电话那头的殷勤探问，虽令她感激，却又加深了她的无力感。

任何人的安慰，都于事无补。方雨馨需要的不是安慰，而是解决问题。

"家里还有钱吗？除了房子。"她问母亲。

"房子能不卖吗？卖了大房子我们只能挤在小屋里，再说你哥将来要结婚……"

方雨馨不耐烦地打断母亲："不卖房子。我是说，你手里没留点应急的钱？爸爸的生意说坏就坏了，万一哪天公司倒了，一家人怎么生活，这种事你就从没考虑过吗？"

母亲被女儿的态度给激怒了，从鼻子里发出一声"哼"。

"一家人怎么生活？没错，我上班那点儿工资，只够我自己吃碗白米饭。你是你爸养活的，你哥的生活费，是你爸负担的。但我没享过你爸的福，也没从他手里拿过大笔的钱。他现在这样了，我尽量照顾他就是，我对得起自己的良心。"

母亲说着说着就哽咽了，泪水涟涟，委屈不已。

"好了妈，我错了。"方雨馨连连道歉。

"爸的情况，做了手术没有排异现象，基本就没什么问题。现在不就是得筹钱嘛！"

"你舅舅、小姨那边，我都问过了。他们也没钱。"

"多多少少，凑一点是一点，靠一家两家就凑足这笔钱，是不可能的。"

"雨馨，你这孩子，哪里知道借钱的难处！就算人家手里有钱，还要掂量着这钱借出去了收不收得回来。能问的，能求的，我都问过了求过了，这辈子没说过的好听话，这些天我都说完了……"

方雨馨听着母亲的念叨，心里越来越恐惧。实在没钱，父亲就只有等死了。

实在没钱，可不就是这样吗？

"不！"方雨馨真想大声喊出来，"我绝不能让这种事发生！"

她再次想到卖房子，这是筹集手术费的最佳方式。她打算第二天一早就给宋逸尘介绍的何经理打电话，请他帮忙查出正在偿还房屋抵押贷款的账户主人。她敢肯定结果跟她估计的一模一样，但她需要证据，这样她才能理直气壮地去找那女人。方毅危在旦夕，那女人但凡有点儿良心，不管他们之间有过怎样的说法，都该尽力救人吧？

第二天清晨，尚未来得及给何经理去电，方雨馨先接到了宋逸尘的电话，说有重要事情要同她商量。对方雨馨来说，眼下最重要的事，就是筹集父亲的手术费。宋逸尘说，没错，我要跟你说的，正是这件事。

第八章　快刀与乱麻

四目相对，凝望的不是对方的灵魂，而是他们想看到的东西。

1. 如何与不爱你的人相处

方雨馨同宋逸尘领了结婚证后，重新调查了那笔房屋抵押贷款。还款人名叫孟丹，果然是雨馨记得的那个名字。不过，孟丹本人并不在武汉，甚至不在国内，除了那个每月定期汇入一笔钱的账户，证明此人还活着，孟丹像是从人间蒸发了一般。

得知这一消息，方雨馨长舒了一口气。

她曾后悔过，为她轻率答应宋逸尘的求婚而后悔。她以为自己还有选择的余地。

事实证明，除了接受宋逸尘的一系列提议，方雨馨别无选择。

对于这位从天而降的女婿，方雨馨的母亲表现出了令人钦佩的平静。她问过雨馨与宋逸尘的交往经过，以"这样也好"做了结语。

方毅则是在出院后才知晓手术费的由来，此时雨馨已随宋逸尘去了上海，木已成舟，方毅哀叹也好，咒骂也罢，都已于事无补。

他早就知道，由于他的失误和荒唐，多年辛苦赚来的钱，已几近散尽。他也确实做好了不治身亡的思想准备。但人啊，终究是怕死的，忽然之间，女儿和妻子告诉他，手术费已筹到了，他立刻从看淡生死、无悲无喜的境界中脱出来，惊喜交集，患得患失，巴不得立刻听到肝源到位、马上做手术的通知。

　　至于手术费是怎么筹到的，方毅没有问。他回避着这个问题，心里却很清楚，手术费不是借来的，就是卖房子筹来的。

　　他更倾向于后一种方式。那样的话，证明孟丹也在偷偷帮助他。

　　要有多么巧妙，一个人才能带着秘密生活在这人世间？方毅准备将他和孟丹的故事带进坟墓里，一朝醒来，才发现自己离坟墓的距离还远，而他和孟丹的秘密，其实早已被妻子知晓。

　　出院回家当天，方毅就知道了，手术费和房子没有关系。

　　"房子没卖？"他问妻子。

　　"谁说房子卖掉了？"妻子反问。

　　"奇怪。谁会借给你们这么大的款子？"

　　妻子没理他，离开他的小屋，要回楼上休息。

　　"你回答我的问题呀！"他冲着妻子的背影喊，"我明天就打电话联系老朋友们，赚钱，还债！"

　　妻子转过身，"你还有老朋友？你住院动手术期间，几个人来看过你？"

　　方毅摆摆手，"我不跟你说这些，你不懂！"

　　妻子皱眉，"你声音怎么这么大？你早点休息吧，我也累了。"

　　"砰"一声，门关了，妻子已离开他的私人领地。

　　方毅愣了一下，苦笑起来。生活给他开了一个玩笑，不该改变的都变了，比如他的事业、健康；该变的没有变，比如妻子的个性和对他的感情。

照顾一名即将死去的病人，尽管任务艰巨、工作量巨大而烦琐，但因为看护者的内心充满了死别的愁绪，照顾病人的苦，反而算不得什么了。在方毅生死攸关之际，妻子尽心尽力地照顾他，所有人，包括方毅，都被她给感动了。方毅暗暗发誓，上天若让他死里逃生，他一定会对妻子温柔相待。

他没死，但他暗地里立下的誓言，随着身体的日渐康复而慢慢死去。这不怪他，一个快死之人的想法，和正常活着之人的想法，自然有着天壤之别。手术后他就看出来了，妻子对他的态度越来越冷淡。

这也正常。手术后的方毅，依然是病人，需要额外照顾。假如照顾病人的期限拖得无限长，对任何人来说，恐怕都是一种折磨，也就是俗语说的，"久病床前无孝子"。

方毅的妻子，为丈夫逃过死神的追杀而欢喜，但这欢喜并未持续多久，就被深重的厌弃感给取代。她在丈夫患病期间不离不弃，悉心照顾他，尽到了妻子的责任，她能经受任何一个道德法庭的审判，然而她并不满意。

多年前，她跟丈夫达成默契，不离婚，各过各的日子，像邻居和普通朋友一样生活在楼上楼下。她习惯了这样的模式，难以忍受整天面对方毅的生活。

如何与不爱你的人相处？答案是：当他是普通人。

不爱，也不恨。

几个月来，在照顾方毅的过程中，她稀里糊涂地回忆起两人最初的时光。遥远得失去温度的记忆，带着晕黄的光影，依旧能打动她的心。这模模糊糊的温情，唤起了她对丈夫的爱，也唤起了她对他的恨。

她恨他的心有旁骛，恨他的冷淡薄情。恨，渐渐淹没了爱，使她失去照顾术后病人的耐心。

第二天，当方毅再次问起手术费的由来，表示要努力赚钱还债时，她被丈夫的不自量力而逗笑了。

"光有雄心壮志是没用的。你呀，好好待着就够了。"

"我待不住！我要出去活动活动。"

"实在想出门，你就去吧。你可以找找孟丹——"

方毅惊怒交集，一时无语。

"你一倒霉，她就不见了。现在你活了过来，又是一条好汉，我想，她也该出现了吧。"

她没说孟丹就是丈夫的情人，她也从不愿追究丈夫和这女人的关系到底走到哪一步。在所有人眼里，包括在她女儿方雨馨眼里，她都是一个慵懒的妇人，但她并不认为这有什么不妥。在她的世界中，她自己，才是这世界的中心。

"我不跟你讲这些。雨馨呢？我问问她——"

"雨馨？她对你还有什么可说的。"

方毅呆呆地看着妻子一张一合的嘴巴，耳边嗡嗡作响，不断重复着妻子的一句话：

"晓晖说，为了救爸爸，妹妹把自己给卖了。"

2. 离开康城

方雨馨愿意接受宋逸尘的资助和求婚，有一个拿得出手的理由：宋逸尘爱她。

宋逸尘开出的条件，对走投无路的方雨馨来说，自然有着一定的吸引力。但她看着眼前这名中年男子，满心困惑，所有问题滚到嘴巴，说出来的却只有一句："你爱我吗?"

宋逸尘为她的单纯而感动，真诚地撒了一个弥天大谎。

"我爱你! 第一次见到你，我就爱上了你。"

方雨馨注视着他。四目相对，凝望的不是对方的灵魂，而是他们想看到的东西。方雨馨看到了宋逸尘的真诚，宋逸尘看到了方雨馨的柔顺。

他伸出双臂，轻轻抱住了这个可怜的女孩。

"真的不用举行婚礼吗?"

他能理解方雨馨一切从简的想法，但还是要多问几次，以示诚意，"我是喜欢低调、简单，可这样太委屈你了。"

"没关系，真的。"

假如可以，方雨馨不想告诉任何人，她已嫁为人妇。

和宋逸尘住一起的第一个晚上，方雨馨满心忐忑。事实证明，她的种种担心都是多余的，宋逸尘的表现相当正常。

不过，中年男人松弛的肌肉、娴熟的技巧、理所当然的求欢，并不能使她放松，反而加深了她委身于人的屈辱感。他爱她? 没错，他是这样说的。但在无尽的黑夜里，在方雨馨的下意识里，宋逸尘是一个买她的男人，而她，不过是在卖淫。

宋逸尘百般挑逗，费尽心思，她还是像木头一般，紧张、僵硬，令人气馁。

"要不，我们去蜜月旅行吧? 以此来代替婚宴。"

宋逸尘不想继续待在武汉，他在这里没有固定住所，跟方雨馨领证后只能住在酒店。另一方面，他担心逗留时间越久，遇见沈墨的概率就越高。

他不想让前妻知道他已再婚。尽管离婚的目的就是再婚，但如此短的时间，他就成为别人的丈夫，对沈墨来说，必然是个不小的打击。

方雨馨拒绝了蜜月旅行。

"以后再说吧！要不，我们现在就去上海？"

父亲已脱离危险，很快就会知道手术费的来龙去脉，到时候，方雨馨不知如何面对。

父亲或许会悲伤、难过、感激、感动，父亲必然会很激动，而过激的感情，对他的健康不利。此时离开武汉，离开康城，方雨馨就能避开这个难题。

另外，出乎方雨馨和母亲的意料，方晓晖得知父亲的情况后，竟然放弃留在北京的机会，不久后就会回到家乡，在方雨馨的母校康城一中任教。想到这一点，雨馨越发觉得她已没有留在康城的必要。

3. 懂事的妻子

起初，宋逸尘将方雨馨在床上的不佳表现归结为害羞，并没放在心上，但现在他们已结婚三个多月，情况没有丝毫的改善。宋逸尘开始怀疑自己的能力，也怀疑方雨馨性冷淡。

除了性生活不够和谐，方雨馨在其他方面的表现倒是可圈可点。

到上海第三天，她就在离家不远的一幢写字楼里找到工作，一家经营铝板的外资公司，聘用了方雨馨做市场助理。工作不算太累，可以准时下班。每天回家后，方雨馨就把屋子收拾得清清爽爽，沐浴更衣，梳妆打扮，等宋逸尘回来，两人一起去附近的饭店觅食。若是宋逸尘有应酬，她就在家里煮碗泡面对付一顿，看书、读英语、利用跑步机健身。周末她休息，还会起个早床，为宋逸尘煮粥、煎蛋。简单的早餐，却代表了她对他的心意。

有时宋逸尘觉得她太宅了，会开车带她去上海附近的风景点转转。有时她也会自己出门，逛逛街，买点衣服和化妆品。

她把自己的时间安排得满满的，却没有忽略宋逸尘的意思。她经常对宋逸尘提及她的同事们，却跟他们都保持着距离。有一次宋逸尘问她，同事知道你已结婚了吗？方雨馨说，当然知道，应聘的时候就在表格上填了已婚。宋逸尘又问，他们一定会想，这么年轻漂亮的女同事，原来已名花有主。方雨馨笑道，这公司人人都忙，留在办公室的人，各人低头忙着自己的活儿，不是讲电话，就是打电脑，要是电话铃不响，又碰巧没人讲电话，整个公司鸦雀无声，静悄悄的。总而言之，公司的氛围就是这样，我很喜欢。

宋逸尘笑着举起盛了橙汁的杯子，我也喜欢，来，干一杯，祝你心情愉快，越来越美丽！

他不知雨馨这番话是说来让他放心，还是事实就是如此。但他确实对方雨馨的表现相当满意。比如她没提出去丈夫的公司上班，比如她没傻待在家里成为一名专业妻子，比如她不对人隐瞒已婚的事实，却从不要求他在同事们面前出现。

宋逸尘娶了一个懂事的小妻子。

"懂事，是因为她不爱你。"

沈墨在电话那头轻描淡写一句话，宋逸尘听来如醍醐灌顶。

那天是沈墨的生日，刚进公司，手机铃声就响了。那是他很早以前设置的日志提醒，看到屏幕上显示的"老婆生日"四个字，宋逸尘立刻坠入对前妻的疯狂思念中。

三个月来，他经常想起沈墨，有时会给前妻发去一条问候短信，无非是天凉加衣、多加珍重这类片儿汤话。沈墨的回复总是很及时，内容却太过简单，"收到"两个字，毫无感情色彩。

跟方雨馨结婚后，宋逸尘想起沈墨的频率越发高了，几乎每个不尽兴的夜晚，沈墨的身影都会在黑暗中浮现。但，他同沈墨的联系却少了。那些寻常的问候一输进手机短信，就沾上了尴尬的笑意，笑他深藏于心的后悔，笑他对眼下自我安慰式的满足。

他拨通了沈墨的电话，那边传来的声音，平静得令他心跳加快。

客套的寒暄后，他祝沈墨生日快乐。

"谢谢！难为你还记着。"

"说谢谢，太生分了吧?"

"嗯?"

宋逸尘仿佛能看到沈墨蹙起眉头，他赶紧又问："多少年了，我怎会不记得你生日? 你呢，你记得我的吗?"

"记得呀。"那边的语气有些嘲讽，"像记得六一儿童节一样，想忘也忘不了。"

宋逸尘赔笑道："怎么不说像记得元旦、五一、十一，偏把我跟儿童节联系起来?"

沈墨冷笑道："你对儿童节情有独钟呗！宋逸尘，你想要个孩子，你想当爹，想疯了! 动作还真快!"

宋逸尘干笑着，无言以对。多年来，他和沈墨在彼此面前仿佛是透明的，无论谁有什么秘密，能瞒住对方的时日都相当有限。沈墨已把话说到这份上，宋逸尘索性打开天窗说亮话，把他和方雨馨从相识到相遇、结婚，一五一十交代清楚。

"这种事你也能碰上！"沈墨说，"我倒是糊涂了，这是该夸你做了件好事呢，还是骂你乘人之危？"

"不夸也别骂。机缘巧合，命中注定该有这事儿。"

"你说话太啰唆了，不就是想告诉我，你俩是缘分天注定吗？"

宋逸尘连连否认，语气诚惶诚恐，心里却泛起一丝甜。

沈墨的醋意穿越几百公里，在他面前翻江倒海。她还爱着他，不是吗？宋逸尘心里欢喜，却故意将他与方雨馨的婚后生活夸耀了一番，想激出沈墨更大的醋意，让他确认这个女人依然属于自己。

沈墨却只是静静地听着，既没冷笑，也没摔电话，末了竟长叹一口气，淡淡地说："方雨馨也不容易啊！"

"嗯，难得她这么懂事。"

"懂事，是因为她不爱你。"

宋逸尘呆住了。方雨馨在接受他的求婚前专门问他是否爱她，宋逸尘因此得出结论：只要他说爱她，方雨馨就会回报他爱情。

女人的爱，是被动的。只要让她知道你爱她，不管你是口头派还是行动派，也不管你是真心还是假意，不论你是想呵护她还是想控制她，对你来说，最后的结果都不会太坏。至少她会在心里给你留一个柔软的位置，在那个位置上，你多多少少享有一点儿特权。

宋逸尘享受的特权，就是方雨馨的懂事。

4. 以前夫的身份去见前妻

在前妻三十六岁生日这天，宋逸尘第一次产生和方雨馨离婚的念头。

但这念头一闪而过，并未在他心中停留。他是一名商人，他的投资要有所回报。他不认为方雨馨嫁给他有何不妥，倒是他，还没有看到他最想要的回报。

在浦东机场，宋逸尘给方雨馨打电话，他要出差几天，让她晚上关好门窗，凡事小心。

他从不希望方雨馨对他的行踪了如指掌，尤其是这次。奇怪的是，电话挂断，买好最近一班飞往武汉的机票，他竟对方雨馨没问他要去哪里出差而郁闷不已。

也许她问过，是他没留意。也许她确实没问，接电话时，她正忙着处理手头的工作，来不及或是忘了问。

那么，此前好几次，他临时出差飞往全国各地，方雨馨有没有关心过他的行踪呢？

坐在候机厅里，沈墨的话再次在他耳边回响。懂事，是因为她不爱你。

宋逸尘早该明白这一点。在他和沈墨的长期相处中，除了某段特殊时期，沈墨对他的看管都很严厉。在那段特殊时期中，沈墨则很懂事，从不过问他的行踪，对他唯命是从、谦卑柔顺。

那时的沈墨，对宋逸尘心怀歉疚，却爱意未减。

唉，沈墨。想到沈墨，宋逸尘的心就软成一片泥。

飞机准时起飞，宋逸尘的心越来越踏实。他以有妇之夫的身份去见一名离异女子，他以前夫的身份去见前妻，他也是以一名离家多日的男子的身份回归——回到深爱的女人身边。

飞机落地后，宋逸尘才给沈墨打电话。

"我能请你吃饭吗？我想为你庆祝生日。"

沈墨拒绝了。

"我有安排。不过还是要谢谢你。"

"你有约会？跟谁？我能加入吗？"

"对不起，这跟你没关系。"

"等一下，别挂电话！"

宋逸尘有些着急。

"墨儿，我现在在武汉。你别跟我开玩笑……"

"哦？"沈墨沉默了一会儿。

"我没开玩笑。晚上我有饭局，完了还要去 K 歌。没人知道我过生日，是公司同事小聚。"

"公司？你们单位改制为公司了？你同事我都认识，我可以加入吧！"

沈墨有些不耐烦，"我跳槽了，新公司，新同事。我不知道怎么跟老同事解释你消失无影的事儿，换个新地方，清净。我说完了，你满意了吗？"

"墨儿，推掉饭局，跟我一起吃饭，庆祝你的生日！"

"不行！宋逸尘！宋先生！不要忘了，你现在是别人的老公，跟我没有半毛钱的关系！"

电话挂了。

宋逸尘被这突如其来的"变故"给击懵了。他怎能如此自信呢？沈墨说得一点儿没错！他们离婚了，他突然从沈墨的生活中消失了。沈墨如何去应付这样的局面？她得承受多少好奇、八卦的目光和询问？

他竟然从未设身处地为沈墨考虑过！是他该死。

宋逸尘想了想，拨通张澜的电话。

"哟，宋总啊！您这是在哪儿给我打电话呢？荣幸之至啊！"

张澜虽然有点儿八卦，却懂得察言观色，说话知道轻重。正是这个缘故吧，所有同事中，沈墨和张澜的关系一直不错。

"刚出差回武汉。"

"这趟差够长的啊！沈墨现在也跳槽了。现在想想，你俩在我们单位门口秀恩爱，已不知是多少年前的事了！"

张澜话里有话，宋逸尘赔笑敷衍。

"张澜，沈墨今天生日，你知道吗？"

"哎呀，你这一说我想起来了——嘿嘿！"张澜忽然坏笑起来，"宋逸尘你老实交代，是不是欺负咱们沈墨了？这会儿想借机补偿，拉我来帮忙？"

宋逸尘听到张澜这么说，心里一块石头落了地。

"你真是太厉害了！你是观音菩萨派来的救兵啊！"

张澜在电话那头咯咯笑，"得了！你又不是孙猴子，还观音菩萨派来的救兵呢！"

宋逸尘满嘴流蜜，哄得张澜有问必答，知无不言言无不尽。宋逸尘哄着她给沈墨打电话，打听到了沈墨跟新同事的吃饭、K歌地址。

"张澜，我得好好谢谢你！我请你去香蜜湖吃牛排吧！就在你们单位附近，方便。"

"不用不用！哈哈哈！"张澜开心大笑，笑完了，语重心长地教育宋逸尘："你也是，做生意的人，不知道和气生财的古训吗？沈墨要美貌有美貌，要能力有能力，脾气性格、待人处事样样好，你身在福中不知福，还惹她生气！她跳槽前就心事重重的，走了后我每次提到你，她就叹口气，从不说你一个不字。你呀，你就专心去给沈墨准备生日礼物，给她惊喜吧！我当幕后英雄，不做台上那盏电灯泡！"

5. 搅局者

包房里衣香鬓影，宋逸尘一个都不认识。

"喂，你找谁？"有人瞪着他发问。

宋逸尘没理他，依旧眯着眼睛四处张望，寻找沈墨的身影。现在他看到了，沙发角落里，沈墨和一名平头矮壮男子坐在一起，正喁喁低语。

"喂，找谁呢？你走错地方了吧！"

宋逸尘要进去，有人已站在他面前，挡住他的去路。

他正要开口，沈墨站起身，朝他走来。

"是找我的。"

一股熟悉又陌生的气息扑面而来。宋逸尘呆呆地看着沈墨，数月不见，他的前妻身形消瘦，下巴尖了，眼睛也因瘦而显得更大了。

"你怎么这样瘦？"他喃喃低语。

"沈墨，介绍介绍，这谁啊？"平头男子走到他们身边。

"他呀，宋逸尘。"

"幸会幸会。"

宋逸尘机械地点点头，和平头男握了握手。

沈墨按了服务键，"你还没吃饭吧？叫个盖浇饭，青椒牛肉饭？"

沈墨向应声而来的服务生交代了送盖浇饭的事，宋逸尘也被平头男等人让到沙发上坐好，包房里的气氛很快恢复到他来之前，轻松、喜庆。

宋逸尘坐定后，很快调整了他的情绪，也给自己做了一个明确的定位。

让这帮人去猜测沈墨和他的关系吧！他宋逸尘今晚就是个搅局者，不交代他们的关系，才是明智之举。

饭来了，宋逸尘随便扒拉了几口，开始喝酒。失意者有随便喝酒拼命抽烟的特权，尤其是坐在这里，听这帮陌生人唱着他并不熟悉的情歌，看他们借酒装疯、跳舞、大笑、打情骂俏。

他很高兴，幸亏他来了，他在，沈墨就只能扮演DJ和后勤部长，负责给同事们放歌、添补啤酒、饮料和零食。

不到二十分钟，宋逸尘成功地把自己灌到醺而不醉的境界。他脑子不乱，心情愉快，脸上挂着笑，眼睛余光看着沈墨，看着这帮视他为某个奇怪装饰物的陌生人。

"沈墨，这人是你带来的?"他听到有人问。

"别理他，他是神经病!"他听到沈墨如此回答。

"啊? 哈哈! 好的，不理他。沈墨你要负责我们的人身安全哦! 万一你也搞不定，我们就惨了。不如我们现在就报警? 哈哈哈!"

宋逸尘不恼不怒，却觉得他得干点儿什么，才能让这帮家伙认得自己。

他站起来，感到脑壳有点儿晕，但他眼睛盯着地面，尽量走直线地来到点歌器前面，点了一首《最炫民族风》。

乐声想起，宋逸尘从茶几上拿起一支麦克风唱了起来。唱第二段时，他没错过伴奏中玻璃砸碎的响声，呵呵笑着，将手中的啤酒杯狠狠砸在 K 房的茶几上——宋逸尘观察过了，地面铺着地毯，只有砸在大理石茶几上，才有他想要的清脆音响和震撼效果。

震撼过了头。

有人尖叫了起来，有人嘎嘎大笑。宋逸尘看到沈墨朝他走来，他仰头大笑，忘了茶几上全是碎玻璃，一只手扶了上去，不由自主地怪叫了一声。

6. 好奇的路人

从医院急诊室出来，夜色已深。

"还好扎得不深，养几天就好了。"

"没事，一点儿都不疼！"宋逸尘酒已醒了，说的是真心话。

沈墨抛下同事们好奇的目光和追问，坚持要带他去医院包扎，在宋逸尘看来，已然证明沈墨对他的爱，分毫不减。

两人绕过医院门诊大楼前的花坛，走到马路口。路灯下，宋逸尘风尘仆仆，眼睛却闪闪发亮。

"那我先回去了。"沈墨看他一眼，心肠已软，却不想跟着感觉走。

"墨儿，别这样。我还没给你过生日呢！"宋逸尘伸出未受伤的手，拽着沈墨的胳膊，开始胡搅蛮缠。

"都见血了，这生日过得够叫人难忘。"沈墨感受到前夫手臂上的力度，内心在挣扎。

"还不够，今晚还没结束……"

一辆车从他们身边缓缓开过，宋逸尘借着避车，一把将沈墨拉进怀里。

"哎，别这样。"沈墨低声抗议，却是欲拒还迎的意思。

那辆车停住了，车窗摇下，从里面探出一个脑袋，朝他俩这边望过来。

"喂！"

宋逸尘顺着声音望过去，从车上下来一名身材高挑的女子。

"宋先生？"

宋逸尘并不认识那女孩，他迅速地和沈墨交换了一个目光，将她搂得更紧一些。

那女子朝他们走来，路灯下，只见她一头短发，满脸好奇。

"没错，那天跟方雨馨在一起的老——先生，就是你。飘逸的灰尘！宋逸尘！"

沈墨已离开宋逸尘的怀抱。

"是你啊！"宋逸尘想起在机场遇见的短发女郎，方雨馨的朋友。

女郎正是许希哲。几天前，康城一中的同学聚会了一次，她发现没人知道方雨馨现在在哪里，也没人打通过她的电话。席间有人提起，方雨馨的父亲似乎生了重病，正在武汉住院。许希哲猛然想到上次在机场与方雨馨的偶遇，后者哭肿的眼睛，承认与乔晔分手时的绝望表情，还有，那形迹可疑的中年男人——宋先生。

许希哲和方雨馨的关系，时好时坏，像大多数漂亮又骄傲的女生一样，她们会在一起逛街、看电影，在某段时间内亲如姐妹。她们也会因嫉妒、言语冲突而讨厌对方，短期内互不理睬，形同仇敌。不过，这只是女生之间的小打小闹，许希哲决不希望看到方雨馨以泪洗面，甚至消失无踪。

父亲病重，男友跑路，在一名大叔面前痛哭……许希哲用她那聪明的脑袋瓜略加分析，就得出了结论：方雨馨正处在人生低谷期，那位大叔，没准儿得为方雨馨的失联负点责任。

"是啊，我是许希哲！宋先生，你知道方雨馨的联系方式吗？我前几天打她手机，号码已经没用了。打到她家去，也不知人都跑哪儿去了，从上午到晚上，就是没人接。好奇怪。"

宋逸尘被突然冒出来的许希哲吓得不浅，看看已跳开他一米多远的沈墨，只觉得自己掉进了亲手挖的深坑中，而许希哲像一名好奇的路人，正搬起石头砸下来，想看看底下是否有人。

"嗯嗯，她是去了外地。"

"去哪儿了？宋先生，那天在机场，她跟你说了些什么？我看她很相信你的样子。"

"那天啊——对了，许小姐，你怎么会在这里？"宋逸尘试着转移话题。

"我男朋友的妈妈住院了，我刚从医院出来，打算回去。上次在机场，其实我也跟他在一起。方雨馨看不惯我跟他，就像我看不惯她跟姓乔的在一起一样……"

许希哲拉拉杂杂地说了一堆话，忽然停下来，使劲儿看了沈墨好几眼。

"宋先生，这位是？"

宋逸尘顿时紧张起来，沈墨和方雨馨，此刻都是他想保护的对象。

"许小姐，没别的事儿，就告辞了。"

"宋先生！"

许希哲在他身后大喊起来。宋逸尘听到汽车的开门关门声，许希哲的男友从车上下来，问女友发生了什么事。

"没事儿！这个人肯定知道方雨馨在哪儿，偏不告诉我。"

"算了，不会有啥事的。走吧，上车！"

声音渐低，宋逸尘离他们也远了。走在他前面的沈墨，脚步越来越快，两人一前一后闷闷地走着，一口气走到下一个马路口。等待红灯变绿时，沈墨气咻咻地啐了一口，骂道："宋逸尘！瞧你干的什么破事儿！"

7. 记号笔

宋逸尘像犯了错的孩子，跟在沈墨后头，一声不吭。

沈墨对所有人封锁离婚的消息，确实是想给她和宋逸尘的复合留条捷径。相识二十年，结婚十一年，骤然分开，别说她，亲朋好友恐怕都难以接受。宋逸尘和她离婚的目的是另外娶妻生子，但她总想着这事儿并不靠谱，没准她这一放手，宋逸尘在外头转一圈，又改了主意呢。

她没想到的是，离婚一个月，宋逸尘就娶了别人。

得知这一消息，也是凑巧。张澜有套房子想卖，沈墨找到何经理的名片，打电话过去，帮张澜咨询相关事宜。不知怎的，他们谈到了抵押贷款的事儿，何经理告诉沈墨，不久前宋总委托他处理的一套房子，就是这种情况，最后只好放弃出售。

凡事与宋逸尘有关，沈墨就格外敏感，何经理的话立刻引起她的注意。顺着这条线索，她很快查清宋逸尘离婚后就没再露面的原因。

原来这家伙已另娶新欢！原来，离婚前宋逸尘的百般缠绵不舍，居然都是在演戏！

沈墨悲愤交集，寝食难安，为自己的愚蠢，也为自己的愚忠。

最初的震撼过去了，沈墨开始冷静思考这件事。她还是不信宋逸尘的城府会如此之深，她渴望听到一个符合她心意的解释！

现在，她听到了。宋逸尘和方雨馨的婚姻，就是一场交易。宋逸尘用那么多例子证明新妻的柔顺、懂事，沈墨看到的却是委屈和无奈。在她心里，明明是宋逸尘更亲，可她对那年轻女孩的同情，却超过了对前夫的感情。

这件事，宋逸尘做错了。

她也错了。

但在这疯狂的错误中，沈墨终于明白了，宋逸尘想要一个孩子的心思，竟然如此深重。

方才突出冒出的短发女郎，像一个记号笔，将她和宋逸尘的错误标了出来。夜色中，沈墨看到他们这对前夫妇的可怜、可笑与荒唐。

"你别跟着我！"他们已走到小区门口。

"哦。"宋逸尘答应着。

沈墨看也不看他，径直走进小区。宋逸尘没有跟上来，却令她有些失落。

开门、进屋、开灯。沈墨在沙发里闷坐着，以为宋逸尘会按响她的门铃。手机闪了几次，是姐姐和几个老同学发来的短信。忽然她笑了起来，对着空气嘲笑她对宋逸尘的期待。

她起身去浴室洗澡，出来时听到门铃和手机同时大响，她慌忙接通电话，又打开对讲器，像开了麦克风一般，屋子里飘荡起生日快乐歌的乐声。

是宋逸尘。

"生日快乐！我买了蛋糕和玫瑰，请你收下吧！"

沈墨不想跟自己的心拗着来，打开门，让宋逸尘回到他离开四个月零八天的寓所。

宋逸尘不知跑了多少地方，才找到尚未关门的蛋糕房和花店。蛋糕很一般，玫瑰也有些蔫，聊胜于无。

沈墨烧了开水，给宋逸尘沏了茶，是他最喜欢的普洱，也是她喜欢的。茶也好，饭菜也好，他俩的许多爱好和习性都很一致，不是你影响我，就是我影响你。

两人安安妥妥地坐在沙发上，却沉默无语。他们喝茶，想心事，或是抬起头凝望对方，想说什么，终究无言。

时间已过十二点，宋逸尘没有离开的意思，沈墨也摈弃了赶他走的念头。

她从壁橱里取出被子放在沙发上。

"我先去休息了。有事明天再说吧。"

她躺在床上，听到宋逸尘在客厅里走来走去，听到他进浴室洗澡的声音。她既不愿宋逸尘闯进卧室，又希望拆掉这道房门，两人虽不同床共枕，却知道他在那儿，她睁开眼睛就能看到他。

她这一整天累坏了，普洱茶也没法驱走疲倦，在哗啦啦的水流声中，她睡着了。

她没发现宋逸尘进来过，站在床边看了她好一会儿，又轻手轻脚地走出卧室，在沙发上躺下。

第二天她醒来时，宋逸尘已不在沙发上，客厅里收拾得很清爽，厨房那边传来抽油烟机的嗡嗡轻响。

蛋饼、煎蛋、咖啡，还有一个熟悉的爱人。这样的场景，只在沈墨和宋逸尘结婚头几年出现过。那时他们有多好啊！

"墨儿，起来了？马上就好。还有昨晚剩的蛋糕，你要嫌煎蛋油腻，我给你切一块蛋糕。"

　　沈墨笑道："大早上吃奶油蛋糕多腻啊！亏你想得出来。"

　　宋逸尘把早餐端上桌，沈墨注意到他受伤的手裸露着，并未包扎，赶紧去抽屉里取了一盒子创可贴。

　　"昨晚忘了叮嘱你当心手，你果然就没注意。纱布湿了扔掉了，你还可以贴创可贴。常用药放在哪里，你又不是不知道。"

　　沈墨边说边撕开一张创可贴，替宋逸尘贴上。撕第二张时，她还在絮絮叨叨，宋逸尘把她拽进了怀里。他的嘴唇贴在了沈墨的唇上，不由分说地阻止了前妻的碎碎念。

第九章　飘忽的爱人

她已不再是从前娇嫩明艳的少女，而是一名少妇。她的人生也不再是一杯清冽可口的果汁，而是一瓶正在酿造中的葡萄酒。她破皮榨汁，饱经痛苦，但还未抵达脱胎换骨的高度。

1. 欲说已无言

方雨馨是在领工资时才想起来，这个月她的例假还没来。方雨馨的生理期经常不准，不是提前就是延迟，她已习以为常。不过，这天她却有些不安，下班回家的路上，她在一间药房里买了张早孕试纸。

第二天清晨，当试纸上出现两道杠时，她下意识地拿起手机，拨了宋逸尘的号码。

整个上午她都在拨打宋逸尘的手机，这时她才发现，除了一个手机号，除了上海公司的地址和办公电话，最多再加上武汉何经理的联系方式，她对自己的丈夫所知有限。

从前她不在乎这个，但现在，有一个小小的生命正在她体内孕育，她和宋逸尘的距离，忽然之间变得很近很近，她已为此而暗暗决定，以后要试着多了解她的丈夫。

宋逸尘的手机却始终处于关机状态。

他在开会吗？他在谈判吗？或者，他的手机不见了？

他会不会出事儿了？想到这一点，方雨馨心里一阵慌乱。她胡思乱想着，又给康城家中打了一个电话。

母亲的声音又细又高，流露出与她的年龄、性格完全不相称的轻快劲儿。

"妈，你嗓子怎么了？"

"我？没事儿。你呢，你在那边还好吧？"

"嗯……"话已到嘴边，方雨馨却顿住了。把怀孕的事告诉母亲，只会给自己平添烦恼。

"我爸呢？"她问。

"你爸？哼哼，你爸当然好，快活着呢！"

母亲似乎话里有话，方雨馨想知道的，只是父亲的身体状况。

"让爸爸接电话吧。"

"他不在家。"

"啊？他一个人出门了？这怎么能行呢？"

母亲在电话那头干笑了几声。

"他说在家像坐牢，想出去透透气。雨馨啊，你照顾好自己就行，别担心他。"

"他去哪儿了？对了，我打爸的手机，说他几句。"

母亲叹了口气。

"你爸是鬼门关前走过一遭的人，想做什么由他去。"

这话不祥得很，方雨馨心里"咯噔"了一下。

"上次复查，爸的各项指标都正常吧？"

母亲又叹口气。

"放心，正常得很。"

方雨馨一头雾水。

"妈你不要骗我。正常的话，你又说那些话，又老是叹气，叫我怎么能放心？"

"我叹气，是为了让自己舒服一点儿。雨馨你照顾好自己就行了，我们这边人多，爸、妈、你哥，有什么事情都好办。倒是你，你娇生惯养长大的，现在结了婚，还得照顾男人……妈不愿想这些事，也不愿跟你说，心里却是难过的。"

母亲说了许多话，大意是雨馨为父亲牺牲太多，母亲心疼她，替她委屈。

"你别替我委屈，爸妈身体健康，咱们这个家完完整整的，比什么都要紧。"

母亲在电话那头重重地"唉"了一声。

"你爸一早就去找孟丹了。"

"孟丹？"

方雨馨越发糊涂，母亲提起孟丹，就像提起一个老熟人。

"是你爸的一个——朋友，有钱。你爸过惯了以前的日子，现在的生活，他哪里受得了？让他去吧，孟丹若是愿意帮他重出江湖，也挺不错。"

"……重出江湖？爸的身体，哪里经得起折腾？再说了，人家有钱，跟爸爸有关系吗？"

"关系嘛，也不能说没有。具体的我不清楚，反正你别管这事儿。"

方雨馨一直不适应母亲颠来倒去的说话方式，这会儿已十分不耐烦。她惦记着父亲的去向，早已忘了发生在自己身上的大事。

她哪里知道，方毅大病初愈，就将他在病重时的种种打算抛在了脑后。现在，方毅想重温他在人生鼎盛期时的旧梦：生意做得得心应手，夜夜笙歌，有红颜知己温柔的目光追随。

至于方雨馨的母亲，她对丈夫的感情有限，服侍丈夫不是她擅长的事，只是碍于舆论和心里的道德标尺，她得做出贤妻的样子来。如今是方毅作死作活，不珍重自己……她乐见其成。

2. 假如命中注定

宋逸尘的手机终于开了。

"喂?"他的声音听上去十分疲倦。

"逸尘。我……你，现在在哪里?"

"嗯? 我在开会，有事儿?"

"没，哦，想问你什么时候回来?"

"过两天吧，忙好就回来。"

方雨馨忽然对验孕结果产生了怀疑。她真的怀孕了吗? 只是一张试纸，难保会出错。

她也对自己的反应产生了怀疑。她是慌了神，还是惊喜交集? 倘若试纸没有骗她，怀孕意味着什么，她知道吗?

她唯一能确定的是，宋逸尘会很高兴听到这一消息。

隔着未知的空间距离，电话那头的宋逸尘，远不如她想象的那样亲近，甚至比任何时候离她更远。那一刻，她失去了将这一消息与他分享的热情和勇气。

一直以来，宋逸尘似乎很关心她的生理周期，又似乎只是问问而已，像医生查房问病人体温，像植物学家记录植物的花期。

方雨馨能感觉到宋逸尘对她的不满意。

他跟她亲热，既不是尽丈夫的义务，也不是享乐……然而他乐此不疲。

为什么他要这样？为什么？

为了繁衍。

方雨馨如梦初醒。

她一向视这场婚姻为交易，却从未仔细考虑过，宋逸尘娶她的目的是什么。

没错，他说他爱她，第一次见面时，他就爱上了方雨馨。但这是一句显而易见的谎言，皆大欢喜的谎言，连方雨馨本人都只是聊做安慰，并未当真。

几个月来，方雨馨心心念念的是父亲的手术、术后情况，想的是如何隐瞒她闪电嫁人的真相，如何适应在上海的生活。她要把一幅图画得尽善尽美，却忘了宋逸尘是这幅图画的底色。

现在，宋逸尘从画布最底层浮了上来，向方雨馨展开一个含义不明的笑容。

你怀孕了？

他很高兴，笑容却带着悲戚。方雨馨不知他究竟是悲是喜。

接到方雨馨电话时，宋逸尘正坐在沈墨对面的沙发上。

"她的电话？"

"唔。"

"她不是挺懂事的吗？从不缠着你，不打扰你。"

沈墨半躺在沙发上，想到自己正跟别人的丈夫待在一起，她嘴角一牵，露出苦笑。

　　"嗯，可能有什么事吧，也没说。"

　　此刻，宋逸尘连"她"这个代词都不愿说出口。他知道自己很快就要回到方雨馨身边，越发珍惜和沈墨相聚时的分分秒秒。

　　"我们该怎么办？"沈墨却不领情，偏偏提出这让人沮丧的难题。

　　"是啊，我们该怎么办？"

　　宋逸尘喃喃重复着这句话，伸出手，轻轻抚摸着沈墨清瘦的脸颊。

　　"墨儿，我爱你！相信我，除了你，我不会爱上其他任何女人。"

　　"是吧。"深重的倦意向沈墨袭来，她甚至不合时宜地打了个哈欠。

　　"你爱我，却跟别的女人结了婚，睡在一起。"

　　"墨儿……"

　　"唔，别老调重弹了，你走吧。我是单身自由人，你是人夫，我差点做了可耻的第三者，我道歉。"

　　"墨儿，你不要拿这些话刺痛我。"

　　"你很得意吧？你已娇妻在抱，我在独守空房。不过也没什么，只要我想嫁人，随时都有人拿出钻戒给我戴上。"

　　"你等一下，等一下！"

　　宋逸尘打断沈墨，"你要嫁给谁？昨晚在KTV一直盯着你的小平头？还是林斐？"

　　"你不要提林斐！照你的逻辑，为什么你跟我离了不去找苏燕？"

两人都瞪着对方，满脸恼怒。两双眼睛里都跳动着怒火，火光熊熊，烤红了对方的脸膛。火光渐渐暗了，他们感到冷，冷得打起了哆嗦。

"墨儿，你要再嫁人，还是得嫁给我。除了我，不许你嫁给任何人。"

"你在说梦话……"

"不，我脑子清楚得很。"

宋逸尘看着沈墨，方雨馨的面容也同时出现在他脑海。

"我想，要是命中注定我没有孩子，"

沈墨疑惑地看着宋逸尘的眼睛，屏息凝神，唯恐漏过他说的每一个字。

"那我要跟方雨馨离婚。"

3. 如愿不如意

方雨馨有些奇怪。宋逸尘出差回来后异常沉默，不像以往那样，会找些话题跟她聊聊天。也许他工作上遇到麻烦？雨馨只能这样猜测。

电视机开着，在播方雨馨新买的一张影碟，基鲁·里维斯的《云中漫步》。宋逸尘眼睛望着屏幕，却不是看电视的样子。

方雨馨问他累不累，要不要喝茶，他都没怎么搭理。雨馨自觉无趣，默默地去厨房用电热水壶烧了开水，关好窗子，又去卫生间洗澡。

洗好澡出来，宋逸尘叫住了她。

她用毛巾擦着湿漉漉的头发，应一声，朝沙发那边望去，手上的动作就停住了。

两天前曾出现在她脑海中的一幕，此刻正在真实空间里重演。

宋逸尘从沙发上站起来，向方雨馨展开一个含义不明的笑容。

"你怀孕了?"他抬抬手，手里握着一卷纸，里面有医院妇产科的早孕诊断书，还有一张显示出两道杠的早孕试纸。

宋逸尘应该是高兴的，笑容却带着悲戚。方雨馨不知他究竟是悲是喜。

"是的。我测了两次，昨天又去医院检查过。"

"那么是真的，不会有错。"

方雨馨继续擦头发，一阵欢快的笑声从她头顶掠过。

"哈哈哈! 我要当爸爸了!"

笑声越来越大，宋逸尘的兴致越来越高，他从酒柜里取出一瓶进口红酒，用开瓶器开了，等不及醒酒，先斟一杯，一饮而尽。

"哎呀! 可惜你现在不能喝酒，不然我一定要敬你一杯，好好庆祝一下。"

方雨馨把毛巾扔进洗衣机，取了干发帽，把头发包进去。她看一眼满脸欢喜的宋逸尘，从得知怀孕那天起，直到此刻，一直悬在半空的那块石头才落地。随着踏实感而来的，是疲惫，也饱含着委屈。

她确定了，宋逸尘娶她的目的，是繁衍、生育。

结婚以来，宋逸尘第一次表现出这样的欢喜。但她是不是神经过敏? 她分明又看到了，绽开的笑纹掩饰不了宋逸尘脸上淡淡的忧戚; 她也听到了，朗朗笑声压制不住宋逸尘语气中的不安。

她摇摇头，将这些杂思挥去，拿过酒瓶，研究起瓶上贴着的酒标。

"你高兴吗?"宋逸尘以为雨馨也想来一点儿酒。

"我? 嗯,心情复杂。"

方雨馨略感欣慰,丈夫总算想到问问她的感想。

"能理解。"

宋逸尘的心情要比方雨馨复杂一万倍,但今晚他不愿意思考,只想享受这一消息带给他的狂喜。

"告诉你家人了吗?"

"还没呢。"方雨馨一行行研读酒标,轻声说:"电话打回去,也不知怎么说。我爸现在老往外跑,我妈也不管。"

"这样啊……"宋逸尘放下酒杯,"那就别说了,等过一阵,情况稳定了再跟他们说。"

方雨馨也有此意。上次跟母亲通话后,她又和哥哥方晓晖聊了一会儿。她发现,父亲和孟丹的关系,在方家是公开的秘密,倒是她知道得最少,还替他们掖着藏着,唯恐惹出麻烦来,动荡家庭格局。

令她心寒的还不是这件事,而是哥哥为她"舍身救父"之举的不值。

"总有一天你会知道,他不值得你这样做。"

"他是爸爸呀! 哥! 为自己的父母,不问值不值。再说我总要结婚的,宋逸尘有同情心又有钱,我嫁给他没什么不好。"

"那我只能说你自甘下贱。"

方雨馨浑身一震,手机差点从她手中滑落。她做梦也没想到,哥哥和父亲的关系已坏到骨头里,而她的所有付出,在哥哥看来,竟然是自甘下贱。

她不敢相信，这样冷漠的话，竟出自她那木讷少言的哥哥口中。

变了，记忆中的一切都变了。从前父慈母爱，哥哥温和良善。如今父亲换了肝，人也像换了一个似的，一心想的都是他自个儿的东西。母亲呢，她总以为母亲什么都不知道，现在看来，她实在是小瞧了母亲。

4. 尚未脱胎换骨

"馨儿。"宋逸尘改变了对方雨馨的称呼，更亲昵了一些。

"你已经怀孕了，把工作辞了吧。"

"太小题大做了吧？再说我的工作一点儿都不累。"

"怎么是小题大做呢？你肚子里还有个小生命，这是多么伟大的事情啊！你要保护好小宝贝，我呢，要保护好你。听我的，把那份工作辞了。我再请个保姆来照顾我们的生活，你就好好在家待着，逛逛公园，听听音乐。你轻松，我也放心。要是你觉得闷，我少出差，多陪陪你。"

方雨馨被他拉到沙发上坐下，夫妇二人偎依在一起看电视。现在，宋逸尘对正在播放的电影《云中漫步》也有了兴致，看到屏幕上精美的画面，发出满意的叹息。

二战结束后，婚姻失意的退伍兵保罗在火车上结识了怀孕后被男友抛弃的维多利亚。美丽的姑娘不知如何面对家人，为了帮助她，保罗冒充她的丈夫，来到维多利亚家经营的葡萄园中。在族长的邀请下，已完成使命打算悄然离去的保罗，决定等到采摘葡萄的收获仪式结束后再走。

这是电影《云中漫步》的前半部剧情。故事的高潮和转变发生在葡萄庄园庆祝丰收的仪式上。

人们将收割下的葡萄丢入巨大的木盆里，俊男靓女们跳了进去，随着欢快的音乐声跳动起来，用脚踩踏着色泽浓郁、果浆饱满的葡萄。葡萄汁飞溅而起，果皮与果浆分离又融合，完成了传统工艺酿造葡萄酒的第二步过程，第一步自然是采收。在如此欢庆和浪漫的气氛中，早已情愫暗生的保罗与维多利亚拥吻在了一起⋯⋯

踩踏葡萄，是传统酿造葡萄酒工艺中的一个重要环节。方雨馨曾看过一部葡萄酒酿造的纪录片，知道在已有专业化设备大规模生产的今天，不少产区在采收葡萄的季节里，依然举行踩踏葡萄的活动。而传统葡萄酒产区的世界顶级酒，采用的也是这种脚踩葡萄的破皮方式。

葡萄从一种水果转化为美酒，从它脱离枝蔓破皮榨汁的那一刻开始。影片中，萍水相逢的陌生男女，在葡萄转化为葡萄酒的过程中，也成了一对心心相印的真心爱人。

半年来，经过了那么多风风雨雨，方雨馨才搞明白一件事：过去的时光一去不返，她已不属于康城，不属于方家，如今她的身份只是宋逸尘的妻子，未来孩子的母亲。

她已不再是从前娇嫩明艳的少女，而是一名少妇。她的人生也不再是一杯清冽可口的果汁，而是一瓶正在酿造中的葡萄酒。

能够酿酒的植物，用转化的形式延续了它们原本短暂的生命。从葡萄到葡萄酒，要经历多少次磨炼和飞跃，才完成它的华丽转身？采摘、破皮去梗、浸皮与发酵、榨汁与后发酵、橡木桶中的培养、储藏管理、澄清后装瓶⋯⋯直到呈现在人们面前时，不复从前普通的葡萄身份，而是一瓶高级的——也许采用的是传统脚踏葡萄破皮方式酿造出的葡萄酒。

宋逸尘,是方雨馨脱离枝蔓后的归处。她破皮榨汁,饱经痛苦,但还未抵达脱胎换骨的高度。

除了怀孕,方雨馨的生活几乎没什么改变。

知道这件事的人很少。宋逸尘迷信得很,他不知从哪儿听来的,说要等三个月后才能公布怀孕的消息。孩子是老天赐给夫妇的礼物,若在怀孕初期就满世界嚷嚷,没准会惹恼送礼人。

即便没听过这种说法,方雨馨也不会将怀孕的消息告诉任何人。嫁给宋逸尘的时候,方雨馨已做出了与故交断绝消息的决定。至于亲人,现在,她对他们只感到失望。

她有错吗?哥哥嫌她,母亲不关心她,她多少都能谅解。但父亲呢?父亲像变了一个人,方雨馨完全无法理解他的所作所为!

方毅花了很长时间,才说服自己接受既定事实。从那以后,他不再拒绝接听女儿的电话,却再也不是从前那个对女儿百般疼爱的父亲。他不耐烦听雨馨撒娇地叫他,更没耐性听她在电话里千叮万嘱。他对女儿相当冷淡,语气粗鲁,近于无赖。方雨馨每次跟父亲通电话,总是不欢而散。

方毅离开康城后,雨馨也给他打过好几次电话。一次是在厦门,他笑嘻嘻说了几句什么,让雨馨听了听海浪的声音,就把电话给挂了。最近这一次,他就在上海,只字不提来看看女儿,只说他在淮海路附近办事,忙得很,声音却懒洋洋的,是酒意醺然的懒。

电话那头有女人的声音。带着浓重口音、软绵绵的声音,是某个人的标志。

所有叮嘱父亲保养身体的话,所有撒娇撒泼责怪父亲的话,所有想对父亲倾诉的内容，在电话那头喋喋不休的女声插播中，丧失了诉说的意义。

方雨馨不知她喊作爸爸的人，仍是她父亲，还是被替换掉了。在医生为她父亲实施换肝手术时，是不是发生了什么特殊事儿？父亲不仅换了肝，心脏、头脑全给换了，徒留一副躯壳！

雨馨知道，这是她在胡思乱想。

她实在不愿相信，她付出了婚姻的代价，得到的全是失望。

5. 眼睛活泛的同事

公司离家近，方雨馨的工作又着实不算太累，所以，宋逸尘亲自接送她两次，查看了她的工作环境后，暂时顺从了她继续工作的意思。

怀孕快三个月时，在宋逸尘的强烈要求下，方雨馨才向上司递交了辞呈。办妥手续从财务部出来，在公司大门口，她遇上了市场部的柳丁。

柳丁邀请她去一楼的咖啡厅喝一杯。

"柳经理，你最近很忙吧？在公司很少见到你。"

宋逸尘两次来接方雨馨，都在公司门外遇见柳丁，后者的殷勤、周到，给宋逸尘留下很深的印象。不过，宋逸尘却对方雨馨说，如果柳丁去他公司应聘，他可能不会录用此人。问题出在柳丁的眼睛上，他的眼睛太活泛了，即便是盯着你看，也有一部分视线漏向了别处。

事实证明，宋逸尘看人颇有一套。柳丁是公司最近的热门人物。前不久有位大叔找上门来，同事们才知道，柳丁的业务范围拓展得很宽，私生活的尺度也很宽。

找上门的大叔，据说是柳丁平日闲谈时所称的舅舅。

柳丁年纪虽轻，但已结婚好几年，老婆在上海郊区一家私立医院做护士，他们的房子也租在医院附近。这样一来，柳丁上班就不方便了。他在公司负责华东区的业务，三天两头要去外地出差。不出差时，柳丁有时回家住，有时就住在"舅舅"家。

"舅舅"其实是柳丁婚外情人的父亲。他隐瞒结婚的事实，在情人家以女婿身份进进出出，直到情人怀孕逼婚，他才慌了阵脚。老婆那边也没瞒住，自杀未遂；情人这边也漏了馅儿，知道柳丁竟是有妇之夫。"舅舅"是老实人，无计可施，闯到柳丁的公司来，向领导反映了这一情况。

丑闻总是传得飞快，第二天全公司都知道了柳丁的事。大家以看戏的心态，等着看领导如何处置柳丁。出乎所有人的意料，老板却在这时候升了柳丁的职，委以重任，指望他拿下杭州、宁波的两个订单。老板说，工作是工作，私生活是私生活，不能一棒子把人打死。

柳丁果然快马加鞭忙他的订单去了，每次出差回来，必会带回最新进展报告。说起来，方雨馨已有半个多月没看到柳丁的人影了。

"是啊！最近忙昏了头。要不是今天可以报销差旅费，我也未必会进公司，这样就遇不到你了。"

柳丁为自己点了一杯美式咖啡，问方雨馨要什么。

"我不喝咖啡了，就喝点儿柠檬水，坐坐吧。"

柳丁细细瞅了她一眼，笑着压低声音，温和地问道："不能喝咖啡？"

方雨馨但笑不语。

"难怪要辞职。呵呵！"

柳丁一副了然于胸的表情，让方雨馨有些窘。好在他懂分寸，很快就转换了话题，向方雨馨报告了他的一大秘密。

他说，前几天工资也发了，今天又报销了手头的所有账单，他打算就此离开公司，甚至有可能离开上海，去外地待一阵子。

"用得着这样吗？"方雨馨不解。

柳丁坦白，杭州、宁波的订单很难做成，但他知道领导好大喜功，最听不得下属提出困难，所以，他的所有报告都是编出来的，每次出差，他只是在当地随便逛逛。最近诸事不顺，他无心游荡，下了火车就找个地方坐着发呆，混到返程时刻再搭火车回来。

方雨馨听得目瞪口呆，没想到柳丁竟是这样一个人。

转念一想，柳丁的私生活已是一团糟，工作上干出如此荒唐的事，并不稀奇。

"喏，我的秘密，我都告诉你了。"

"啊！柳经理，虽然我一点儿都不赞同你的做法，不过，反正我现在已不是公司的员工了——还是，还是谢谢你对我的信任。"

她有些难堪，好像这么干的人是自己而不是柳丁。

"方助理，我说实话，我特别欣赏你这一点，看待事情的态度比较客观，不敷衍人，也不说违背内心的话。"

柳丁的口才是出了名的好，方雨馨只好听着，一口接一口地喝着柠檬水。

"离开公司之前，我想见的人就是你。"

方雨馨抬眼看了看柳丁。

"我有件事要告诉你。"

"就是你刚才说的？"

"不，不是。"

柳丁摇摇头，"是跟你有关的一件事。"

6. 你们不像两口子

"跟我有关?"方雨馨心慌了一慌。

"有一天我去南京，无事可做，突发奇想去泡了一趟温泉。你猜我在温泉酒店遇见谁?"

"你老公，宋先生，还有一个女人。"

方雨馨脸色刷白，强作镇定地说："你确定吗? 你说的是哪一天? 我老公，还有一个女人，除了他俩，再没别人?"

"让我想想，是上上个礼拜五。没错，上周浙江，上上周江苏，我的日程一般是浙江、江苏错开来安排的。方助理，如果不确定，我绝不会拿这种事开玩笑。我是在酒店遇见你老公的，还跟他打了个招呼，他很大方地跟我握了握手，之后跟那女人一起进了电梯。"

方雨馨的脸色由白转红，悄悄吐了一口气。

"要是他心里有鬼，恐怕对你是避之不及，又怎会跟你打招呼、握手?"

柳丁张大嘴巴，失望地看着方雨馨。

"这种场合，两个人的状态，长了眼睛的人都看得出来! 算了算了，你当我什么都没说吧。女人结了婚就变傻，一孕更是傻三年。你肯定是怀孕了吧? 女人怀孕，男人很难守得住。我就是提醒你一声，随便你信不信吧!"

方雨馨下意识地缩了缩身子，想把尚未显山露水的肚子藏起来。每天照镜子，她自觉体态与怀孕前变化不大，没想到还是会被

165

柳丁看出来。

"你确定没认错人？还有那女人，你怎么看出他俩是那种关系呢？"

柳丁细细描述了宋逸尘的穿戴，说到那女人时，他却有些踌躇。

"她不年轻，肯定没你年轻，长发，长得还行……她，对你老公很凶。"

方雨馨笑了笑，"这是你判断他们关系不正常的依据？"

柳丁说："我说不好，但那种凶，确实是你所说的依据。"

方雨馨很是懊恼，早不早，晚不晚，她怎会碰见柳丁，坐在这里听他扯这么一篇闲话？

"柳经理，我不明白，你为什么要告诉我这些呢？"

柳丁大概没料到方雨馨会这样问，愣了一下。

方雨馨摇摇头，"就算是这样吧，一般人看到这种事，不会想到跟人家的老婆或老公说吧？"

柳丁承认她说得有道理。

"但他老婆是你，这就是我要告诉你的原因。"

方雨馨不明白他在说什么。

"你跟你老公，属于典型的萝莉配大叔吧？我这个人，别的本事没有，男女在一起，有没有感情，谁喜欢谁，我瞟一眼就能看出个大概。你们俩在一起吧，嘿嘿，不瞒你说，我的感觉其实是有点古怪的。"

听一个算得上渣男的人大谈他对人际关系和感情的见解，也有点古怪。方雨馨这样想着，另一个声音却在心里唱反调：快讲快讲，你是怎么看待我和宋逸尘的关系？

柳丁说："年轻女孩找年纪大的男人，要么是找安全感，年长几岁的男人，到底要成熟稳重些；要么是走捷径，嫁个有钱大叔，至少可以少奋斗十年。男人呢，无论多大年纪的男人，都喜欢年轻貌美的女孩。男女之间的事儿，一个巴掌拍不响，老男人和年轻姑娘的组合能搭起来，要各取所需，才会对彼此感到满意。"

他停了一下，观察着方雨馨的反应。

"你们俩，我实在看不出来。要是你不介绍，他不附和，我会觉得你们俩是……"

他皱眉想了想，摇摇头，"说不好，反正不像两口子。"

"你是说，我们不够亲热?"方雨馨假笑了两声。

柳丁还是摇头。

"他对你很紧张，就是这种紧张，让人觉得古怪。"

"好了柳经理，我不想听了。你说的事情，最多是个巧合，你不能这样乱讲话。另外，我老公对我很好，不然我也不会嫁给他。夫妻相处的模式，各家都不同，不能用一个标准来裁决，跟这个标准不同，就称之为古怪关系，这不合适吧? 比如柳经理跟太太的相处模式，恐怕别人也觉得古怪呢!"

她站起身，礼貌地同柳丁告别。尽管柳丁的话已在她心里投下了阴影，但在这个声名狼藉的同事面前，她要保持自信的姿态。

柳丁看着她离开咖啡厅，离开大厦，直到那个身影消失在视线中，柳丁才想起来，他想告诉方雨馨的是：他觉得宋逸尘对方雨馨的紧张，不是男人对女人的紧张，而是一个人对一个物的小心翼翼。

即便当时想到了这一点，他也不会说出来。柳丁是有分寸的人，懂得适可而止。他将偶遇宋逸尘和其前妻的事情透露给方雨馨，只是出于不满。他看不惯年轻女孩嫁给有钱大叔，乐于见到她们自食其果。

第十章　初冬冷雨夜

　　方雨馨这株温室植物，在上海初冬寻常的冷雨夜里，蓦然苏醒。

1. 靠山不可靠

　　方雨馨回到家时，保姆花姐正在厨房做饭。宋逸尘说话算话，不仅请了保姆照顾他们的生活，也减少了一些应酬，经常留在上海陪伴雨馨。两个月来，宋逸尘只出差过两次，最近的一次，就是柳丁说的上上周。

　　方雨馨放下包，走进宋逸尘的书房。她怀孕后，宋逸尘就乖乖地搬到书房睡，他说自己爱打呼噜，睡相差，这样可以让雨馨睡安稳点儿。

　　这是方雨馨乐见的改变。但现在，她站在书桌旁，看看那张铺着蓝格床单的单人床，摸摸桌上的毛笔架，感到了些微凉意。

　　这是一个单身汉的书房，连家具和摆件都透着单身汉的气息。

　　女人怀孕，男人很难守得住。柳丁的话在她耳边回响。

　　方雨馨从未考虑过这方面的问题，从未想过宋逸尘会不会有这方面的迫切需求，若是有，她该怎么应付。事实上，宋逸尘在她怀孕后就变成了君子，不，应该说，变成了一个清心寡欲的人。

不再同床共枕……他们就成了一个屋檐下的室友，他是住书房的单身男，她是睡卧房的单身有孕女子。

他们相处得不错，他关心她，关心她肚子里的孩子。但确实……

他们不像两口子。

方雨馨知道，她不该把柳丁的话放在心上。来说是非事，即是是非人。雨馨知道这个道理，何况这是一个认识不久、交往很少、名声很臭的男人。

但她心里一直有另一个她在说话。那个她说，柳丁虽然很渣，却是一个感觉灵敏的人。

花姐走到书房门口，轻轻敲门。

"小姐，饭好啦！"

方雨馨应一声，却没离开书房，而是拨通了宋逸尘的电话。

"喂，是我。"电话那头声音嘈杂。

"嗯，知道。回家了？"宋逸尘的声音却很清晰。

"早就回来了。"

"是嘛……"

"你，回来吃饭吗？"

"哟，今天不行，晚上没准还得陪客户打麻将。"

"哦，我知道了。"

"喂——"宋逸尘听出她不高兴，"我尽量早点儿回来。"

"没事儿，我只是想跟你说，我辞职了。"

"呵呵，好事儿！我会把事情都安排好的，你放心好了。我这会儿忙着，回家再说吧。"

电话挂了。

通常情况下，宋逸尘陪客户打麻将会打一通宵。四个人的牌局，他一个人提前退出，其他人也不能接着玩，这种扫兴事儿，不是宋逸尘干得出来的。

方雨馨已做了半年的宋太太，不至于连这个道理都不懂。可她今晚实在需要人陪伴。辞职，无论是主动的还是被动的，在对将来做什么并不确定的情形下，辞职者和失业者的焦虑感是相同的。辞职，对方雨馨来说，意味着她要完全依附于宋逸尘。她之所以拖延许久才舍弃这份收入并不高的工作，不是为钱，为的是这份工作带给她的微弱的独立感。

她还没养成梳理情绪的习惯。在她狠狠心舍掉这份独立感之后，靠山宋逸尘也变得不那么可靠了，她只觉得，连空气都在传递这一讯息，连空气都在哀叹她的可怜兮兮。

"花姐，你也来吃吧。"她邀请保姆跟她同桌进餐。

"哎，方小姐，不可以这样。"

"没事儿，宋先生今晚不回来吃饭，你就跟我一块儿吃吧。"

花姐有些为难，环顾四周，眼睛一亮。

"要不这样，这会儿我也不忙了，你吃饭，我就在厨房餐桌上摆上饭菜，一起吃。"

花姐是宋逸尘委托劳务公司找的，在她之前，方雨馨和宋逸尘看过七八个人，唯有花姐，在第一时间同时获得了他俩的认可。事实证明，花姐确实不错，手脚麻利，爱干净，又会做一手好菜。若是非要挑毛病，可能就是在规矩方面，花姐太刻板了些。

方雨馨和花姐一个在餐厅，一个在半开式厨房里，一边吃饭，一边聊天。雨馨平时也和花姐聊聊，基本是花姐说，她听着，只觉得花姐有些絮叨。今晚却不一样，她巴不得花姐多说两句，好打散她纠结成团的坏情绪。

"花姐，你以前也在上海做（保姆）吗？"

"是的，去年到杭州做过一年，又回到上海做事。"

方雨馨问："还是上海好吗？"

花姐笑道："都差不多，都是好地方。"

她想想又加上一句："我儿子在杭州，所以我去那边做了一年。"

花姐开始絮叨儿子的工作，雨馨不爱听这个，也不好意思打断花姐，便打开了电视。上次设置的声音太大，她赶紧调低了音量。

花姐却像发现了新大陆一般，从厨房跑了出来，站在电视机前面，呆呆地看完主持人播报的一段新闻。

方雨馨有些好奇，也跟着看了。这段新闻说的是某地有个男子想离婚独霸房产，买了工业硝酸盐，每天在妻子的水杯里、饭碗里放一点点，导致妻子食物中毒，差点送命。

"我的妈呀！"花姐低呼起来。

"怎么了？"雨馨把饭碗推开，"我吃好啦。"

花姐却像没听到她说话似的，呆在原地想起了心事。

2. 爱吃咸肉的男人

花姐给方雨馨讲了一个故事。

五年前，花姐刚到上海，雇她的第一户人家，男主人姓姚。到姚家第一天，花姐被要求做顿家宴，招待下午要来做客的几名亲戚。

姚太太说："冰箱最下层有咸肉，切一块蒸了。不要多，一厘米厚，切一块就够了。没人吃，就是老姚好这一口。"

花姐应一声，开始卖力显示自己的烹饪水平。看到饭桌上姚家两口子和亲戚们吃得很欢、聊得热火朝天，她很高兴。花姐知道，和睦的家庭，东家一般通情达理，对保姆讲规矩，也讲人情。

姚家的房子大得很，楼上楼下好几间房。花姐的房间在这套复式楼一楼，靠楼梯的一间小房即是。

姚太太和儿子分住一楼两间朝南卧房，儿子在寄宿高中读书，平时并不在家。姚先生一人住二楼，一间睡觉，一间算是他的书房。

也就是说，姚家夫妇，不仅分房睡，还分住了不同的楼层。

花姐讲到这些时，方雨馨联想到康城老家的情况。这几年她和哥哥都住在学校，母亲和父亲，不也是分房、分楼层而居吗？

不过，正如花姐所说，分房睡其实也没什么。这年头，越是住房宽敞、经济条件好的人家，夫妻同室分居的情况越多。再说了，姚先生和太太一张桌子上吃饭，也说话，虽然有些冷淡，但两人在亲友面前都很给对方面子，总体来说，夫妻关系不算差。

没过多久，花姐就摸清了姚家的生活习惯。寻常家务活，她是做惯做熟了的，姚家这点事，说白了，就四个字：清清爽爽。家里的卫生要做得清清爽爽，小菜要烧得清清爽爽。

姚太太这个人，是有点洁癖的。

姚先生倒还好。他在一家大型国企上班，是个小头头，在外面常有应酬。姚先生嗜吃腌腊品，只要姚太太吩咐花姐蒸块咸肉，花姐就知道那天先生要回家吃饭。后来姚太太不说，花姐也摸出了规律，礼拜二和礼拜五晚上，姚先生肯定回家吃饭，至于其他时间，那可就吃不准了。

姚太太不上班，在电脑上炒股票。不炒股的时候，姚太太喜欢叫人到家里搓麻将。花姐给她们倒茶递水，听了很多闲话，大概知道了姚家的情况。

姚先生和太太从前家里住房很挤，靠政府动迁才有了第一套房，就靠那套一室一厅的小房，他俩卖了买买了卖，胆子越来越大，最后换成了这套三百多平方米的大宅，就这样，成了有钱人。

"当初要不是我怂恿他炒房，哪有今天?"几乎每次，姚太太都会跟牌搭子这么说一句。

通常情况下，她那些朋友会顺着这话的意思恭维两句。花姐虽是小镇出来的女人，从前也是麻将高手，才瞟几眼她就看出来了，姚太太牌技烂，输多赢少，牌品却好，从不生气。再说了，这帮牌搭子们每次来打牌，点心茶水，都是高档货，姚太太全包。这种情况下，牌搭子们送两句好话给姚太太听，完全应该。

但这天不同，坐姚太太上家的朱小姐，罕见地出现一人包输的局面，心里有气，脸上阴云密布，听到姚太太又提到这事儿，马上冲了她一句："知道了! 知道了! 你是你老公的恩人。"

说着说着越发起劲，"哼"一声，斜睨着姚太太，"不过，他现在比你潇洒快活嘛!"

朱小姐阴阳怪气，话里有话，姚太太变了脸，正要发作，另两个牌搭子赶紧打圆场，总算是没有当场吵起来。不过，后面的牌局，气氛僵掉了，足足提早两个钟头，局就散了。

这天半夜里，姚家两口子在客厅吵架的声音把花姐给吵醒了。

姚太太说："姓姚的，我警告你，你在外面找女人搞花头，做事小心点！你让我难堪，我也不会让你好看的！"

姚先生说："你还有啥不满足的？每月家用一分不少你的，我人也回来睡觉，亲戚这边有啥事也跟你商量着办。你要想离婚想闹事随你便，想清楚了再同我说。"

花姐在黑暗中叹气。唉，家家有本难念的经。男人在外花天酒地，女人满腹怨气，对外还得装出恩爱夫妻的模样，姚太太也真不容易。

3. 姚太太好气量

后来呢？

花姐一边洗碗，一边说："后来我领了工资回了趟乡下。做一个月休三天，我去姚家做事前就同他们讲好的。"

三天后，花姐回到姚家，屋子里冷清清的，她叫了几声，才听到姚太太的应声。推开房门一看，太太躺在床上，显然是病了。

这场病来势汹汹，姚太太高烧不退，反反复复。花姐忙进忙出，到了黄昏，忽然想到这天是礼拜二，姚先生要回家吃饭，她赶紧从冰箱里找出常备的咸肉，切了一大块上笼蒸了。

晚上，姚先生果然回了。

"太太发烧了。"花姐主动跟正在吃饭的姚先生报告。

"给她吃退烧药，多喝开水。"

姚先生搁下筷子起身，绕过桌子。花姐眼巴巴地望着他从姚太太门口经过，再经过花姐靠楼梯的房门口，上楼，径直进了他的房间。

服侍完姚太太吃药，花姐忍不住嘀咕："你这烧退不下去，光吃药不行吧？反正姚先生开车，带你去医院看看很方便，打个吊瓶什么的，好得快。"

姚太太冷笑一声，"指望他？算了吧！要不是我这些年倒霉，股票总也没赚到钱，得靠他来养，我早就跟他离了！"

姚太太跟花姐叹起了苦经。

"他也不会为了哪个狐狸精就跟我离婚！离了婚，房子分三份，儿子多数要跟着娘，他只能拿三分之一。再说儿子还在读书，要离也要等到高考完了儿子上了大学才办啊！"

花姐头一回听姚太太说这些体己话，不知如何应对，只好反复劝她："哪里就能离婚呢？别瞎想！"

"我瞎想？国外的法律，分居三个月就可以离婚，照这样算，我跟他都离了二十七次婚了！"

姚太太大概讲完就后悔了，闭上嘴巴，把腰后的靠垫拿下，说想睡一会儿，让花姐帮她把门关好。

"分居三个月够离婚一次，姚太太说她可以离二十七次！我的妈呀！换了我是姚太太，肯定不守这活寡。"

故事讲一半，花姐忍不住发表一通意见。时隔多年，她对这件事的印象清晰如昨，方雨馨在佩服的同时，也有些不安。

将来花姐会对新的雇主谈论她和宋逸尘吗？

转眼冬去春来，花姐在姚家做了半年。这天，姚先生跟姚太太谈起了离婚的事。

姚太太一点儿也不惊讶。夫妻俩一人坐只沙发，心平气和，好像在谈别人家的事。

姚太太说："你快五十了吧，再过几年就是老头子，别说什么身强力壮，不生老年病、慢性病就不错。人家那么年轻，看着你会厌吧？你只图眼前，就不知道想想五年十年后的事。"

姚先生说："你不要找些理由留我了。看在你一直守在家里的分上，离婚后我还是一分钱家用不少你的。我们摊开来讲吧，其实你得到的实惠更多。"

"你拉倒吧！你的为人我还不清楚？这么些年了，要是我跟谁有点什么猫腻，你不立刻停掉生活费我就不姓孟！"

姚先生嘿嘿笑出声，"你跟谁有猫腻？这事儿我倒真没考虑过。你这一说，倒是很委屈。讲真的，你去找呀，女人青春短，再不找你就没机会了。我保证说到做到，一分钱不少你的。"

花姐在厨房里做事，把他俩的对话听得一清二楚。

姚先生讲出这样的话，姚太太还没事人儿一般，真好气量。后来，花姐看到这两口子在家里的相处，好像跟从前没啥改变，简直是云里雾里，差点以为上次听到的那些话，是她听岔了。

不过，要说姚太太的态度，也不是完全没有改变。比如说，姚太太现在亲自给姚先生做菜。每次她进厨房就喊花姐出去，她说她做菜就是这个习惯，旁边有人她会心里发怵，会忘了在蒸锅里放水或者把手给切破。

每到这时候，花姐就退出厨房，去阳台上喂鱼或浇花。她想，姚太太大概对她老公还有点感情，亲自下厨做菜给他吃，也是为了挽留男人的心。

过了些日子，花姐觉得姚太太并非她想象的那样窝囊。不管是气量大既往不咎，还是亲手做菜挽留男人的心，姚太太的战术是管用的。只过了一个月，姚先生就像消了气的皮球，不仅没再提离婚的事，人也像病了似的，脸色发青，嘴唇发紫。回家时间早了，回来就倒在沙发上看电视，一动不想动。

4. 姚太太名叫孟丹

方雨馨感到有些冷。这故事，听到这里，有了一丝不祥之兆。她不知要不要继续听下去。

宋逸尘这会儿在哪儿呢？在饭店，还是在麻将桌旁？方雨馨看看窗外，细密的雨丝正在路灯、车灯的光晕下跳舞。

花姐不是住家保姆，每晚八点下班，回自己家睡觉。她男人也在上海做工，两口子在附近一个老式小区租了间房过日子。方雨馨看看时间，已经七点半了。

花姐也看了看钟点，一边给方雨馨灌热水袋，一边说："我马上讲个关键的事情！要不是因为这件事，我也不会突然辞掉姚家的活。"

那天既不是礼拜二也不是礼拜五，但因为姚先生现在几乎天天回家吃饭，无论哪一天，饭桌上都会有一块太太亲手准备的蒸咸肉。

"那天是礼拜四，因为第二天我辞工后回到家，我男人还说我怎么周末也放假了。"花姐特意补充道。

姚太太说腌腊品多吃无益，但这是先生的嗜好，又不能不准备。所以，花姐将所有准备工作做好后，把厨房让给了姚太太，自己去阳台上喂鱼。

天气闷热，一条鱼死了。花姐用纱网捞起死鱼，用只塑料袋包起来走到厨房里——虽然房子里有好几个垃圾桶，但这种东西还是扔在厨房垃圾桶里为好。

姚太太正在厨房里给咸肉加调料之类的东西。花姐并没注意她，但姚太太惊叫起来，一种白色的粉末，洒了一点到灶台上。

"你轻手轻脚的像做贼！吓死人啦！"姚太太脸色煞白，说话前所未有的难听。

花姐赶紧退出厨房。人吓人，吓死人。人被吓着了确实会恼火。这一点，花姐能理解。可是，姚太太自己也不好，蒸块咸肉而已，搞得像发射卫星，专心得连她进去都没发现。还有那洒出来的白色粉末，照理说蒸咸肉是不用加盐的，难道不是盐是味精？那么细的味精？不像啊！再说了，据花姐所知，姚家向来用鸡精，厨房里根本没一粒味精。

花姐叹口气。人在屋檐下，哪能不低头？这事儿过去了，她不能再往心里去。

晚上，姚先生按时回家，刚吃好饭，电话铃响起来，他一边接听一边上楼。因为身体虚弱的原因，姚先生最近上楼时的脚步声特别沉重。

花姐看看在饭桌旁吃饭的姚太太，这一看不打紧，姚太太"腾"地起身，端起装咸肉的碟子进了厨房，把肉和汤汁一股脑儿倒进了垃圾桶里。

这天发生的两件事都让花姐心里不舒服，但她还没想着要辞工离开。

辞职的念头是第二天才冒出来的。

第二天一早，天灰蒙蒙要下雨的样子，姚太太已经起来了，看到花姐，嘱咐她给姚先生泡一杯茶。

"茶叶我已经放好了，水开了你往杯子里冲水就是。"姚太太一边看报纸一边说。

花姐应着，听到琴音水壶发出呜呜的响声，赶紧进厨房冲水。灌满两个开水瓶，再给姚先生的茶杯冲水，花姐果然看到姚先生的茶杯里已放好一撮茶叶。这茶叶好像沾着灰，冒出点白扑扑的意思。她就这么想想，滚烫的开水已倒进杯子里。

姚先生起床后吃早点喝茶，一切如常。临到要出门时，他脚底一滑，差点摔跤。

"我最近不知是感冒着凉还是吃坏了肚子，人不舒服，脚底发软，脸色也难看，非得去医院检查检查才行。"

姚太太"哼"一声，"谁知道你在哪里吃坏的！在家你能吃多少？也就是爱吃一块咸肉。腌制品吃多了会致癌，你几时把这话当真过？"

姚太太说话时声音很尖，还带点微微的颤音。姚先生没有注意，花姐却觉得胸口发闷，脑门发热，待姚先生出门，她就跟姚太太说："我不想在你家做了。"

"花姐，你的意思是？"方雨馨大惊失色，这才明白花姐看那条电视新闻时发呆的原因。

"我不敢瞎说话，就是感觉不好，不好，很不好。"花姐连连摆手，眉头拧成一团。

"那，后来呢？"现在，方雨馨急于知道这个故事的结局。

过了两个月，花姐去大卖场替新东家采购生鲜食品。有人在后面拍了拍她的背，花姐回头一看，真巧，在这里竟遇见熟人，姚太太的牌搭子朱小姐。

朱小姐对花姐印象不错，跟她寒暄了半天。花姐趁机问起老东家的情况，朱小姐连连摇头。

"我已经好久没去她家打牌了。你不知道吧？她男人生了怪病，不知是癌还是食物中毒，反正就剩半条命。据说是她家老姚爱吃咸肉，亚硝酸盐摄入太多。现在，男人老老实实去医院看病，老老实实回家，他老婆倒好，换了一批牌搭子，男男女女，没一个正经货，当着她男人的面打情骂俏。"

"还好你不做了，否则你肯定看不下去。男人从前那么张狂，现在只有做缩头乌龟的份，只会在外头造谣，说孟丹要学潘金莲，一门心思想毒死他。你知道这叫什么？这叫报应。"

花姐想到她在姚家时的日子，不敢多嘴，只好说："还好我不做了。"

5. 深夜发难

孟丹？

雨馨惊了一下，很快恢复镇定。天下同名同姓者很多，何况如此寻常的名字。花姐认识的姚太太，绝不可能是她见过的孟丹。

"花姐，后来你就没再跟他们联系过吗？那位姚先生，还好吧？"

花姐摇摇头，"好，我就不提这事了，只当自己眼睛花了，神经也有毛病。我跟他们没联系过，没再见到过，但他家的消息我还是知道一点的。我介绍了一个老乡去朱小姐家做钟点工，有一回老乡跟我说,朱小姐提到我的老东家,说是男人死了,女人去了武汉,从前隔三岔五会见面的人,现在都见不到了。"

"去武汉?为什么去那儿?"雨馨的神经再度紧张起来。

花姐看看电视柜上的电子钟,穿上外套,拿起了雨伞。

"她儿子考进武汉大学了呀!那学校我知道,名牌大学,我的大侄女也在那读的书,毕业后去了北京。哎,方小姐,我走了。电炖锅里是银耳红枣,我已经设置好了预约时间,明天早上你起床后就可以吃了。"

少了花姐的絮叨,电视机里的声音也变得疲乏无力了。方雨馨脑子里乱哄哄的,一会儿是花姐的声音压过一切,一会儿是柳丁的声音压过花姐的。她本是最无事可干的人,这会儿却感到自己忙得要命,不知是该先分析花姐讲的故事,还是先对柳丁提供的信息进行核实。

时间一分一秒过去,十二点过了,宋逸尘还没回家。

方雨馨拨通了丈夫的手机。

"喂?"

"你什么时候回来?"

隔了一会儿,宋逸尘大概移动了位置,手机那头的信号变得很差,传出刺耳的电流声。

"你有事儿?怎么还没睡觉?"

"你不是说尽量早点回来吗?"

"别说这个,出什么事了吗?"

宋逸尘的语气,让方雨馨大感委屈。

"没什么事,我就是想叫你早点回来。"

沉默。电话里突然出现死一般的沉默。

不知道过了多久，就在雨馨以为那边的信号出了问题，通话已经结束时，宋逸尘又说话了。

"有事就快点儿说事，没事的话就什么也别说了。我现在陪重要客户，脱不开身，你别等了。"

"喂！"方雨馨被宋逸尘公事公办的语气给激恼。在丈夫眼里，她不如所谓的重要客户吗？

"你要这么说，那我还真有事！"

"嗯？"宋逸尘的语气已极不耐烦。

"上上个礼拜五，你去哪儿了？跟谁在一起？"

"……你说什么？我不明白。"宋逸尘愣了一会儿才重新开腔。

方雨馨也愣住了。

她像关进黑牢不见天日的囚徒，电话那头的停顿、反问、撇清，好比一面墙被敲掉了一角，光线透进来，她眼前亮了，太阳穴被刺激得生疼生疼的。

"比起你的不明白，我不明白的事情多如牛毛。逸尘！"

她叫着他的名字，这亲昵的称呼在她心里激起涟漪，令她疲倦。

"如果你喜欢别人，你告诉我。"

"雨馨，你在说什么呀？"

宋逸尘继续装糊涂。他不知道，方雨馨这株温室植物，在上海初冬寻常的冷雨夜里，蓦然苏醒。

"我说，我明天就去医院，然后我们离婚。你出钱给我父亲治病，但你无权买断我的幸福。"

"我马上回来。"宋逸尘挂断了电话。

6. 他们是一个整体

在温泉酒店碰见柳丁时，宋逸尘已知道，方雨馨早晚会从此人嘴里得知他和沈墨幽会的事。

他一个劲儿催促雨馨辞职，也有这方面的考虑。真没想到，事情来得这么快，他更没想到的是，方雨馨听到点儿风吹草动，真的就急了。

方雨馨怀孕的消息，再次改变了宋逸尘的计划。他好不容易说服自己，接受没有孩子的无情命运，命运却朝他眨了眨眼，提醒他修正这武断的批判。

孩子，哦，孩子！这世间将有那么一个小小人儿，当他一天天老去，当他的生命走到尽头，那小人儿则一天天长大、茁壮，在他死后，这流着他的血的孩子，将他的生命延续下去，生生不息……

想到这一点，宋逸尘热血沸腾，他想大笑，想奔跑，想把这个消息告诉全世界。他高估了自己的胸襟，他放不下的事，他渴求的东西，会一直横亘于心间，直到得到时才会离开它占据的位置。

这些话，都是沈墨告诉他的。这世间，沈墨是他唯一的、最初和最后的红颜知己。

像一盆冷水浇在他头上，宋逸尘从狂喜中清醒过来。

沈墨，沈墨。他告诉她，若是命中注定他没有孩子，他就跟方雨馨离婚。沈墨笑了。

那不是喜悦的笑。那笑容，凄楚、动人，让宋逸尘心痛不已，他伸出双臂，将沈墨搂在怀里。

沈墨挣脱他，"你不甘心，你不会甘心，你不可能甘心。问题的关键不是你跟不跟方雨馨离婚，而是……"

他看着沈墨，他的前妻，他从少年时就爱着的女人。

女人平静地说："而是……我不能生孩子。"

一字一顿，清晰无比，却是宋逸尘听过的最绝望的话语。

宋逸尘将双手搭在沈墨的肩膀上，看着她的眼睛。

"让这件事把我们分开，才是我做过的最愚蠢的决定。"

沈墨摇摇头。

"你什么都想要。"

"不，全世界的女人，我只想要你。我不想翻旧账，我只是想告诉你，只有跟你在一起，我才感到快乐。你呢？墨儿，告诉我你的想法。你恨我吧？一定的。我也恨过你，恨过你很多次，就连离婚，我也恨在了你的头上，是你造成了这一切。但现在我只有后悔，只有挽救这场命运的决心。命运对你的不公，就是对我的不公。墨儿你知道吗？从认识那天起，我们就不再是你和我，而是一个组合，后来，就成了一个整体。你痛苦，你伤心，我也同样会难过。"

沈墨的眼里，有泪光闪烁。

明白这一点，他们花了太久的时间。

宋逸尘的想法很简单，回到上海就跟方雨馨谈判，两人好聚好散。在他看来，方雨馨是一株养在温室里的植物，突如其来的暴风雨掀翻了温室顶棚，令她陷于泥土中。是他伸出援手，将这株植物移植到另一间温室里。

现在，他要放弃她。

他不知方雨馨会做出何种反应。

相处四个多月，宋逸尘才发现，他其实并不了解方雨馨。他不了解她的过去，不了解她的家人，也不了解她的脾气性格和惯常思维模式。

爱一个人，就会对与她相关的一切发生兴趣。宋逸尘并非不喜欢方雨馨，甚至有点儿欣赏她：明明处境尴尬，明明懵懵懂懂，明明有些傻气，她还是很认真地去做她觉得该做的所有事情。

尚未来得及提出分手，宋逸尘得到方雨馨怀孕的消息。最初的忧虑和狂喜过后，宋逸尘反而松了一口气。

没什么能改变他的决定。事实上，他正在执行跟沈墨离婚时设计的完美计划。他告诉自己：最重要的问题已解决了一半，其他事情，等孩子生下来再说。

7. 难言的苦涩

一边是怀着他骨肉的妻子，一边是他深爱的前妻。两边都要摆平，宋逸尘的计划才能顺利进行。相对而言，方雨馨还是比较容易对付，麻烦的是沈墨。

沈墨是沉得住气的。宋逸尘回上海好几天了，除了飞机落地时给她打过报平安的电话，再也没有消息。

她反复咀嚼宋逸尘对她说的那些话，每想一次，她的心都会发疼。她相信宋逸尘会实践他的诺言，但她对两人的未来忧心忡忡。无法拥有一个孩子，是横在他们之间的难题，搁置不提，不是解决问题的办法，就像一颗地雷，埋在土里，你看不见它，它却不会被土壤消解。不知哪一天，总有一天，总有一个人，会踩爆这颗雷。

整整过了一个礼拜，宋逸尘终于有了消息。

"我已到武汉，现在就去看你。"

小别一周而已，宋逸尘竟老了好几岁。

"怎么回事？你的样子就是有事，说来听听。"沈墨说。

宋逸尘苦笑道："你猜猜。算了，你猜不到的。"

"工作上的？马克跟你闹翻了？"

宋逸尘摇头。

沈墨也苦笑，笑了一会儿，她淡淡地问："那么，就跟方雨馨有关。"

宋逸尘不吭声。

"她，怎么了？"

宋逸尘还是不吭声，几分钟内连着换了好几个坐姿，显然是憋着一肚子话，不知如何开口。

沈墨心里着急，干脆起身去烧水、沏茶，打开一盒曲奇饼干，摆开要跟宋逸尘长谈的架势。

"她怀孕了。"

茶水翻了，饼干被打湿了，沈墨的手在发抖，身子在打战，脚底一软，整个人都歪倒在沙发上。

她的眼前亮白一片，除了天花板，什么都没有了。迷迷糊糊中，她发现自己身在荒漠，烈日炙烤下的沙漠，没有一丝绿色，没有一滴水。

她闭上眼睛，以免被这样的强光亮瞎眼。不知过了多久，当她终于能再度睁开眼睛时，她看到宋逸尘的脸。

那张脸，熟悉到她想扇上几巴掌，又陌生到她连看一眼的兴趣都没有。

她再次闭上眼睛，艰难地吐出两个字："恭喜。"

一切都结束了，不是吗？他们不可能再走到一起了。孩子，将把宋逸尘和方雨馨永远联系在一起。

宋逸尘轻声解释："墨儿，我也很震惊。我本来，本来，要跟她谈离婚的事儿……"

沈墨点头，"这样也好，悲剧演成喜剧，正合你意。"

"怎么是正合我意呢？你知道我想跟她分——"

"我说错了？难道你不想当爹？你做梦都想，你想得发疯发狂，想得要不惜一切代价，想得拆掉了你我亲手筑的巢！多少事儿都拆不散的你和我，打断骨头连着筋的你和我，为这事儿，就成了不相干的两个人。"

她的声音单薄、无力，不带一丝感情。

"不完全是这样的。墨儿，你听我解释！"

"解释什么？不完全是这样的？那她是怎么怀孕的呢？"

"……墨儿，你冷静点，行吗？"

沈墨无法冷静，她愤怒、忧伤，喋喋不休。

宋逸尘耐心解答前妻的每一个问题，用尽心思安抚她的情绪。宋逸尘并不知道，他已被沈墨带进了一座迷宫，那座迷宫属于嫉妒、排斥、争强好胜，跟理智和逻辑没有关系。

"你走吧！你应该去照顾你怀孕的老婆。快滚！"

第十一章　泥沼上的温室

自己的命运自己来掌握，是喜。而他为了这个，竟能如此自私，如此残酷，是悲。宋逸尘看到了自己的恶，这是他一生中头一次，或许也是唯一一次看到自己最坏的那一面。

既会问自己后不后悔，已说明她心中隐藏着悔意。这悔，是对孝字的困惑，也是对牺牲二字的怀疑。

1. 坏而有理

宋逸尘到家的时候，方雨馨正偎在床上发呆。

"看你，尽发小孩脾气。"

宋逸尘笑嘻嘻的。回来路上他就想好了，一切以方雨馨腹中那块肉为重，先稳着再说。

"你当我是小孩，好欺负，是不是？"

方雨馨这么一说，宋逸尘悬着的心就放下一半。堕胎云云，应是气话。

"哪敢哪敢！"

宋逸尘解释道："你说，四个人的局，我走了，别人怎么办？

你半夜打个电话过来，那几个客户都看着我，等着笑我怕老婆，这种情况下，我能对你怎样，你用脚趾头想也想得到吧？"

"你明知道我说的不是这件事。"

"那是什么？"

宋逸尘做出茫然不解的样子，"哦？你说的不是这个？"

方雨馨瞪着他，"她是谁？"

"我真的不明白你在说什么……奇怪，你为什么会问这种问题？"

"有人在温泉酒店看到你跟一个女人在一起。"

宋逸尘皱着眉头，假装苦思冥想。

"温泉、酒店、有人看见……最近我没泡温泉呀！"

"等等……上周，不对，上上周，我送客户去过温泉酒店，送去我就走了。没错，在大堂遇见过你的同事，那油头滑脑的家伙叫什么？小柳，是吗？"

"这么说是真的。客户？我只想知道，那女人是谁？"

"什么真的假的？什么女人？我告诉你，最近我根本没跟任何人泡温泉，但我确实跟你那位同事碰见过。你说说，到底怎么回事？他都跟你胡说八道了些什么？"

方雨馨心虚了。她怎能相信柳丁的话？

"长头发，年龄不小了，跟你很，很亲密……有这样一个女人吗？她是谁？"

宋逸尘气鼓鼓地答道："有啊，既然是客户，当然就有女客户。你是为这个跟我怄气？"

方雨馨幽幽道："你说我是在跟你怄气？"

"馨儿！"宋逸尘坐在雨馨身边，叹了口气。

"你知道你说的那些话都很伤人吗？我以为发生了什么事，结果只是有人在你面前搬弄是非。馨儿，你听着。我帮你父亲治病，首先是被你的孝心、爱心给打动。这世上有无数在痛苦中挣扎的人，我们不可能都帮到。即便一个人有很大的能量，他也有选择帮助谁的权力，你说是吗？我帮你，是因为在那个时候，恰好你出现在我面前，而我也恰好有这个能力，有帮你的心。我承认我有私心，我想娶你，想让你成为我的妻子，成为我孩子的母亲。有一点你得承认，我并没有逼你和我结婚吧？"

"是的，你确实没有逼我。"

宋逸尘抱了抱方雨馨。

"馨儿，我们都是成年人，懂感情，也讲道理。别闹了馨儿，你看，已经很晚了，你累了，我也乏透了。听我的，赶快睡觉吧！"

说完，宋逸尘站起来，起身朝浴室走去。

"她不是你客户吧？逸尘，她是不是你前妻？"

宋逸尘的脊背僵了一下，哈哈大笑两声，也不回头，抬起手摆了摆，"荒谬！"

他累极了，也烦透了。刚才那一番哄劝，已耗尽他的精力，今晚他无力再为自己辩白一个字。

宋逸尘在浴室里待了很久，出来时看到方雨馨仍靠在床头，并没睡下，他刚刚平复的心情，又烦躁起来。

他耐着性子，语气温和地问道："馨儿，你怎么还不睡？"

方雨馨伸出手，"逸尘，陪我。"

他握住她的手，笑道："好，我陪你。"

方雨馨偎在他怀中，慢慢睡熟。

宋逸尘却久久未能入眠。

他是个出尔反尔的坏人，他知道。两周前他还答应沈墨，不会再和方雨馨有任何亲密接触，这会儿他没有一丝犹豫，就跟雨馨相拥而眠。可他能怎样呢？宋逸尘有宋逸尘的处事之道，抓大放小，不拘细节。他虽然觉得自己坏，却并不认为他对不起谁。

2. 用心良苦

得知方雨馨怀孕的消息后，沈墨将宋逸尘赶出了家门。

宋逸尘在附近找了一家酒店住下，他不知该做些什么，但他晓得沈墨叫他滚到方雨馨身边，绝对是气话。

他一到武汉，就将方雨馨忘在了脑后，除了业务上需要处理的事情，他的全副心思都放在了沈墨身上。从前他是如何追求沈墨的，十几年后他又依葫芦画瓢，重新来过一次。不同的是，从前他是穷学生，只能在小店给沈墨买发卡、装饰手链，只能请沈墨吃路边摊；现在他有钱又有闲，上午会叫花店送一束玫瑰到沈墨的公司里，中午送来的是水果，到了下午，又有下午茶和精致茶点。一时间，有神秘富豪在狂追沈墨的传言，在她所在的公司里甚嚣尘上。男同事的假装淡定，女同事的艳羡、嫉妒，让私生活原本就有些神秘的沈墨，成为这幢写字楼的新女神和熟女们的榜样。

沈墨有没有丈夫？那天在KTV摔杯子的古怪男士是谁？神秘富豪又是谁？这些问题都经不起盘查，有心人一准儿能找到答案。不过，通常人们对绯闻、八卦的兴趣，超过辨析真伪的兴趣，有关沈墨的传言，在宋逸尘待在武汉的那一周内，愈演愈烈，终于传到旧同事张澜的耳朵里。

不久前，宋逸尘就是依靠张澜的帮忙，才找到沈墨和新同事K

歌的地方。

张澜拨通宋逸尘的电话，寒暄后，她笑道："宋总还没让夫人消气？"

"这你都知道？"

张澜笑道："好事不出门，坏事传千里。"

"你是真神仙哪！我黔驴技穷，你快帮帮我吧！"

"帮你可以，那你得告诉我，是不是做了特别对不起我们沈墨的事儿？"

宋逸尘尴尬地笑道："我哪敢。"

"我没那么八卦，但你知道吗，关于你俩的传闻，现在已经有好多版本了。我们单位有人说，你在上海找了个小姑娘。沈墨公司那边，据说有特别痴情的人正在追她。要我说，你俩还是快快和好，在大家面前露个面吧！公开亮相，谣言不攻自破。"

张澜咯咯笑着，宋逸尘却听得出来她的潜台词：无风不起浪，你俩必然有事。

"我真没做啥。我跟她，还不就那点事儿。"

这话答得狡猾，张澜果然笑一笑，没再追问。

当年沈墨曾拿张澜当作应付宋逸尘的挡箭牌，却忘了事先跟张澜商量好台词，直接导致了一场夫妻大战。张澜躺着中枪，虽然对宋沈之间的事茫然不解，从此却自觉她有义务做这两人之间的黏合剂。

"你俩就是太闲了，快点儿和好，生个娃儿，你们就没空闹了。"

宋逸尘心里"咯噔"一下，感到有什么东西不对劲儿。

——得让沈墨离开武汉，直到方雨馨生下孩子，她才能跟这些熟人见面。

很早以前就出现在他脑子里的一个计划，一直云遮雾绕，看不清晰。此刻，云开雾散，宋逸尘眼前一亮，感情上却是悲欣交集。

自己的命运自己来掌握，是喜。而他为了这个，竟能如此自私，如此残酷，是悲。宋逸尘看到了自己的恶，这是他一生中头一次，或许也是唯一一次看到自己最坏的那一面。

大不了用钱来弥补。他一遍又一遍地告诉自己：各取所需，谁也不欠谁。

眼下最麻烦的事情，莫过于说服沈墨。他所做的一切，既是为自己，也是为他和沈墨这个组合。

沈墨冷着脸听他讲完，心里却在翻江倒海。前夫的构想，令她惊讶到眩晕、恶心、作呕，她表示绝不接受这一构想，却难以自控地立刻憧憬起计划实施后的情形。

她渴望做一名母亲，但在得知自己失去这一权利的时候，她就立刻冰封了那份渴念。这是她能想到的，对自己最好的保护。

现在，她很清楚地感到冰封在消融，那份渴念像春风拂过的大地，万物萌发，势不可挡。成为一名母亲，被唤作妈妈，这是多么激动人心的事！尽管那是一名跟她毫无血缘关系的孩子，但，那是宋逸尘的孩子。

在宋逸尘的构想中，孩子的生母被排除在外，她沈墨才是唯一的女主角。

沈墨看一眼宋逸尘，他的鬓角已有几丝白发。他什么都想要，太贪心。但他如此用心良苦，不过是因为，他想要她成为自己孩子的母亲。

她竟然伸出手，主动拥抱了宋逸尘。他们和解了，这一次是真正的和解。虽然他们的谈话充满火药味，但他们在同一战线，是盟友，有着同样的目的。

3. 不敢透露的计划

沈墨递上辞职信，离开武汉去了南京。

选择留驻南京，一方面是因为此地距离上海不远，宋逸尘和她见面起来比较方便。另一方面，姐姐沈黛正负责南京的一个项目，每个礼拜都要过来待上两三天。

很快她就后悔了。沈墨难以忍受独守南京的寂寞和无聊，想到还要过上半年这样的日子，她就要发疯。

撒谎不是她的长项。庆幸的是，好友叶子已去了加拿大，不会对她的种种反常举动刨根问底。可是，假如叶子在身边，沈墨还有个可倾诉的对象。就算叶子不赞同她的做法，事已至此，叶子也一定会站在她这一边，为她打气加油。

现在，她不仅没有可倾诉的对象，还得应付姐姐的审查。沈黛几乎每周都会见到她，在她的临时寓所逗留的时间越长，表情越怀疑，语气越冷峻。三十七岁的沈墨，面对姐姐时，仍像童年时干了坏事一样，害怕被姐姐发现。

这一天来得很快。沈黛直截了当地问妹妹，她和宋逸尘是否已分手。

"你怎么知道?"沈墨没有否认。

"你在南京，宋逸尘也不在武汉。你的表情，你的行为，你的语言，你的表现都很不正常你知道吗? 还有你的手，你说是切菜时不小心受的伤——"

"姐！"离婚好几个月了，触及往日点滴，沈墨就会泪流不止。

沈黛叹气，心疼妹妹受了委屈。待沈墨哭得差不多了，她开始追问离婚的原因。

沈墨避重就轻，给姐姐讲了一个缩减版的故事。她没有提及不孕症，也没有谈到宋逸尘对孩子的渴望。在这个故事里，她和宋逸尘因冲动而离婚，宋逸尘又因冲动而闪电再婚，当他们发现彼此仍深爱对方时，宋逸尘的妻子已怀孕……

沈黛大骂宋逸尘，又恨铁不成钢地责备妹妹。

"你可以重新开始，换个男人，或者不换，一个人过，也胜过跟这个人纠缠不清。"

"可我不想换，也不想一个人过。"

沈黛烦躁地说："可是宋逸尘已经换了个老婆！你再爱他，也要搞清楚目前的状况啊！别怪姐姐说话难听，你现在就是一小三儿，并且是在人家老婆怀孕时乘虚而入的三儿！你根本就是在作践自己——"

沈墨气恼地挥挥手，打断姐姐的话。

"姐！你别说了。我知道自己在干什么！"

"你太任性了！从小你就这样，自己想怎么做就怎么做，一句劝都听不进去。过去我就不赞成你跟宋逸尘在一起，你不听，结果你看到了吧！现在我劝你，你还是不听！"

"那又怎样？我过得又不差！我也不明白你怎么会嫁给姐夫，但我说过你什么吗？感情这种事，苦或者甜，只有当事人自己清楚。"

沈黛愣了一会儿，苦笑起来。

"你呀你！我还不晓得你吗？我的话戳中你痛处了，你才这么大的反应。你知道我说的没错，所以才搬出更多的道理，证明你才是对的。别的我就不劝你了，我只问你，宋逸尘现在的老婆何罪之有？你俩吵架、离婚、复合，是你俩的事情，为什么要把别人卷进来，让人家结婚、怀孕、生子，最后还得被抛弃？"

沈墨摇头，叹口气，以此代替她的回答。

她绝不敢把宋逸尘的计划告诉姐姐。姐姐是她最亲的亲人，但这件事，连沈墨自己都没法心安理得地接受，姐姐知道了，还不知会怎样。

姐妹俩不欢而散，沈黛甚至撂下狠话，说她以后再也不管沈墨，出差南京时也不会来看沈墨。

话虽如此，到底是亲姐妹，沈黛哪里放心得下？下一次出差时，办完事适逢周末，沈黛打电话给妹妹，若是妹妹无聊，她愿意留在南京陪她住两天。

电话通了，却无人接听。事后沈黛才知道，妹妹和宋逸尘两人，那会儿正在市郊泡温泉。

沈墨把姐姐的警告放在了心里，对宋逸尘忽冷忽热。为了安抚沈墨的情绪，前夫又是安排温泉游，又是发毒誓，绝不会再跟方雨馨有任何亲密接触。

他难过地说："小三儿？你这样说自己，其实是在骂我，不是吗？在跟方雨馨离婚、重新娶你之前，我不会碰你。我只求你，别把这顶大帽子扣在自己头上。"

4. 来自花姐的报道

宋逸尘歪在床边打了个盹，天就亮了。

方雨馨醒来时，宋逸尘已不在家，等她洗漱完毕，花姐和宋逸尘一起进了大门。

　　他们显然是在小区里遇见的，进屋时，花姐还在和宋逸尘继续着方才的话题。

　　"从前我一个人在上海，倒是要住在雇主家的。现在我男人也在上海做事，晚上我回去后还要给他煮面条消夜。"

　　"是吗？道理也对，照顾好男人，比赚钱要紧。哈哈！"

　　宋逸尘打着哈哈，把手里的生煎、粉丝汤搁在餐桌上，叮嘱雨馨趁热吃，自己却换了衣服，急着往公司赶。

　　他出门后，花姐赞道："你先生真细心！刚才他要我晚上也住你家，好照顾你。"

　　方雨馨说："听到了。我们家有现成的地方，其实你可以考虑考虑。"

　　花姐笑了，笑得有些难为情。

　　"不行的，给我涨钱也不行。我男人不喜欢我晚上不在家。"

　　方雨馨年纪虽轻，也听出花姐的潜台词。想这花姐的儿子已上班赚钱，但她结婚生子早，今年也才四十出头，自然不愿跟男人分开。

　　婚姻啊，也是千姿百态！雨馨想着，不禁轻叹口气。

　　花姐耳朵尖，笑道："小姐别叹气。叹气多了，会把好运气给叹走。"

　　"是吗？那好，以后我尽量少叹气。刚才叹气也不为自己，我是想到你昨晚讲的故事。花姐，那家人后来怎样了？那个女主人，你又见过她吗？"

　　花姐戴上袖套和手套，准备用手搓洗宋逸尘换下的衬衫。

"没见过。不过，前些时我听小姊妹说起过，说孟丹回来了，还带了个男人回来。"

方雨馨搁下筷子，"孟丹?"

"是啊! 孟丹。"

花姐小心搓洗衬衫衣领，没在意方雨馨异样的语气。

"她家住哪儿?"

"住的地方可好了，就在淮海路后面，复兴路上的一个小区里。"

"花姐——那个小区叫什么名字? 告诉我。"

"万盛花园。小姐，你认识孟丹?"

花姐朝方雨馨望了望。

雨馨摇头，"不不，我不认识。"

她解释道："我倒是认识一个也叫孟丹的女人，年龄跟你说的人很接近，并且也住在上海。嗯……忘了她家小区的名字，但肯定不叫万盛花园。所以嘛，应该不是同一个人。"

花姐笑起来，"我说怎会这么巧? 吓我一跳! 刚才我就在想，这下完了，我在你面前说你熟人的坏话，不知你怎么看待我呢!"

方雨馨笑笑，敷衍着花姐，把没吃完的早点推到一边，换好衣服出了门。

她让出租车司机载她去复兴路，在万盛花园附近停下。下车后她拨通父亲的电话，问他能否到复兴路上的"魔衣"咖啡馆坐坐。

"你在哪儿?"方毅问。

"我就在咖啡馆门口。"

方毅在电话那头想了几秒钟，答应了女儿的邀约。

"我知道'魔衣'，一会儿就过去。"

5. 男人不会感谢女人的忍耐

"魔衣"咖啡馆就开在万盛花园对面。

方雨馨在落地窗前找了个位置坐下，当她朝万盛花园的大门口张望时，方毅正从小区走出来，站在马路边。

看到父亲的那一瞬，方雨馨浑身一暖，不由自主地微笑起来。

能与亲爱的父亲见上一面，竟受益于偶然相识的一个人，受益于她的多嘴、八卦，受益于电视上播出的一条新闻，受益于她偶然打开的电视机。一个偶然连着另一个偶然，一连串偶然，才让方雨馨和父亲在异乡相见。

这原本是多么简单的一件事！只要父亲愿意，他们本可以随时相聚在一起。

复杂的思绪，形成一团阴云，却以闪电般的速度从方雨馨心头划过。她激动地站起来，冲着玻璃窗外的父亲挥手打招呼。

方毅看到她，嘴角扬起，挥手回礼。

"馨儿！"

他进来了，在女儿对面的沙发上坐下，笑眯眯地看着方雨馨。

"爸！爸！"方雨馨连叫了两声，鼻子发酸，眼角已湿。

"来，先叫杯喝的。我喝摩卡，你喝焦糖玛奇朵？再来两份杧果松饼。"

咖啡和点心，都是方雨馨喜欢的种类。几分钟内，方雨馨熟悉的、慈爱的父亲，回来了。巨大的幸福感席卷了她，几个月来父亲的冷淡、母亲和哥哥的漠然，在这一刻，都变成了云烟。

或许，这世间所有的猜疑、不满、委屈，所有的隔阂，不过是沟通不畅。

或许，一切的一切，都跟从前一样。

或许，造成沟通不畅的重要原因，是他们没有坐在一起，面对面看着彼此的眼睛，告诉对方他们深爱着彼此。

……

"爸，今天我要喝热巧克力。"

方雨馨看着父亲。上一次见面，父亲还躺在医院病床上。这一次，父亲精神饱满，看上去已跟健康人毫无二致。

跟得病之前相比，父亲甚至更胖了些。

"我们很久没见面了。"雨馨说。

"半年。"方毅记得很清楚。

"爸，你在上海，为什么不跟我联系，也不来看看我？"

"现在不就看到了。"方毅看看她，目光温柔，充满怜爱。

方雨馨从鼻子里发出一声"哼"。

"那是我来看你，不一样的。你都不问问我，怎么会知道你就在这附近。"

方毅呵呵笑着，并不接茬，把盛着点心的餐盘往女儿面前推了推。

"宋逸尘对你好吗？"

"他……爸，我打电话告诉他，晚上我们一起吃饭吧！"

方毅连连摆手，"千万别，我不要见他。"

"为什么？他是你女婿呀！"

方毅沉吟着，"你说的没错，但爸爸不想见人。"

方雨馨嘟着嘴，"你不喜欢他。"

方毅笑道："我不喜欢没关系，你喜欢就好。你不喜欢他，却嫁了他，才是麻烦事儿。"

"爸爸——"忽然之间，方雨馨有一肚子话想对父亲说。只这么唤了一声，她的眼睛就红了。

父亲还是从前的父亲，他什么都懂，懂得她的选择，懂得她的苦衷。

的确，方毅懂得女儿所做的一切，但反过来，方雨馨却对她父亲的想法一无所知。

宋逸尘既是方毅的救命恩人，又是他的女婿，正是这样的双重身份，方毅才不愿与其相处。作为一个男人，又是生意人，方毅自觉洞穿了宋逸尘的心机。这是一个圈套。他情愿去死，也不愿眼看着女儿落入其中。

他痛恨着那个夺去他女儿的男人，更可恨的是，他的命是此人救的，他和方雨馨必须为此而感谢宋逸尘。

然而，归根到底，他方毅才是致使女儿落到这一步的罪魁祸首。若不是他的病，若不是他把一大笔钱交给孟丹做投资，若不是孟丹投资失败，若不是他想逃离沉闷的婚姻和家庭……都是他的错。他无颜面对女儿，也无法给她任何弥补。

没有钱，没有健康，也没有爱——时光不能倒流，对女儿的爱与温情，只能一遍遍提醒他犯的错和他的无能。

世间再无方毅，只有一个名叫方毅的、并不完整的躯体。

"馨儿。"他唤着女儿的名字，心脏却一阵阵发痛。

"爸，你什么时候回家？"千言万语到了嘴边，只这一句能涌出来。

"唔，还没定。春天吧，春天再回康城，眼下天气还冷，上海也没法待，我明天就去三亚，在那里多待些时。顺便……找点儿事情做做，看有没有合适的项目。"

最后那句话，轻飘得连他自己都过意不去。一时半会儿的，方毅没找到新的话题，只把头扭过去，望着窗外冬日的街景。

你住孟丹家？你跟孟丹住一起？方雨馨斟酌着，问不出口。

"妈妈可以跟你一块儿去三亚。"她说。

"用不着。你放心吧，我身体恢复得不错，再说我不是一个人，还有好几个朋友一起。"

方雨馨鼓足勇气，"孟丹阿姨也在吧？"

方毅毫不迟疑地"嗯"了一声。

意料之中的事儿，得到确认后，方雨馨还是懵了一会儿。吞下几口温热的巧克力，她自觉体内增添了许多能量，这才一口气把她从花姐那儿听来的故事简要复述了一遍。

"爸——"她发现方毅笑嘻嘻的，仿佛完全没听出她的惊恐和担心。

"爸！"

"嗯？"方毅正色道，"保姆的话，你也相信？这种没凭没据的事情，当故事听听就好，不能往心里去，更不能随便传。好端端一个女人，忽然成了杀人嫌疑犯，这不是笑话吗？"

"就算是笑话吧！可是爸爸，你跟她在一块儿，我担心呀！"

方毅说："我不在乎。就算你那个故事是真的，我也不在乎。我跟她在一起，说话、打牌、走路、坐车、吃饭、吵架，不管做什么，都有点儿味道。她以前的男人，不懂生活，不懂她的好，死了是活该。馨儿，你担心什么？我是死过一回的人，我什么都不怕。"

"那我妈呢？她是另一个孟丹啊爸爸，你对我妈，跟从前孟丹阿姨的老公对孟丹，有什么区别呢？"

方毅脸色突变，双颊肌肉微微跳动，模样十分可怕。

方雨馨吓坏了，"你没事吧？爸爸，你怎么了？"

方毅站起来，看也不看女儿，转身就走。

方雨馨慌忙抓起包，跟在他后面。

父女俩一前一后走出"魔衣"咖啡馆，穿过马路，朝万盛花园走去。方毅一言不发，方雨馨心急如焚跟在父亲身后，深一脚浅一脚地随他走进小区。

走到一座公寓前，方毅停了下来。

"你别跟进去了。你还小，很多事你都不懂。"

"我懂……"

"你不懂。回去跟宋逸尘好好过日子吧。爸爸只嘱咐你一句话，你要记住。哪一天他要是不想跟你过了，你千万别有委曲求全的想法，走人就是。男人不会感谢女人的忍耐，不会的。"

方雨馨"嗯"一声，"爸！"

"走吧！走吧！"

方毅挥挥手，眼睛红了，语气却不容置疑。

6. 墨语酒庄

同一时间，沈墨抵达上海，宋逸尘在火车站接上她之后，驱车直奔川沙考察一家工厂。他已经同厂主达成协议，很快会买下这家厂，用作玻璃加工。他让沈墨过目一番，自然是为了显示他对她的重视。

"你当法人，工厂写你的名字，怎么样？"

沈墨笑笑，"不怎么样。工商税务，各种合同，我都不懂。好事轮不到我，坏事、麻烦事，全得我去扛。我不背这虚名儿，你另请高明吧。"

宋逸尘大笑，"随便你。但你得干点什么，不然老是盯着我，我可吃不消。"

沈墨撇撇嘴，"少自作多情了。你是看我闲着吃白饭是吗？我闲着也是吃我的，你赚的钱，我沈墨还真没怎么花过。"

宋逸尘想了想，倒还真不好反驳沈墨的话。

"不过，我也确实得为自己考虑一下。跟你一块儿做公司，我不干。累死累活都是应该的，功劳全是你的。得了，宋逸尘，你别皱眉头，别说我算计得这么清楚。反正吧，我是得找个项目做做，免得待在房子里待傻了。"

随口说的话，到晚上就有了着落。看完车间和办公楼，厂主老蔡带他俩来到一幢闲置不用的平房前。

"这地方下面还有个地下室，就因为这个，一年前被人看中，租过去贮藏葡萄酒，合同还有三四个月就到期了。钥匙我有一把，你们要看看吧？将来你们愿意继续租给他，或者另外派用场，随你们欢喜。"

三个人进入室内，里面空荡荡的，只有一张木制长桌。空气中弥漫着淡淡的酒香。老蔡带着他们沿台阶下到地下室，酒味愈发浓厚。

沈墨本以为她会看到一纸箱一纸箱的红酒，呈现在她眼前的，却是几排木制货架，一瓶瓶酒整齐地排列在货架上，此外还有几只装满酒的橡木桶，被安放在酒窖的角落里。

酒瓶上蒙了灰，橡木桶安静地卧在那里。三个人不约而同停止了谈话，脚步也轻缓了许多，甚至连呼吸都很小心，仿佛这样才不会惊扰酒瓶和橡木桶中的美酒。

三人似有默契，一言不发，直到返回到地面，他们才长舒一口气，轻手轻脚离开这个地方。

当天下午，经过老蔡的介绍，沈墨、宋逸尘和酒商秦天相识。沈、宋两人都没料到，秦天竟然相当年轻，刚从大学毕业一年，做酒是他的兼职，纯为满足私人的兴趣爱好。

寒暄之后，秦天就为他们普及了一通葡萄酒的贮藏知识。

"葡萄酒本身具有高品质，才能在窖藏过程中越来越优。达不到一定水准的葡萄酒，窖藏之后品质反而会降低。"

"白葡萄酒一般不需要窖藏，但一些顶级白葡萄酒也可以窖藏二十年左右。"

"酒窖对温度、湿度、避光、防震等方面都有严格要求。好的酒窖才能保证葡萄酒在贮藏过程中的安全。比方说这个地方，距离车间和马路都太近，震动太大，其实并不符合我的理想。当然咯，符合理想的东西，得凭缘分去碰。"

沈墨和宋逸尘相视一笑，觉得这男孩特别可爱。

他们提议与秦天合伙做酒，开设一家酒廊，或者，他们可以买断秦天现存在酒窖的葡萄酒，聘请他做酒廊的营销策划。

秦天略加思索就接受了沈、宋两人的第二条建议。

一个多月后，工厂办公楼和酒庄的装修同时进行。

这天，沈墨在邮箱里读到了秦天为"墨语酒庄"写的第一篇文案。

1870年，普法战争。1914年，一战爆发。1939—1945年，第二次世界大战。

"法兰西"，"阿尔萨斯"，"法兰西"，"阿尔萨斯"。许多人是在都德的《最后一课》中第一次知道阿尔萨斯这个地名。位于法德交界的阿尔萨斯，是著名的白葡萄酒产区，也是每一次战争中，法德争夺的疆土。文学与现实生活密不可分，1943年，在《最后一课》故事的发生地科尔玛，再次发生了同样的事情。纳粹冲进学校时，一位名叫埃塞尔的先生通知他的学生们，第二天到他家的酒窖上课。

　　酒窖变成了教室。酒窖的功能，在非常时期，发生了非常的作用。今天，若是有人去阿尔萨斯旅游，途经科尔玛，仍可在埃塞尔家的酒窖墙壁上看见一道道黑色的印记，那是1943年，埃塞尔先生点燃蜡烛给学生们上课时留下的。

　　同样是战争期间的酒窖，著名畅销书《飘》中所写的就不怎么幸运了。

　　1864年南北战争时期的美国南部，当斯嘉丽带着刚生下孩子的玫兰妮逃回到塔拉庄园时，她问波克："我……我……头晕得厉害。酒窖里还有酒吗？哪怕有点黑莓酒也好。"波克回答她说："哦，斯嘉丽小姐，酒窖可是他们（指的是北方军队）先去的地方。"听到这一消息，斯嘉丽感到沉重的打击混合着种种难受向她袭来，差点倒下去。她想到了以前酒窖里堆放着的一排排看不到尽头的酒瓶……

　　也许有她出生那一年酿制的酒，也许有她母亲特别喜欢的一种酒，也许有一瓶酒跟某个纪念日有关。那些窖藏美酒，意味着时光与各种美好的记忆。

　　战争，使酒窖的命运、酒窖中美酒的命运发生了种种改变。窖藏美酒如深闺美人，踏入社交圈的那一天，是她一生中最耀眼的时刻。命运拐了个弯,等不及她酝酿纷繁璀璨的芬芳,也不耐烦她养成柔和隽永的脾气。那些掠夺了窖藏美酒的莽夫们,即便开瓶畅饮,也注定无法体验窖藏佳酿带人飞上天堂的幸福感。

真正懂得窖藏酒的人,站在酒窖门前,如穿越时光之门。当他面对一瓶无论哪一年份的葡萄酒,必将静默沉思。那一年发生过什么?这些年,在酒窖幽深的环境中,那些饱经风霜的石块、泥土、木头,陪伴着葡萄酒,岁月缓缓流动,不知不觉中,又发生了怎样的改变?

沈墨觉得写得还不错,但总有什么地方不对劲儿。接到宋逸尘发来的短信后,她才恍然大悟,给秦天写了回信。

"写得很好,就是战争味道太浓。要不,我们先从酒标开始写起吧。网站的事,你也要多操心。"

宋逸尘发给沈墨的短信里是这样说的:她情绪不稳,最近我们得少见面。

方雨馨已怀孕六个月,沈墨觉得,一场酝酿已久的战争,刚刚吹响开战的号角。

7. 康城来电

辞职后的日子是难熬的。

宋逸尘要辞掉花姐,另请一名住家保姆。他说他难免出差或在外应酬,家里只有雨馨一个人,他无论如何也放心不下。

方雨馨对此没有异议。

亏得花姐,方雨馨才窥知孟丹的过去,也得以跟父亲在上海相见。雨馨应该尽力留住花姐的，但她没有。花姐的去留，取决于花姐本人的态度，方雨馨既知她不愿做住家保姆，又何必强留？

此外，跟父亲见面后，雨馨对花姐的感觉也变得复杂了许多。父亲说得对，保姆的话只能当故事听听。从花姐的态度来看，她对前东家孟丹的婚姻生活饱含同情和不理解，而不理解通常是误解和臆断的基础。尽管只是私底下讲诉此事，花姐还是逃不掉说人是非的嫌疑。来说是非者，必是是非人。或许是这个缘故吧，对于花姐的离开，方雨馨甚至悄悄地松了口气。

新保姆是一名年龄较长的阿姨，姓梁，能干、机敏得不像保姆，倒像是雨馨从前公司里的人事部经理，说话滴水不漏，家务活儿做得也凑合。方雨馨不喜欢梁阿姨，但宋逸尘说得对，他们和梁阿姨之间是雇佣关系，感情色彩越淡，活路越清爽。

见过父亲后，方雨馨花了好些天才消化掉那些堵在胸口的坏感觉。

从前她看金庸的《神雕侠侣》，杨过十六年后没见到小龙女，万念俱灰，跳崖赴死，却因崖底是深潭，并未死成。其后郭襄拿着杨过送她的金针，请求杨过不要自尽。书中写道：一个人从生到死、又从死到生的经过一转，不论死志如何坚决，万万不会再度求死。方雨馨因为喜爱杨过和小龙女的爱情，读到这一章时曾感动落泪，对这一段和生死有关的描述，也深信不疑。父亲却给她上了一堂课：万事皆有可能，凡事皆有例外。

雨馨唯一感到安慰的是，父亲的身体看上去还不错。有时她问自己，倘若父亲的手术失败了，她会不会后悔答应宋逸尘的条件？答案是否定的。

她不知道，既会问自己后不后悔，已说明她心中隐藏着悔意。

这悔，是对孝字的困惑，也是对牺牲二字的怀疑。

亲情，就是这么一回事吧。方雨馨想，她尽到了自己的能力，问心无愧。

至于爱情和婚姻，思路一转到这上面，方雨馨就会发懒。发懒是自我保护。不思考，就不会有烦恼。

她没有职业，没有朋友，在这座以时尚、繁华著称的大都会中，除了在她腹中一天天长大的孩子，除了宋逸尘，她所有的，只有孤独和寂寞，何必再给自己找些烦恼？

宋逸尘越来越忙，但她不能说他言而无信。除非出差，宋逸尘每天都回家睡觉。有时他会陪雨馨看一场电影，有时他问雨馨想吃什么，只要雨馨报出名字，他都会亲自去买来。

他用行动封住了方雨馨的嘴，那些关于他和前妻的问题，关于他是否爱她、为何娶她的问题，一次次到了雨馨嘴边，又退了回去。

直到有一天，她接到许希哲的电话。

"喂，你是方雨馨吗？"

"你是？"雨馨心一沉，语气警惕。

"我是许希哲。"

"哦。希哲，好久没联系了。"

事实上，许希哲说出那声"喂"时，方雨馨已听出她的声音，久不思考的大脑，猛然间转动了几下，在立刻挂断电话和继续说话之间徘徊着，随即发现她已错过选择的时机，只能硬着头皮和许希哲聊下去。

"你在上海？"

"是的。你怎么知道的？"

"还能怎么知道？你像从人间蒸发了一样，谁都没有你的消息。最开始大家聚在一起都会互相打探你的消息，眼下过去了大半年，大家聚得少了，见面也不提你了。我，却总是惦记你。"

最后这句话，许希哲委委屈屈地，带着些酸涩和抱怨。

雨馨眼眶一热，差点滚出泪来。

"马上就能看樱花了。读高中时，我们每年都去康城公园那一排日本樱花下拍照。你上大学后就瞧不上康城的樱花了，你说武汉大学的樱花才值得观赏，人在花下漫步，就像在云霞中漫游。"

"希哲……"

"现在我才知道，难怪你悄没声儿就不见了！方雨馨，你就是看不起我，对不对？你去了上海就不理康城的老朋友，就跟你看了武大的樱花就瞧不起康城的樱花一样，一个道理。"

方雨馨听到一阵"咯咯咯"的笑声，笑声发自她自己，久违的笑，熟悉的笑，这笑声，将那道横在她和老友之间的壁垒卸除，浓浓的友情弥漫在她心头，不觉有些恍惚。

"希哲，你是先打电话给我妈，才知道我的新号码吧？"

"你家的电话很难打，要么没人接，要么是你妈妈接电话，听说找你，说声你不在，立刻就挂了。"

"那……"

"坦白说，找你真不是件容易事儿。"

说到这里，许希哲得意地笑了起来。

"你哥方晓晖在康城一中，手机费可以报销，账单要过出纳的手。你忘了吗？一中的出纳，就是我阿姨啊！你说，我想查到你哥的通信记录，岂不是很容易的事儿？"

"好啊许希哲，你这叫侵犯他人隐私。"

"哎呀呀！你不要上纲上线嘛！我这还不是为了找到你嘛。你们方家真奇怪，兄妹俩几个月才通一次电话，还好我有第六感，那么多通话记录，我居然能一眼看到你的这个号码，拎出来记下，今天一试，果然没拎错。"

"这叫第六感？叫瞎猫撞着死耗子吧！"

两人像从前一样，互相揶揄嘲讽了一番。随后，许希哲告诉方雨馨，那个深夜，她在医院门口与宋逸尘及一名女子相遇。

"雨馨，我查了一下，宋逸尘有老婆。我问过认识宋逸尘的人，他老婆跟我舅妈的同学以前是一个单位的，关系还不错。他不仅有老婆，老婆还是他的青梅竹马、初恋情人。我巴巴儿找到你的电话号码，想要告诉你的，就是这件事。"

第十二章 一场交易

　　江水退去，水杉林会奇迹般重现，树干上多日不褪的水渍，是它们曾经历恶战的纪念。这纪念也不是恒久的，终于，水渍消失，水杉长得更高更粗。洪水只是让它们的根系向地下伸展得更深更远。在如何适应环境方面，水杉自有一套本领。

1. 来自许希哲的报告

　　许希哲做梦也不会想到，她的老同学已嫁给宋逸尘，并且怀了宋的孩子。

　　方家的变故，是许希哲在康城一中工作的阿姨告诉她的。在这个版本的故事中，方父生病后无力经营公司，儿子方晓晖选择了回老家教书，女儿方雨馨则去了外地谋求发展。

　　许希哲心想，难怪方雨馨会避开她们这些老同学。一个人的境遇变了，心境自然也会变，看待旧人旧物，感触也是不一样的。

　　方雨馨过得如何？许希哲并非时时惦记，但也确实搁在心里，成了她的一块心病。

　　在医院门口遇见宋逸尘时，直觉告诉她，老朋友跟这位宋先生的关系有些特别，而宋先生显然又跟他身边那位女士的关系非同寻常。

春节期间，许希哲去武汉舅舅家做客，在舅妈和同学的闲聊中，她竟听到宋逸尘的名字。这名字和沈墨的名字一直连在一起被提及，听上去，这是一对欢喜冤家。许希哲越听越不安，设法弄到雨馨的联系方式后，她将自己看到、听到的事，全都告诉给了老同学。

"我舅妈的同学说，这对夫妻，结婚十几年也没要个孩子，肯定有一方有问题。两口子都不是省油的灯，都在外面有花头，一时吵吵闹闹，一时大秀恩爱，不知道在玩什么花样！"

"舅妈的同学还说，这几年宋逸尘发达了，肯定得要个孩子继承家业。老婆年龄大了，要是生不出孩子，宋逸尘可以在外头找人生一个。他俩吵吵闹闹，肯定跟这事儿有关……"

方雨馨跌坐在沙发里，静静地听许希哲在电话那头叽叽喳喳。她听得万分仔细，希哲清脆的嗓音，却越来越缥缈，越来越失真。

忽然，那声音消失了。

方雨馨急了，对着手机大喊："喂，喂，希哲，你还在吗？"

"我在啊！"

"刚才你怎么不说话？"

许希哲"哼"一声，嗔道："我问你话，你不回答，叫我说什么？"

"哦？那……是我走神了。希哲，你问我什么？"

电话那头却踌躇了一会儿。

"雨馨，"许希哲有些紧张。

"我刚才问你，宋逸尘跟你交往时，会不会跟你说，他是自由身？"

方雨馨点点头，又意识到许希哲看不到她点头，开口道："他确实是这么说的。"

许希哲倒吸一口气，"你相信了？"

方雨馨苦笑着说："我相信，他确实离婚了。"

许希哲急了，"这样看来，你们已经走得很近了咯？方雨馨，你傻不傻啊？这种男人，咱犯不着跟他们混！"

方雨馨叹口气，"没事儿，我不是傻子，你就别胡思乱想了。"

许希哲说："你不傻？不傻你会跟乔晔好？结果怎么样？你爸生病、公司关门，跟他甩你的节奏同步吧？"

许希哲是直性子，见方雨馨很向着宋逸尘，仿佛已看到老朋友在往火坑里跳，恨不得飞到雨馨跟前，把她拉回康城。

"你……"

许希哲的话刺痛了方雨馨，她声音发颤，手发抖，泪水在眼眶里打转。

跟宋逸尘结婚后，方雨馨曾暗暗拿丈夫和乔晔对比，还没开始比较，她已冷了心肠。有什么可比的呢？她爱过乔晔，乔晔却在她最难的时候，头也不回地离开她，避之不及，唯恐被她传染上厄运。她不爱宋逸尘，但不管怎么说，宋逸尘将她从沼泽里拔了出来。

良久，方雨馨才重新开口。

"那件事是我瞎了眼，我承认。"

许希哲听出她声音的异样，不敢再刺激她。

"我说话直，你别往心里去。你好好的，我就放心了。有空回康城吧，或者，我去上海时，咱俩聚一聚，好吗？"

方雨馨眼皮一垂，瞥到自己隆起的小腹。

"暂时算了吧。家里出事后，我的生活全乱了。一言难尽，我也不想说什么。反正，我知道你的心意，你也知道我平安无事，过得好好的。那，就够了吧。"

许希哲大感失望，却也无法，只好"嗯"一声，算是答应了她。

2. 水的真相

许希哲提供的消息可靠吗？离婚可以虚构，结婚证却得由民政局颁发，怎能蒙混过关？显然，许希哲的情报是错的。

以此类推，许希哲告诉方雨馨的，全是以讹传讹的谣言。一笑置之即可。

起初，方雨馨便是如此告诫自己的。她一个孕妇，该考虑的是如何调养身体，保证孩子的营养和健康。她可以看看育婴方面的书籍，可以听听音乐，看看画展，陶冶性情，也算是一种高雅的胎教。她还可以逛逛高档商场，为宝宝选购一些漂亮可爱的小衣裳。其他如婴儿床、童车、玩具、奶瓶奶嘴等物，她都该挑选起来。外面买的东西当然好，但她作为母亲，是不是应该亲手给孩子做点儿什么呢？

这样一想，可做的事情实在太多。只在劳技课上拿过竹针的方雨馨，买了一整套毛衣针，又买了鹅黄色的绒线，照着一本编织书，开始给未出世的宝宝织毛衣。

编织，恐怕是最容易消磨时间的活计。方雨馨虽是新手，却因仔细、用心，竟在一周内一针不差地织好了一顶小帽子。她欣喜地把毛衣拿给宋逸尘看，满心以为丈夫会夸赞她一番，宋逸尘却敷衍地瞟一眼那帽子，说："颜色不好看。"

方雨馨有些失望，"那你说什么颜色好看，我再织一顶。织好帽子，我再试试毛衣。"

宋逸尘笑笑，"这些东西，以后都可以买。不过，你爱织就织吧，就当打发时间。"

方雨馨说："买的和自己做的，意义不同。"

宋逸尘说："小孩会长个子，一件毛衣有没有意义，结果都一样，穿几天就得换。外面买的样子好看，做工也好——馨儿，我的意思是，你织着玩就是了，别太累着自己。"

方雨馨不领情，"不一样的，一针一线都用了心思、带了感情进去，不好看，也温暖。"

"哦，对，温暖牌毛衣。"

雨馨心念一动，"你穿过这个牌子的吗？"

"什么牌子？"

"温暖牌。"

不等宋逸尘开口，她又说："你前妻没给你织过毛衣吗？"

"这个……你怎么想起问这个？"

"随便问问。"

"那以后别随便问了。"

"怎么了？你跟你前妻已经是过去式了，干吗连提都不能提？"

宋逸尘看看方雨馨，目光落在她肚子上，想说的话就咽了回去。

"你们为什么会离婚？"

"好啦，别这样，你好像要问十万个为什么。"

话虽这么说，语气却很温柔。宋逸尘意识到方雨馨想挑起战争，立刻调整了态度，打起八分精神来对付雨馨的小性子。

为了雨馨肚里的孩子，他必须保持冷静。

"那么年轻就认识，也算是相识于微时，一句性格不合，就分了？"

方雨馨拿起婴儿毛线帽，扯开收口处的线头，开始拆帽子。

宋逸尘讨好地说："你织得挺好的，干吗又拆了呢？其实黄色挺好的。现在也不知是男是女，这颜色，男孩女孩戴，都好看。"

方雨馨笑笑，手不停歇地拆着帽子，却没再说什么。

在宋逸尘的印象中，这是方雨馨第一次露出她的棱角。此后，雨馨的脾气越来越坏，动不动就要发作一番。

相关资料显示，孕妇由于体内激素分泌异于平时，情绪容易波动。宋逸尘无可奈何，每日在怀孕的妻子和他深爱的前妻之间奔波，疲惫不堪。

人累了，就容易说错话。宋逸尘没觉察出什么，方雨馨却已在好几次斗嘴中，套出了他和沈墨离婚的真实原因。

有一次方雨馨问他，为什么上一段婚姻持续时间那么久，却没有生个孩子。宋逸尘先说不想要，那会儿经济状况不好。在方雨馨的追问下，他又回答说想做丁克。方雨馨笑道，万一不小心怀孕了呢？难道也坚持？他的回答是，没有万一。

还有一次，方雨馨说她在上海见过父亲，又说父母的婚姻就是一个壳，她搞不懂他们为何不离婚。宋逸尘说，离婚，不仅要有离婚的原因，还要有离婚的目的，少一样，都没必要瞎折腾。方雨馨立刻问，那你跟前妻离婚的目的是什么呢？宋逸尘飞快地回答，开始新生活啊！他自以为这句话说得巧妙不已，方雨馨心里想的却是：原来如此！新生活，就是你想当爹呗！因为你和前妻在一起，她连万一怀孕的可能性都没有。

方雨馨渐渐放弃了自欺欺人。没错，许希哲的报告并不完全准确，但宋逸尘和沈墨的关系，也绝不是普通离异夫妻那样简单。

方雨馨常常回味许希哲在电话里说的话，每一句，都像是蕴含着特别的含义。

她也因此再次想起乔晔。出现在方雨馨脑海中的乔晔，容貌和身影都很模糊，只知道那是一个年轻的男性。倒是他们从前经常约会的地方，康城江边的那片水杉林，清晰如画，仿佛就在方雨馨眼前。

水杉，大概是方雨馨最熟悉的一种植物。闭上眼睛，她也知道一年四季中，那身形秀逸的植物有着如何细微的变化。最近她总是想起汛期被江水漫过的水杉，树干被水淹没，徒留上半截身子，远远望去，水杉林成了一片灌木。她常常担心，汛期过后，那片树林会变成荒地，没有树，只有东倒西歪的、腐烂的朽木。事实证明，她实在不必如此操心。当江水退去，水杉林会奇迹般重现，树干上多日不褪的水渍，是它们曾经历恶战的纪念。这纪念也不是恒久的，终于，水渍消失，水杉长得更高更粗。洪水，只是让它们的根系向地下伸展得更深更远。

在如何适应环境方面，水杉自有一套本领。

当然，也有一批水杉会在水中死去。它们先天不足，或者正赶上病衰期，一场大水，就会要了它们的命。

每年汛期的江水，是水杉必经的折磨。江水退去，真相显现，留下的，是适合在这片特殊地域生存的植株。

方雨馨觉得，她也在遭遇生命的折磨。她所遇到的事，遇到的人，都是汛期的江水。

快结束吧！江水退去，她才能看到真相，才能知道自己是死是活。

因为，她在日复一日的磨折中，已看清了水的真相——它的力量太过强大，足以将她毁灭。

"我不能要这孩子。我要离开这片水域。"

这念头一出现，方雨馨就堕入了深黑的长夜中。伸手不见五指，但能听到自己的心声。

她不爱这尚未诞生的孩子，不爱。她从未想过这么快就成为一个孩子的母亲，她至今都没有坦然接受怀孕的事实。她之所以没有打掉这孩子，全因宋逸尘的态度。他要这孩子，要定了。他对她的关心、爱护、体贴，全是为了她腹中这块肉。

而她，她不过是顺着他的意思，做一名称职的孕妇。

她悄悄去了一趟医院，咨询能否拿掉胎儿。她不知道，保姆梁阿姨不仅负责照顾她的生活，还被授意监视她的行踪。当她进入医院产科诊室时，宋逸尘已接到了梁阿姨的报告。

3. 摊开了也好

"你去医院干吗？"

今天不是产检日，方雨馨却去了医院，且是另一家医院的产科。宋逸尘急了。

"你怎么知道我去医院了？"

宋逸尘现编道："我刚好看到你从医院出来，打你电话，却说不在服务区。"

方雨馨说："是吗？我是去过医院了。"

"你哪里不舒服吗？也不让梁阿姨陪你。"

"心里不舒服。"

宋逸尘瞅着方雨馨，斟酌着词句。

雨馨瞟他一眼，"我不想要这孩子了。"

"霍"一声，宋逸尘从沙发上站起来，瞪着眼睛，低吼道："你疯了！"

方雨馨也站起来，看着宋逸尘的眼睛，一字一顿地说："我疯了。"

在方雨馨的目光下，宋逸尘心慌意乱，不知接下来该说些什么。

"我……我……来，坐下来，坐下来。"宋逸尘上前一步，伸手按住方雨馨的肩膀。

方雨馨没有反抗，顺从地坐回到沙发上。

"你……出什么事了吗？你爸身体还行吧？你想做什么？我陪你。"

宋逸尘一边观察雨馨的脸色，一边说着安抚的话。再坚持三个月，他就能见到自己的亲生骨肉了，无论如何，他都不能做傻事。

方雨馨只是摇头，脸上露出高深莫测的微笑。宋逸尘心急如焚，终究忍不住，压低嗓门问道："你是跟我怄气，故意这么干，吓唬我，是不是？"

假如方雨馨点头，他会顺口说出一堆承诺。只要确保他的孩子顺利降生，叫他做什么都可以。

宋逸尘死死盯住方雨馨，唯恐错过她的一个表情。

"不，我不是跟你怄气。"

"看，你这样说就是在跟我怄气嘛。"宋逸尘干笑着，声音发虚。

"随便你怎么想，反正，这孩子我不想要了。"

"那不行。你不想要，也要生下来。我不会，也不允许你干出荒唐事。"

方雨馨低头一笑，再抬头时，眼眶里全是泪。

"没错儿，是你要孩子，而不是我想要。今天，你总算承认了。"

"我承认了什么？总之一句话，你无权私自决定不要这孩子。再说都六个多月了，你以为你想不要它，医院就会满足你的要求吗？"

"宋逸尘！"方雨馨从茶几上的纸巾盒里抽出一沓纸，擦擦眼睛。

"你承认了，你跟我结婚，就是为了让我给你生孩子！"

宋逸尘愣住了。

"你干吗不说话？"

方雨馨看着宋逸尘，内心苦极。都是真的，她的猜测、判断，都是真的。

奇怪的是，事到临头，她所希望的，居然还是宋逸尘的否认。

否认，意味着撒谎。

在谎言中，宋逸尘会说：我爱你，所以我才希望你为我生儿育女。

他说了，她也不会信。她不爱他，但希望宋逸尘能温柔地看着她，轻轻说出这样的谎言。在荒芜的婚姻里，虚假地被爱也是好的，至少，她可以因此再熬上三个月。

"雨馨，"宋逸尘开口了，"你总是怀疑我跟你结婚的目的，我倒不明白了，难道你嫁给别人，就用不着怀孕生子了？结婚的目的，难道不是为了繁衍生息？"

"你……"

"其实，我知道你的心结。你不爱我，所以才会有这么多的怀疑和抗拒。"

"我……"方雨馨语塞，脸色刷白。

表情和眼神，出卖了她的心。

她受伤了？宋逸尘看着方雨馨，压抑多日的怒火，腾腾窜起。受伤的人，难道不是他吗？他付出了那么多，难道方雨馨不该爱他吗？

怒火越烧越旺，火光掩盖了宋逸尘的完美计划。

"你别忘了，就算你不爱我，你父亲的命也是我救下的。就算你不愿意，你哪怕有点儿良心，也应该给我生个孩子。"

宋逸尘感到口干舌燥，给自己倒了杯水，一饮而尽。放下水杯，他看到方雨馨坐在沙发上，面白如纸。

他心里一紧，继而又想：摊开了也好，让她自己想想吧！

时间缓缓流淌，宋逸尘不动声色地观察着方雨馨，后者则像一尊雕塑，始终保持着同一个姿势。

宋逸尘走到方雨馨跟前，慢慢蹲了下来。

"雨馨！馨儿！"

无论他说什么，方雨馨都以沉默作答。终于，她站了起来，神色漠然地走进卧室里。宋逸尘跟在她身后，看着她拉开被子，脱衣上床。

她闭上眼睛，视宋逸尘为空气。

宋逸尘忐忑不安，犹如大敌当前，坐在床头地板上，不敢离开。良久，他听到方雨馨发出均匀的呼吸声，自己也浑身一软，拉了床薄被，躺在地板上，蒙眬睡去。

4. 我要跟你离婚

方雨馨好好睡了一觉。很久了，接到许希哲的电话后，方雨馨还没有睡过这样的好觉。

她睡得如此香甜，以至于醒来后竟感到不真实，以为她身在梦里。

她得到了一个残酷的答案，同时也得到了一个多日未有的好睡眠。她想，这是一个信号，意味着她开始接受真相。

接受，却不代表屈服。

起床的窸窣声惊醒了宋逸尘。他猛地睁开眼，看到雨馨，不由自主地露出关切之色。

"你醒了？"

方雨馨沉默地穿上衣服，去了卫生间。

保姆将早餐摆上桌，知趣地缩回她的小屋里。梁阿姨是有职业操守的人，做家务活、在男主人不在家时留心女主人的行踪，是她享有双倍薪水的职业要求。同时她也很清楚，在这两点之后，还隐藏着一个要求，雇主不会说，她也不该问，彼此心照不宣，才是得到高薪的基础。这要求就两个字：闭嘴。

"馨儿，今天去公园吗？我们去植物园吧！现在正是看花的时候，樱花、桃花、玉兰花。今天天气也好，没什么风。"

方雨馨摇头，依旧不说话。但这已是同意交流的前奏。宋逸尘略微放心，大口吃起早餐，边吃边问："那你想看电影吗？我陪你去看。"

"不想。"

她终于开口了，宋逸尘大感安慰。

"那你想去哪里？我带你去！"

"不必了，你忙你的吧。"

宋逸尘笑道："那哪行？你还没消气，我怎敢一走了之？"

听他这么说，方雨馨竟也笑了起来。

还没来得及高兴，宋逸尘刚吃下的一只煎蛋，变成冰冷的石头，堵在了他的喉咙里。

方雨馨笑着说："我不气，我不生你的气，只怪自己太笨。我父亲做手术的费用，我这辈子总会设法还给你。至于别的，那是我的人生，不是钱能买断的。"

说完，她低头吃起了早餐。屋子里静极了，金属汤匙和餐盘碰撞时的声响格外清脆，啜饮牛奶的声音、咀嚼的声音，都清晰可辨。

"你……我不明白你在说什么。"

方雨馨放下餐具。

"我要跟你离婚。"

"为了，我昨天的胡说八道？"

方雨馨注视着宋逸尘，"你说的是心里话。"

"我们休战，好吗？"宋逸尘恳求道。

"我们停战。你说过，离婚不仅要有原因，还要有目的。那我告诉你，我跟你离婚，原因很简单，因为我们从未相爱过。至于离婚的目的，你可以光明正大地跟你爱的人在一起，你也可以娶愿意为你生孩子的人。对了，我记得你是生意人，离婚前我们可以算笔账，比方说你为我父亲付的手术费，我可以给你写欠条。你放心，亏不了你的。"

宋逸尘拼命克制着情绪，因为他已看出了方雨馨的变化。他不知这变化从何时开始，他看到的是变化后的结果。眼前这名神情肃穆、目光清冷的女子，是陌生的，也是可怕的。宋逸尘在商场上曾与有着类似神情的女士交手，深知她们的杀伤力。

他决定认真地和方雨馨谈谈。

宋逸尘找了个理由让梁阿姨出门，从现在开始，至少有一个小时的时间，这套公寓里只有他和方雨馨两人。

"雨馨，你想好了吗？"

"是的。"

"我倒认为，你还有许多地方没有考虑进去。"

方雨馨做出洗耳恭听的姿态。

"第一，你现在的情况，不宜离婚。孕妇、产妇是受保护的对象，你的离婚不会得到支持。第二，离婚后你去哪儿？你没有独立生活的能力，也没有独立生活的空间。就算你没怀孕，仍旧在工作，在上海，你赚的那点工资，连租房都不够。回康城，那地方太小，没什么工作机会。再说，你家的情况我大致知道，你……我想，你也不会愿意回去的。第三，你说要算笔账，要给我写欠条，我很想知道这笔账怎么算。你不觉得，这是在侮辱我，也是在羞辱你自己吗？你父亲的手术费是我付的，他也因此死里逃生，这是事实，我们没必要回避，也没必要害臊，更谈不上谁吃了亏谁占了便宜。你非要算账，我也不客气，一件件事情都算清楚……"

在他的侃侃而谈中，方雨馨脸色微变，牙齿咬着下唇，显然再次陷入矛盾中。

良久，她才开口。

"你厉害！这一条条，都是我的软肋。你算准了我逃不过你的手掌心？算准了我离开你连生活都成问题？"

"我只是帮你理清思路。"

"谢了！第一条确实需要考虑。我可以先做引产手术，再跟你离婚。"

宋逸尘眉心一跳，冷冷地说："那么，从现在开始，你一步也不能离开这个家门。"

5. 乱的根源

方雨馨跟宋逸尘打了一架。

她当然不是宋逸尘的对手，受伤的却是宋逸尘。为着她肚子里的孩子，宋逸尘只能尽量挡住她出门的路，脸上、耳朵上，都是被方雨馨用指甲划出的血痕。

方雨馨怎样都无法冲出这个家门，她越来越焦急，也越来越狂乱，她的动作幅度越来越大，嘴里的叫骂声越来越尖利……她跌下了理智的悬崖，落在疯狂的海绵垫上。她爬到床上，手里还拎着她的旅行袋。她拖着旅行袋，从床的这一头走到另一头，又跳到了地板上。趁着宋逸尘朝床这边冲过来的空当，她奔向了无人看守的大门处。她在宋逸尘怀里扭来扭去，忽然改变了两手袭击的目标，不去推打宋逸尘的脸和身体，而是击打自己的肚子。

宋逸尘低下头，用力掰开她的手，用身体护住她的肚子，任由那些拳头砸在他的脑袋上。

"雨馨！雨馨！"

他嘶哑着喉咙，语气惊惶。

"都好商量，都好商量！你别这样了！求你！"

宋逸尘同意方雨馨去做引产手术，自然是不得已而为之的权宜之计。他在家守了方雨馨两天，当着她的面给医生打电话，咨询与手术相关的问题，甚至跟一家声誉较好的私立医院取得联系，预约了前去检查和手术的时间。

只要体检正常，医院当天就可安排这台手术。

方雨馨亲自和医生通过电话后，陷入忧思中。时间一分钟一分钟过去，她对腹中胎儿的愧疚之意越来越大。每一次胎动，都令她泫然泪下。孩子啊，难道你已知道自己的命运，你着急，却无奈，才动得这样厉害？

趁着方雨馨状态稳定，宋逸尘出门透透气。他叮嘱梁阿姨万分留意方雨馨的行踪，他本人就在小区附近的咖啡馆里，有事可随时给他打电话。

站在咖啡馆门口，宋逸尘看到了坐在角落里的沈墨。

昨天接到宋逸尘的短信后，沈墨从川沙赶到了市区，在前夫家附近的酒店里住了一晚。

宋逸尘只说大事不妙，最好与她见面商量。沈墨猜想，多半是方雨馨发现了她和宋逸尘的交往。不管怎样，方雨馨现在是宋逸尘的正牌妻子，没有爱，也会有尊严和权利受到挑衅之感，想必她会借题发挥，大闹一场。直到见到宋逸尘，听他说出"引产"两个字，沈墨才明白到底发生了什么。

"你同意了？"

宋逸尘点头，"没救了。她是情愿搭上性命，也不肯生下这孩子。"

"你愿意吗？"

"我愿意吗？我愿意不愿意，有用吗？瞧你这话问的！"

宋逸尘笑着，一行眼泪却顺着他的脸颊淌了下来。

沈墨的心脏抽搐了一下，对宋逸尘的苦，她感同身受。

她沉默着，花了点时间梳理这件事。

"做手术的时间确定了？"

"明天去医院，检查后没问题就做了。"

"这手术不能做。"

宋逸尘看着沈墨，"你有办法？"

沈墨垂下眼睑，避开他的视线。

"可以试试。但我出面合适吗？"

"你出面？当然不合适！"

"那你要我来干吗？"

宋逸尘长叹口气，重重地靠在沙发上。

"我心里难受，得跟你说说。这件事我还能跟谁说？我跟你离婚，出钱给她父亲动手术，让她嫁给我，好不容易怀了孩子，好不容易啊，我要升级当爹了！结果，她说我娶她就是为了让她生孩子，我没权力买断她的人生……"

"等一下！她没提到我？"

宋逸尘惊讶地摇摇头，"提你干吗？还嫌事情不够乱吗？"

沈墨说："我在这件事里被雪藏起来了，这才是乱的根源。逸尘你知道吗？事情发展到这一步，最大的问题，就是你在骗她。"

沈墨的意思是，假如宋逸尘跟方雨馨结婚的目的，主要是为了生个孩子，实在算不得罪不容赦。繁育后代，原本就是婚姻的目的之一。

问题的关键，是宋逸尘没打算跟方雨馨过下去。

"她不知道这一点！"宋逸尘断然否认。

"你是没说，但她感觉到了。换了我是她，我想我也会像她那样做吧。"

沈墨神色黯然。身为同性，她对方雨馨是同情的，但为了自己，她又不得不站在宋逸尘这一边，狠狠打击她的继任者。

"你接着说。"

"女人若感到男人会离开自己，又怎会心甘情愿给他生孩子？你娶了她，心又在别处，你不是骗子，难道还是好人？"

沈墨瞥一眼宋逸尘，接着说道："行了，你别这样盯着我看。我知道你想说什么，你这都是为了我，我知道。那就告诉她，把你的计划全告诉她，至少，你还是个坦诚的骗子，她死也死得明白，活受罪也受得明白。"

宋逸尘连连摇头，"你饶了我吧！她才安静一点，再听到这些，岂不是要跟你我拼命？这些刺激，对胎儿也有影响吧？不行不行，绝对不行！"

沈墨冷笑，"都什么时候了，你还在挂念会不会对胎儿有影响？等到明天，她做了引产，任何影响都不会有了。"

这句话像拳头，击在宋逸尘的鼻梁上。他的脸因痛苦而扭曲，肩膀一颓，整个身子陷进了沙发里。沈墨见他如此可怜，叹口气，站起来，走到他身边坐下，手搭在他肩膀上，轻轻抚摸着，像安慰一个孩子。

两人都沉默着，隔着衣裳传递彼此的体温，也传递着彼此的温情。

一片阴影，投射在他们身上。两人的心同时一沉，因为那阴影也投在他们的心里。

"宋逸尘，沈墨。"有人叫他们的名字。

6. 宋逸尘尴尬至极

"你……怎么出来了？梁阿姨呢？"宋逸尘站起来，结结巴巴咒骂了一句。

方雨馨在他们对面坐下来，顺着宋逸尘的目光朝窗外瞟了一眼。如果她没猜错，这会儿梁阿姨要么已出门找她，要么正在给宋逸尘打电话。

果然，宋逸尘的手机响了。他按了接听键，说声没事儿就挂断了电话。

沈墨的手早就离开宋逸尘的肩膀，此刻双手交握，垂首无语。

久闻不如见面。第一眼见到方雨馨，沈墨心里"咚"一下，这女孩儿有些面熟啊！随即她就明白了，方雨馨跟她有些像，像在脸型和眼睛上。看来，宋逸尘心里果然只有我一人，她想。也未必，人说我是标准美女，像我这样的脸型和眼睛，原本就是某种标准模板……沈墨的心思，瞬间起伏了好几次。当她的目光落在方雨馨隆起的肚子上时，种种思绪都凝固了。

"沈墨？"

方雨馨的招呼声，把沈墨从呆怔中唤醒。

"是我。"她开口应答,声音低,带着歉意。

宋逸尘坐立不安,唯恐方雨馨受到刺激,在这里大闹起来。他走到雨馨身边,忐忑地、缓缓地坐下来,用商量的语气问道:"馨儿,我们回去吧?"

方雨馨没听见似的,目不转睛地望着对面的沈墨。

沈墨也抬起头,呆呆地望着方雨馨。

宋逸尘尴尬至极。

"雨馨,我可以这样叫你吗?"沈墨的大脑重新运转起来,声音也镇定多了。

"无所谓,怎么称呼,不过是个符号。"

"就算是符号,意思也各不相同。宋逸尘叫你馨儿,我就叫你雨馨吧。"

宋逸尘不自在地挪动了一下身子。

"你用不着跟我套近乎,也别在方雨馨这几个字上玩文字游戏。"方雨馨打断沈墨,"你和宋逸尘都当我是三岁小孩。不过,我不怪他,也不怪你。"

沈墨想辩解,又自觉理亏,只好点点头,"你怨我们也是应该的。"

方雨馨身子一震。

"我们?我们是谁?你和宋逸尘吗?你们的关系,是过去式,我怎会去怨过去的你们?"

宋逸尘坐不住了,低声恳求道:"我们回去吧?回家谈?"

方雨馨扭过头,目光如电。

"我们?回家?谁的家?你的、我的、她的、我们俩的、我们三个的?"

"当然是你们俩的家！"沈墨立刻接过话。

"雨馨，我知道我错了，宋逸尘也错了。刚才你叫我别玩文字游戏，你自己怎么就纠结上了呢？大家都是成年人，有事谈事，没事就散了，谁有空谁就闹去——"

"墨儿！"宋逸尘见沈墨似乎也动了气，越发紧张。

方雨馨听到宋逸尘如此唤着沈墨的名字，又见对面的女人虽已不算年轻，容颜、身材都保持得很好，再加上思维敏捷，说话果断，样样胜过自己，不由得心灰气短，两行清泪顺着脸颊缓缓流下，眼前的人和景物也模糊了。

再次看清这世界时，宋逸尘已不见了。沈墨坐在她身边，正替她把拭过泪的纸巾扔进小垃圾桶里。

她看到沈墨手指上淡淡一圈伤痕。很淡，却依然刺眼。

她看到那只手在微微颤抖，仿佛哭泣的人不是她，而是沈墨。

她抬起头，看到沈墨的眼睛。那双眼睛里，没有胜利，没有得意，也没有喜悦和愁苦。方雨馨从未见过如此复杂的眼神，复杂到所有内容都沉入眼底，她能看到的，竟只是澄澈、透明。

7. 合法工具

宋逸尘在沈墨的示意下暂时回避。他心神不宁地回到家，给保姆放了半天假，自己动手，在厨房里煮水、切水果、摆放糕点盘，眼睛时不时地瞟一眼手机屏幕，唯恐漏过一条短信或电话。

沈墨能让方雨馨平静下来，并离开咖啡馆回家吗？不知等了多久，宋逸尘听到了开门声，他迎上去，不仅看到方雨馨，还看到了沈墨。

尽管他想象过这样一幕，真正见到了，还是目瞪口呆。

两个女人进屋后就进了方雨馨的卧室，关上房门，喁喁私语。他一个人坐在沙发上，面对三杯冒着热气的白开水。水果和糕点还在厨房里，他忘了端出来。事实上，让它们待在厨房也好，反正没人理会它们，就像那三杯白开水，热气散了，水温了、水凉了，宋逸尘依然坐在沙发上，两个女人也依然待在卧室里，没人理会它们。

房门"咔嗒"响了，宋逸尘从沙发上惊起，冲到离房门一米多远的地方，又猛然停下。

方雨馨出来了，看也不看他一眼，径直去了卫生间。沈墨出来了，眼睛红红的，望着宋逸尘，微微点了点头。

宋逸尘茫然无措，并不理解沈墨的意思。这漫长得恍若经年的个把钟头，妻子和前妻之间，进行了怎样一场谈话？

后来，沈墨告诉宋逸尘，她的判断是正确的。方雨馨恨的并非他不爱她，而是他的隐瞒。沈墨却在方雨馨的目光落在她手指伤痕上的那一瞬，洞悉了这年轻女子的内心世界。

方雨馨只有二十二岁。毫无疑问，这是一个信奉爱情的年龄。突如其来的风暴会摧残她对真爱的信念，但她毕竟年轻，毕竟还没看过太多人世间的丑恶和黑暗，她的心上有创伤，却还没有蒙上灰尘和油腻。沈墨知道，除了百分之百的坦诚，她没有第二种方式，面对这个受伤的、可怜的年轻女子。

在咖啡馆，她对方雨馨说："手指上的疤痕，是一道符，提醒我人生没有回头路可走。你想知道的所有事，我都会告诉你。"

雨馨沉默良久，点点头，说："好，我想知道一切。我们走吧！"

她们同时起身，并不看对方，方雨馨走在前面，沈墨紧跟着她。户外阳光灿烂，春风和煦，空气中弥漫着植物的芬芳，令人欢喜得想痛哭一场，又难过得想对着满眼春光咧嘴而笑。

此刻，方雨馨已听完宋逸尘和沈墨的爱情故事。她忘了她的身份，被宋逸尘和沈墨年少时的青涩爱情给打动；她感同身受，完全理解沈墨因丈夫的忽视和懒散心生的委屈，对沈墨一时冲动之下与老同学出游，既能谅解，又感不安；当沈墨说到她自残的那一幕，雨馨的心弦差点儿崩断。她知道，沈墨这样做，尽管有借此重获宋逸尘信任的动机，更多的却是为自己，她对婚姻已失去信心，她不懂为何会走到这一步……当她听说宋逸尘用同样的手段报复沈墨时，她的心冰凉冰凉的，为这段爱情唱起了挽歌。

沈墨说，她和宋逸尘的关系，是酿一桶葡萄酒，葡萄没问题，酿制过程也没问题，贮藏时却出了麻烦。

"我们的家，是个酒窖。酒窖需要的是稳定，温度、湿度、安静、没有震荡。我们缺乏这些。"

说到这里，沈墨停顿了很久。她想到不久前买下的墨语酒庄，爱情、婚姻、家庭，杯酒人生，人生如酿酒。

她真想告诉方雨馨，爱情必然会消逝，爱情必将死去，重要的是它曾存在过，并将两个陌生的男女合为一体，好比葡萄榨成汁、酿成酒，她和宋逸尘之间，已分不出谁是谁，他们俩，就是一桶酒，好或坏，都是一个整体。

方雨馨陷入沉思。沈墨的不孕症在她意料之中，但这三个字从沈墨嘴里轻轻吐出时，方雨馨才真正明了，这，才是跟她的遭际紧密相关的重大事件。

电水壶发出"汩汩"声，水开了。

宋逸尘重新捧出三杯白水，依旧忘了水果和糕点。方雨馨坐在长沙发上，沈墨坐在朝南的单人沙发上。

他踌躇了一会儿，也坐了下来。

三个人一人占据一面，几分钟的沉默后，方雨馨开口了。

"事情我都知道了。事已至此，也没什么好后悔的。"

宋逸尘和沈墨的目光在半空中碰了一下，都看到了对方眸子里闪现的那道希望之光。

"你们打算怎么办？"方雨馨问。

她将宋逸尘和沈墨并称为你们。几小时之前，她还为这样的说法而怒气冲冲。这种改变，让沈墨既愧疚又安慰。

沈墨看着她："希望你留下这个孩子。"

方雨馨转向宋逸尘，"你呢？"

宋逸尘点点头，"嗯。"

"然后我离开？离开我亲生的骨肉？"

宋、沈两人都不敢接话。

方雨馨却笑了笑，自问自答："我当然可以不离开。不过，不离开，我得到的也不过是一个家的外壳。所以，我最好识相点，生了孩子就滚蛋。反正我就是一个生育机器，一个完全合法、合理的生育工具。"

"雨馨！"

"馨儿！"

沈墨和宋逸尘同时低呼了一声，脸色通红。方雨馨说出了真相，真相如此赤裸，令人羞于看见，也耻于听说。

"可我去哪儿呢？"方雨馨继续提问。

她的脸上露出了真正的忧伤。

"逸尘，你说得很对，我已无家可回。我不能回康城，我也不想待在上海。这世界之大，想来竟没有我的立足之地。"

沈墨站起来，脸上露出惊喜的、难以置信的表情。

"雨馨，你愿意留下孩子了？这是真的，是不是？"

宋逸尘也跟着站了起来。

"馨儿你放心，只要你愿意，愿意生下孩子，我……我……"

方雨馨点点头，疲倦地闭上眼睛，靠在沙发上休息。就在刚才，她做出了一个重要的决定，几乎同一时刻，腹中胎儿猛然动了好几下。

孩子啊，你是为自己有生的机会而欢喜跃动吗？

生命是一场悲喜交集、苦多于乐的旅行，你实在用不着欢喜。

也许，你是因怒而动吧？

因为，我，正打算以你之名，与你的父亲，以及未来你视为母亲的人，谈一笔数额巨大的交易。

第十三章　似是故人来

　　方雨馨对过去讳莫如深，似有伤痕，冯城不舍得触碰，唯恐引她伤心。突然之间，犹如舞台上的幕布拉开一角，露出台上的布景，冯城知道雨馨的过去与宋逸尘相关，反而放下心来。

　　事情往往就是这样，私藏了数年的秘密，一旦被揭开，就像卸去压在身上的包袱，压力轻了，动力也相应减少。

1. 请记得当年的约定

　　"逸尘，让我见她一面！让我见见小雨！"

　　方雨馨的身子朝前倾了倾，几乎是低喊着哀求宋逸尘。

　　宋逸尘看着她，良久良久……

　　"你忘了我们的约定吗？方小姐，你提出这样的要求，实在欠缺考虑。"

　　"我……就见一面，让我好好看看她。"

　　宋逸尘的表情严肃起来。

　　"你已见过她了。就是你在必胜客看到的女孩，你看到的正是小雨。"

方雨馨脸色刷白，脑海里立刻闪现出那女孩儿的影子。那是她女儿，她亲生的女儿！她在多年以后，在人群中一眼认出了只在出生时见过、抱过的女儿！

"你……说的是真的？"她的声音发抖，不敢相信这样的奇遇发生在自己身上。

"是的。沈墨带着小雨去吃饭，看到你，她吓得不轻，赶紧带女儿离开了。"

雨馨闭上眼睛，睫毛仍抖动着，泪水无声淌下来，染湿了脸颊。她沉浸在见到女儿的回忆中，恨不得立刻飞到上海，立刻奔到女儿身边，把她抱在怀里……

宋逸尘的话，将她从想象中拔了出来。

"雨馨，我必须提醒你，除了当年我们的约定，从小雨的成长这方面来讲，也请你避免再跟她见面。"

"逸尘，前面你还说，当年我们没把话说死，尽量不要再跟彼此发生纠葛，是尽量，而不是绝对、必须。"

宋逸尘说："那是指你和我、你和我们之间。说到小雨，你应该很明白，当初我答应了你的所有要求，一分钱没少，一秒钟没耽误。说句难听话，我们已经两清了。至于哪两清，你心里有数，我也不会说出来。总之，小雨是我的女儿，在这个世界上，没有任何东西能跟她相比。"

方雨馨面白如纸，肩膀耸动着，极力控制着自己的情绪。

宋逸尘的话，她无可反驳。当年她留下女儿、带着一张银行卡离开时，她就失去了再见女儿的权利。那时，小雨还是一团粉红的肉团儿，固然可爱，她也固然舍不得，但她想，这孩子的出生并非出自她的意愿，她也没有接受做母亲的现实，需要和疼爱这孩子的人，是沈墨和宋逸尘。既然如此，她何必跟生活死磕呢？

她让护士给她注射了退奶针，出了月子就离开上海去了深圳。对女儿的思念和牵挂，比不上她卸下负累开始新生活的欢喜。她有钱，有青春，有健康的身体，一切都还来得及。

直到某个夜晚，毫无征兆的，在梦里，她梦见了那个小肉团儿，梦见自己抱着女儿，微笑着看着怀中的婴儿，那温馨和满足的场景，甜美得令人不舍得醒来。而醒来后，方雨馨发现，她的枕头已被泪水打湿。

此后，类似的梦境，不期而至，飘然而去。咸咸的眼泪，甜美的梦境，现实与幻景，现在与过去。过去她断然舍弃的，竟是深沉的遗憾，年深日久，非但没有减少一分，反而重了许多。

宋逸尘见她如此，暗暗叹了口气。往日两人相处时的情形，他印象深刻的，多半是方雨馨怀孕后的乖僻无常，这会儿，他倒是想到了跟雨馨初识时的点点滴滴，不禁恻然。

"好了，别这样。小雨跟我们在一起，百事无忧，多好。为了让她生活得简单些，我和沈墨付出了最大的努力。所有人都知道，沈墨是小雨的亲生母亲。她很大年纪才怀了这个孩子，宝贝得不得了。没人怀疑这一点，所有人，包括我们的亲戚和好朋友。老实说，就算你告诉大家，小雨是你生的，恐怕也没人会相信你说的话。"

"我知道，知道的人越少，对小雨越好……"

"换个话题吧！雨馨，你现在是长期待在上海，还是上海、康城两头跑？"

话题换了，宋逸尘关心的主题却没变。

"眼下是常驻上海，负责华东区的市场，康城这边的业务，附带着做一点儿。"

宋逸尘皱起眉头，"那要在上海待几年了。"

他喝了口咖啡，扭头望向窗外，目光越过街景，投向半空中一朵云上。

忽然，他发现那朵云中坐着一个人。

定睛再看，他看到的不是云，而是街对面"苏打"冰饮室露台上一把云朵样的阳伞，伞下坐着的人，在他的眺望中站起来，离开了这朵"云"。

宋逸尘恍然大悟，那个人，不正是冯城吗？

顷刻间，他茅塞顿开，重新望向方雨馨，仔细端详着这名既熟悉又陌生的女子。

比之多年前，方雨馨身上少了那种甜美、娇俏的味道，那份令人心折的茫然无措的神情，即便在方雨馨落泪时，也无踪可寻。毋庸置疑的是，方雨馨依然很美，甚至，去掉了青涩、懵懂，这名略带风霜的女子，更添了几分神奇的魔力。正是这种难以言说的魔力，才使他觉出冯城对方雨馨的恋慕之意时，油然生出了嫉妒之意吧？

2. 美酒加咖啡

"他喜欢你。"

方雨馨眉头蹙起又展开，知道宋逸尘指的是冯城。

她脸上自然而然绽开的笑意，让宋逸尘不大自在。他咳嗽一声，定了定神。

"我说雨馨，这么多年了，你应该早就结婚了，怎么看上去还

240

像是单身？"

方雨馨说："不是像，是事实。"

宋逸尘笑道："遇到对你好的，就别犹豫了。"

他朝街对面望了一眼，"我很抱歉，见到你太激动了，一不小心，让冯城知道了你和我的关系。不过，那只是一段短暂婚史，只要没有孩子，谁在意这个？我向你保证，假如冯城向我打听你的事，我必定三缄其口，告诉他，一切以你说的为准。"

方雨馨听出他的意思，无非是警告她：休提小雨。

她笑了笑，一时无语。

宋逸尘开始大谈他所知道的冯城，冯城的母亲，冯城的家境。

"这男孩很不错，长相、人品、家庭环境，样样拿得出手。像这样的男孩，不愁找不到条件般配的女朋友。你的条件当然也不错——"

忽然，他话锋一转，"谈情说爱是两个人的事，谈婚论嫁，则要复杂得多。我的建议是，就算你觉得他是合适的人选，过去的事，有些当讲，有些则不当讲。如果你不打算跟冯城有所发展，只是作为普通朋友交往，真没必要互相交代认识之前的种种经历。"

方雨馨喝了一口咖啡。

"我还真没打算跟他有所发展。不过我还是要谢谢你，你的话，给了我不少启发。"

宋逸尘见她脸上愁云已散，料想是自己这一番话产生的作用，不禁嘿嘿笑了起来。

"谢我做什么？你我之间，用不着这样客气。这些年我也惦记着你，每年小雨过生日，我总会多喝一杯酒，那是敬你的。"

方雨馨笑道："可惜这里没有酒，不然我也敬你一杯。"

宋逸尘马上招来侍者，问"许愿树"可有酒类供应。

侍者回答说，单纯酒类没有，倒是有加了酒的爱尔兰咖啡。

"那就来两杯爱尔兰咖啡吧！"

方雨馨叫住侍者，"不要加威士忌，加白兰地吧！"

宋逸尘"咦"一声，"奇怪！"

"嗯？"

"没什么。"

爱尔兰咖啡加白兰地才好喝。这是沈黛的名言。沈墨的"墨语酒庄"，每年都会从法国干邑采购一箱白兰地，送给姐姐沈黛享用。

方雨馨和沈黛素不相识，宋逸尘自然没必要在她面前提及此事。

同样，方雨馨也不会告诉宋逸尘，她在上海的某间小饭馆里品尝过一次这种咖啡，从此念念不忘。

威士忌和白兰地，方雨馨都喝不惯，后者她更熟悉一点儿。她看过费雯·丽和克拉克·盖博演的《乱世佳人》，也读过小说原著《飘》。那晚在小饭馆里，她和初相识的冯城一边喝咖啡，一边闲聊。她记得在那部小说里，女主角斯嘉丽有事没事就爱偷喝几口白兰地。冯城说，村上春树的《挪威的森林》，其中也多次提到白兰地。

冯城还说，他看过一部美食电影《芭贝特的盛宴》。电影里有一场令人目不暇接的盛宴，吃过水果，饮完咖啡，宾客的酒杯中斟上了香槟区的白兰地，美酒加咖啡，留住最美好的记忆，才算是盛宴完美的结束。

方雨馨朝窗外望了望，不知此刻冯城是否还在马路对面的冰饮室里。

一段悦耳的旋律响起，宋逸尘放在咖啡桌上的手机屏幕亮了。方雨馨眼尖，目光落在手机屏上的那一瞬间，她的心脏"砰砰"乱跳起来。

宋逸尘接通电话，用雨馨从未听过的温柔语气和电话那头的人说着话。

"我现在还有点事儿，明天就回去了。乖，听话，明天就能见到啦！"

他挂了电话，把手机重新搁在咖啡台上。

他为何要把这东西放在方雨馨面前？

他为何要把女儿的来电显示设置成她的头像？

小雨并不爱给他打电话，为何早不早晚不晚，偏偏在此刻给他打过来？

天意吧。宋逸尘只能如此总结。

所以，听到方雨馨问他，那是不是小雨的照片时，他点了点头。

"手机号码给我，我把照片发给你。"

待到两杯飘逸着白兰地特殊芬芳的咖啡端上桌，方雨馨的目光才从女儿的照片上离开，她放下手机，举起杯子对宋逸尘说："我敬你。"

3. 我的故事很长

冯城离开"苏打"冰饮室楼上的露台，那儿有风、有遮阳伞，但这八月末的天气，坐在露台上还是太热了些。

他惦记着方雨馨，视线不离"许愿树"咖啡馆的大门和落地窗之间。有时他也会瞟一眼手机，看看有没有短信或电话进来。

惦记归惦记，冯城倒也没为方雨馨的处境担忧。他对宋逸尘的印象相当不错，做生意守信用，谈吐、风度都很好。他也见过宋太太沈墨，夫妇两人实在般配。得知方雨馨是宋逸尘前妻时，冯城自然很震惊，但这震撼只在一瞬间。

——既是前妻，事情就已过去了。

方雨馨对过去讳莫如深，似有伤痕。冯城不敢触碰，也不敢妄加揣测。突然之间，犹如舞台上的幕布拉开一角，露出台上的布景，冯城知道雨馨的过去与宋逸尘相关，反而放下心来。

结过婚不算什么，前夫是宋逸尘，想来在那一段婚姻中，雨馨不会受太大的苦……当然，不苦的话，也就不会离婚了。他们大概合不来，喜欢对方，却过不到一块儿去。这也是叫人难过的事。也许还是不够爱吧，爱得够深，什么差异都可以克服……

冯城胡思乱想着，喝了两杯冻柠檬茶，眼睛望穿了，也没见雨馨或宋逸尘从那咖啡馆出来。

他决定到冰饮室门口去等，尚未出门，方雨馨来了。

冯城迎上去，拖住雨馨的手，把她拉到卡座旁。

"来，坐会儿，告诉我你跟宋逸尘谈得怎样，告诉我你心情好不好，让我来安排节目，哪怕你马上就要离开康城，剩下的时间，分我一点，行不行？"

方雨馨笑道："还有一个小时，客户那边的司机会到'许愿树'接我去机场。一个钟头，够我们说说话了。倒是你，你告诉我，怎么突然之间火急火燎的，像换了一个人？我还当你这会儿对我避之不及呢！就算不回避我，也会吞吞吐吐、支支吾吾，不知怎样跟我相处。"

244

冯城说："我没变，我是怕，就怕你的这些以为，以为我会回避你。"

方雨馨朝服务员摆摆手，"我就不喝什么了——哦，但我要坐会儿，还是叫点东西吧。"

她叫了杯苏打水，"那是我错啦，小看了你。"

冯城笑起来。方雨馨看上去心情不错，只不知是为他在这里等她，还是为了与宋逸尘的相逢和叙谈。

"刚才跟宋逸尘喝了一杯爱尔兰咖啡，你猜怎样？跟我们在社区小店里喝到的，完全是两码事。"

冯城心里掠过一缕清风。雨馨还记得初见那天，他们一起喝过的咖啡。

"我特意叫他们兑上白兰地，但端出来的那杯咖啡，只是有点儿白兰地的香气……每家咖啡馆做的咖啡，质量肯定有所区别，可这杯爱尔兰咖啡，跟我们喝过的相比，也实在太逊了。"

"咖啡豆质量有好有坏，煮咖啡的水平也有高低之分，还有，我猜老余的太太给我们喝的咖啡，用的是上乘白兰地。"

"老余的太太？"

冯城简单介绍了一下那家店的男女主人。

方雨馨说："等回到上海，你能再带我去那家店吃饭吗？我还想喝杯余太太调的咖啡。"

"当然可以，我这边忙完了就去上海找你。"

这句话说完，两人忽然都沉默了。

方雨馨轻咳了一声，"哎——"

她说："我是宋逸尘的第二任妻子，他现在的太太，是第一任。"

冯城想了想，点头表示理解。

"雨馨，你等一下，让我先说几句话。"

"也好。我的故事很长，你先说吧。"

冯城注视着她的眼睛，"现在，我说了。"

方雨馨看着冯城，摸摸自己的耳朵，表示她正洗耳恭听。

冯城说："我爱你！"

方雨馨的脑袋里轰然一响，心里有道堤坝被洪水冲垮了，洪水肆无忌惮地四处漫流，以统治者的身份宣布，它是全世界最温柔却最有力的主宰。

她喜欢冯城，她打算让这份感情止步于喜欢。她打算重演一遍她和蔡宇恒的交往史，不同的只是，她会将自己的过往经历告诉冯城，由他来决定，是做她的好朋友，还是干脆离她远去。

冯城的表白来得太快了。方雨馨但凡有一丝提防，那道堤坝也不会垮掉。

4. 别问值不值

"我也，我想……冯城，谢谢你，我不知该说什么，我大概在做一件残酷的事，但，我还是得告诉你。"

几分钟后，方雨馨强迫自己重新开口。她垂着眼皮，不敢看冯城，开始讲那个很长的故事。方雨馨从父亲生病开始说起，一点一点地讲，慢慢地，她平静下来……

冯城没发出惊叹声，没做出任何令人难堪的举止。他不停地给方雨馨递来纸巾，默默地握住她微微颤抖的手。

"小雨的母亲是沈墨。说难听些，我不过是名代孕妈妈。合理合法，结果却是一样的。"

方雨馨说，她的故事讲完了。

冯城依然握着她的手。

"我很难过，雨馨。我想骂谁一顿，但不知该骂谁。"

方雨馨抽回手。

"往事不堪回首。那是我的禁区，我一直不愿回顾。这些年离乡背井，与过去的朋友断绝往来，也是这个原因。想来都是白费力气，事情是自己做的，历史是自己写的，哪有假装没发生过、一笔勾销的便宜事儿？"

冯城没有回应她。

方雨馨也不再吭声。

她渴了，也累了。短短几个小时之内，她乘坐时光列车往返了两个来回，实在是疲惫不堪。

她捧起苏打水，一口气喝光，靠在卡座硬硬的椅背上，闭上眼睛歇一会儿。

不知过了多久，朦胧中，方雨馨的耳边响起冯城的声音。

"雨馨，你是小雨的妈妈，不是代孕母亲。你明白吗？不要被别人强加在你头上的标签给魇住。你只是太想救你父亲，偏偏那时候你遇到了宋逸尘。我不知别人怎么看待这件事，我只告诉你我的想法。雨馨，我敬佩你为了挽救亲人的生命所做的一切。别问值不值，做了，就是值得的。"

方雨馨笑了，却听到自己发出的是呜呜声。多少年来的纠结、怨恨，冯城这一句话就给化解了，化成泪水与哭声，通通发泄出来。

"雨馨，哭吧，如果流泪让你舒服，你就好好地哭一场吧！你常说我像植物专家，那你知道吗，在我看来，你和一种植物很像。"

冯城从座位上站起来，移到方雨馨身边坐下。

雨馨侧过头，睁大一双哭肿了的眼睛望着他。

"我有没有告诉过你？有一次，我跑到江边码头看运黄沙石子的货船，顺便到水杉林里走了走。酢浆草开得好极了，紫红色的、黄色的，颜色鲜嫩可爱，花朵也比我们在马路边看到的酢浆草要大。我想找野生的草莓，也许多走几步就能找到，偏巧接到厂里打来的电话，只好折返回去。"

雨馨点点头，声音因哭过而沙哑，"你对我说过。你说那儿还有一个开放式的公园，可以在烧烤区烤肉吃。你还想带顶帐篷，带个睡网，带上野餐篮和一点酒，在那儿待上大半天。"

"对，和你一起。"

冯城的语速急促起来。

"那一次，当我走在水杉林里时，我脑海里全是你的影子。我觉得你就像一棵水杉树。"

水杉……

方雨馨脑海里也浮现出江边那片树林。

成片成片的杉树防护林，树林后是高七八米的堤坝，堤坝外是一条双车道的柏油马路，名叫沿江大道。马路另一侧，连绵着宽约十米的树林，同样种植着杉树。穿过这一片杉树林，走下缓坡，一幢幢红色的四层楼房映入眼帘，这是康城老城区。

冯城告诉方雨馨，他小时候在康城住过一阵子，亲眼看见夏季汛期时半截浸泡在江水中的杉树，它们的根系牢牢抓住土壤层，既起到了防护作用，又保证了它们在水中屹立不倒。待到汛期结束，它们的下半截树干上残留着浓重的水渍；除此之外，它们风姿绰约，甚至比汛前更胜一筹。

冬季，有时冯城会去树林里散步。阳光照在光秃秃的杉树枝上，照在土面上厚厚的枯树叶上。那些羽毛般的黄色落叶，具有一种特殊的美感。它们将溶解于土壤中，化为养分，滋养自身。

杉树，是冯城了解的，一种能随着外界条件的变化而自我调解的植物。

"那时，我还不够了解你，但我觉得，你和杉树之间，一定有相同之处。"

方雨馨呆了好一会儿，粲然一笑，又叹一口气。

"但愿我像你说的那样好。"

5. 沁出话筒的酸意

方雨馨的这趟康城之行，收获自然不只是青柚科技园的订单。回到上海，她很难再像从前一样专注于工作，稍有空闲，她就拿出手机，盯着宋若雨的照片发呆。

蔡氏上海公司的人，很快发现了方总的变化。以讹传讹是流言的传播方式，高新华的耳朵里，塞满了方雨馨正在谈恋爱的消息。

盛佳琪听完舅舅的汇报，轻笑道："没有绯闻的女人，没有职场竞争力。这种事儿，你们还真信？总部这边更多关于她的传闻，男主个个非富即贵，几乎每个由方雨馨经手的项目里，都有一两个她的绯闻情人。舅舅，你说我能信吗？"

高新华听出外甥女语气里浓浓的酸气，急忙改变话风。

"当然不能信。一个女人，没背景，没根基，想做点事儿，怪不容易的。真的做出点成绩，风言风语也是难免的。"

"就是！不然我们公司形象都给她丢尽了！哪有靠这个去换项目的公司嘛？不过，我们也不能说方雨馨完全没背景没根基——"

高新华发现，外甥女对方雨馨的敌意，已超过他的预计。这两个女子，一个是亲外甥女、公司准老板娘，一个是毫无交情的同事、顶头上司，于私于公，他都该站在盛佳琪这一边。可是，不知何故，听到盛佳琪用粗俗的语言和挑衅的语气谈论方雨馨，高新华心里怪不舒服的，甚至有些后悔跟外甥女的这番通话。

"她能有什么背景？普通人家的女孩，到深圳闯一番，闯出点名堂来，不过如此嘛。"

盛佳琪轻轻一笑，"背景就是蔡氏呀！平台这么好，再加上蔡宇恒的提携、扶持，随便哪个人有她这样的机会，哪怕是个傻子，也能成功。"

高新华假咳了一声，想用长辈的身份跟外甥女说句话，提醒她要大气一些，如此拈酸吃醋，又是吃的捕风捉影的老陈醋，不仅自降身价，也会惹蔡宇恒厌烦。

盛佳琪却抢着说道："W项目，你们在上海忙了半年，一点儿干货都没捞到，方雨馨一到上海，就给拿下了。你知道是什么原因吗？"

"业务上的事，具体情况我不清楚。据说是她联系上了DC设计的雷蒙德先生、W项目的郑总工、柳总、江秘书，这几位，都是说话很有分量的人。"

盛佳琪"哼"一声，"没错。可你知道吗？雷蒙德先生，本来就是蔡宇恒的老朋友！"

高新华停顿一会儿，捋了捋思路。

"这么说，W项目，是蔡总暗地里帮了方总一把？"

"这还用说？你以为你们方总有多大的本事？"

"这倒也没什么，方总毕竟是蔡总的老部下，初到上海，蔡总帮她站稳脚跟，也很正常。"

高新华故意用轻松的语气解释这件事，名为替方雨馨讲话，实为劝解外甥女，想中和一下透过话筒沁出来的酸意。

不知是不是他这番话起了作用，再开口时，盛佳琪的语气平淡了一些。

"舅舅说正常，那肯定正常喽。我的意思是，方雨馨的能力不过如此，做个高级市场代表是可以的，把上海交给她，我还真有点担心。"

高新华竖起耳朵，想听听她的想法。偏偏盛佳琪又忽然失去继续谈论这一话题的兴趣，改口问起舅妈的身体健康，同高新华拉起了家常。

6. 太阳底下无新鲜事

方雨馨放下电话，望着咖啡馆窗外的街景发呆。两天来，她已是第四次拨打冯城的手机，电话是通的，对方却一直没有接听。

回上海后，冯城几乎每天都有电话过来，有时是中午，有时是晚上，没话找话讲，只想逗她笑笑。四季酒店的玻璃就要交货，厂里的钢化炉却出了问题，维修、调整，事情并不复杂，对冯城来说却也是不小的考验。他脱不开身，不能来上海看雨馨，有时露出想让雨馨去康城看他的意思，雨馨才要接话，他又改了主意。

忽然，他就没了声音。办公室的电话没人接，手机也不接。方雨馨担心冯城出了什么事，电话打到双城公司的总机，辗转接了几个分机，她才从主管生产的副厂长那里得知，冯城去了上海。

上海？方雨馨就在上海，冯城却并未现身。

看来，她没有被冯城的追求给攻陷是明智之举。宋逸尘说得对，冯城年轻、单身，条件那么好，多少女孩子趋之若鹜，他对自己，不过是新鲜好奇罢了。一旦知道她的过去，还是会犹豫。

方雨馨摇摇头，将冯城的影子从脑海中抹去。手机里有女儿的照片，她一天要看上无数回。照片中的小女孩，活泼、可爱，看得出受到了善待。雨馨真想见到女儿，抱抱她，亲吻她娇嫩的脸颊……

她重新拿起手机，点开女儿的照片，直到手机屏幕变暗。她刚想滑动手指，将屏幕解锁，却在黑色的手机屏上看到一个男人的影子。

"是你？"她冲着这吓了她一跳的男人嫣然一笑。

冯城站在她身后，胡子拉碴，眼神疲惫。

"上海这么大，星巴克这么多，我们偏偏走进同一家店里。"冯城笑起来，眼里有了光彩。

方雨馨心中欢喜，却想起什么，板起脸来。

"抄袭《卡萨布兰卡》里的台词。"

"是。世界上有那么多城镇，城镇中有那么多的酒馆，她却走进了我的。"

方雨馨看着冯城，那张疲倦的脸上挂着笑容。她刻意板着的面孔，不知不觉中柔和起来。

"出什么事了吗？你气色很差。"

"是，今天已经好多了，所以我出来透透气。"

他伸手指了个方向。此刻他们正在复兴路瑞金路上的星巴克，冯城手指向的是瑞金医院。

原来，冯城的母亲来上海参加同学儿子的婚礼，顺便跟老朋友们聚聚，却突发急性阑尾炎，在医院挨了一刀。冯城接到消息后就赶到母亲身边，一直在医院陪护。

"雨馨，去看看我妈，好吗?"

方雨馨点头，"理所应该!"

"要作为我的女朋友去看她老人家。"

"你想气死老人家吗? 我不仅结过婚，我还有一个女儿!"

方雨馨敲了一下冯城的脑袋。冯城顺势握住她的手。

"我知道。那又怎样? 你犯不着为此低看自己。我妈有过两段婚姻，我还有一个大我十岁的同母异父的哥哥，可是在我记忆中，我妈从未因这些事而沮丧过。雨馨，太阳底下无新鲜事。重要的是，遇见一个人，他爱你，心疼你。我不敢说我一定就是那个人，可你得给我一个机会，至少让我试一试。"

雨馨抽出手，温柔地说："以后再说吧，冯城。"

她看着冯城，没有忽略他眼中划过的那道失望。有那么一会儿，方雨馨颇为懊悔。不过，当她在医院里见到冯城的母亲程菲时，她只为自己的谨慎和坚持而庆幸。

7. 又一次与往事不期而遇

"妈，这是，方雨馨，我朋友。"

"阿姨好!"

"好，好。谢谢! 我不能坐起来，抱歉啦。"

方雨馨将手里的一捧百合放在病床边的柜子上，迎上那两道朝她望来的视线。

平躺在病床上的程菲，为自己无法坐起来而致歉，声音低柔，却让方雨馨心神一荡。待她看清程菲的面容，心里更是一阵激荡，几乎忘了她身在何处……

生小雨时，在那家私立医院为她接生的大夫，正是程菲。

方雨馨一边用力，一边痛哭。她不知哭了多久，也不知这死去活来的痛楚要持续多久，一个轻柔的声音忽然在她耳边响起："力气要用在一件事上，很快的。"

透过泪眼，她看到一名四五十岁的医生正朝她微笑。

那声音尽管轻柔，却透着一股说不出的力量。不知不觉中，方雨馨已停止了哭泣。她忘了自己的命运，不再顾虑她的未来，她心里只有这个就要见到的小生命。

"一二加油！"

"一二加油！"

"看到头发了！就要出来啦！"

她闭着眼睛，在那位医生的提示下深呼吸、用力。她听到护士们的加油声，那种欣喜、兴奋，仿佛她们要迎接的不仅仅是名小小婴儿，还是一名能带给人幸福与快乐的小天使。

小天使……来，一起加油，让妈妈看看你的模样儿！

忽然之间，方雨馨感到浑身一松。只隔了一两秒钟，她听到婴儿的啼哭声。

她明白发生了什么，精疲力竭中，她听到那个轻柔的声音对她说："好漂亮的宝宝！像妈妈一样漂亮！"

"让我看看她！"她说。

"稍等，一会儿就给你看。"

"现在就让我看。"她恳求道，唯恐迟一秒钟她就看不到自己的亲骨肉。

"等一下。"她听到护士敷衍的回答。

"快点儿。"她竟然挣扎着，想从产床上坐起来。

"别！"医生制止了她，"在给你缝伤口。你别急，马上就能看到你的宝贝，还要给她吃初乳。"

这轻柔的声音仿佛对方雨馨具有魔力，她安静下来。

很快，她见到了自己的女儿。当那小肉团儿趴在她胸前，用力吮吸着她的乳头时，巨大的幸福袭击了她，巨大的痛苦也淹没了她。

"别哭啦！要笑啊！"

医生笑道："这是我最后一次接生，哪晓得运气这么好，接到一个最漂亮的女孩儿！你看她模样儿多可爱，多甜呀！"

最后一次接生……方雨馨不由扭头看了看医生，那张并不年轻的脸上，散发着浓浓的生命力，那双圆圆的眼睛里，闪烁着热情的光芒。

她垂下眼皮，视线在医生的胸卡上停了一下，将那个名字默默地刻在心里。

"你……坐会儿。"

程菲似乎也认出了方雨馨。

"您是，程大夫？"

话一出口，方雨馨的心情就平静了下来。

她曾那样害怕触碰往事，也曾那样小心翼翼地封锁着某个秘密，这半年多来，她却一次又一次与往事不期而遇，她也终于明白，害怕和封闭都是作茧自缚，坦然面对吧，她已受够了自我嫌弃。

程菲淡淡一笑，"多少年没人这样喊过我了。"

"我记得您。"

方雨馨在床边一张靠椅上坐下来。

程菲注视了她一会儿，又把目光移向冯城。

"妈，你们认识？"

"城城，你去办公室看看，杨医生在的话，你问他我什么时候能出院，去吧。"

冯城应了一声，俯身在方雨馨耳边轻声道："我马上就回来。"

方雨馨点点头，待冯城离开，她对程菲说："我一直记得您。"

程菲微微点了点头，"我也是。那是我最后一次接生。"

她望着方雨馨，脸上慢慢展开一朵笑容。

"我们真有缘啊！"

"是，很巧。我跟冯城认识得也很巧。"

程菲眨了眨眼睛，"小姑娘现在好吗？一定跟你一样漂亮。"

方雨馨赶紧从包里取出手机，给程菲看宋若雨的照片。

"果然是个美人胚子！唔，不错，不错。"

"有机会让我见见她。她一出世我就抱过的呀！"

方雨馨为难地笑了笑，想说点什么，冯城的声音已在楼道上响起，只得勉强点点头，算是应下了。

第十四章 温馨一刻

她细细打量着方雨馨，越发心惊。幽暗光影下，这张面孔和宋若雨的面孔，恍若处在两个时空的同一个人。

她和小雨，究竟是什么关系？

答案仿佛在空气里，伸手一抓就有了。

1. 一年之尾

倘若方雨馨是以冯城女友的身份出现在程菲面前，恐怕她无法那样轻松地面对这名故交。多年以前，她曾在产床上感受到程菲的力量，如今，她看到更为圆熟的程菲，虚弱的病体、柔和沉静的目光、淡淡的笑容，即便如此，一种女性的温柔沉静的力量，依然源源不绝地从程菲身上传递而来。

方雨馨对程菲有着特殊的感情，钦佩和亲近感同在，这位女士的形象甚至偶尔会出现在她的想象中，成为她理想中的母亲的形象。

但她不敢想象，她和程菲之间站着一个冯城。

唉！方雨馨叹口气。她原本就不信好运会从天而降，但她仍感激冯城对她的爱与信任。做朋友吧，该是把话说清楚的时候了，她不应纵容冯城对她的感情。

决心已定，做起来却有诸多麻烦。冯城隔天就因工厂的事情返回康城，每天跟方雨馨打电话、聊微信，说的是各种琐事：午饭吃了一条清蒸鱼，天空蓝得耀眼，空气中飘来烤红薯的香味，这些下属不能用，新手机很好用，早晨起床看了几页《霍乱时期的爱情》，黄昏时绕着工厂跑了一圈，事先忘记活动身子，跑完后膝盖有点疼……

每句话说完，他就问一句，你呢？你吃了什么？你那儿天气怎样？你去健身房吗？上跑步机之前别忘记做舒展运动……

方雨馨不想太过热情，冯城却也无须她热烈回应，他问她答，他已足够满意。方雨馨主动提及的，就是程菲。在两人电话聊天中途，她常会问到程菲的身体恢复得如何。冯城对此的回答倒是简略得很，很好，不错，马上出院，有人照料，已经出院。最后一次他笑嘻嘻地多说了几个字，他说，你关心我妈超过关心我。

方雨馨说，那倒没有，但你妈妈是给我女儿接生的大夫，这些年来，我也很惦记她。

冯城沉默了一会儿，再开口时，他说，我忙完这一阵子就去上海，到时候我们一起想办法，让你和小雨见一面。

从十月到十二月，冯城来上海看过雨馨好几次，来去匆匆，聊天时提过小雨，却并没想出什么办法让她们母女相见。

方雨馨想告诉冯城，他们只能做普通朋友。可是，冯城每次来看她，不过是跟她吃顿饭、喝杯咖啡，说说话，两人连手指头都没碰……方雨馨若是再说那些话，倒显得可笑了。

临近岁末，方雨馨打算回康城看看母亲和兄嫂。再过两个多月，李蕾就要生了，雨馨给未来的侄子或侄女买了许多衣物，还去老凤祥挑了一块金牌和一个玉石坠子。做这些事情时，她难免会想到小雨，心情总是异常沉重。

快下班时，方雨馨抽空打开铁路官网，准备订一张去康城的动车票。高新华打来内线电话：蔡宇恒即将莅临上海。

让方雨馨惊讶的是，蔡宇恒的未婚妻盛佳琪也来了。

上海公司忙成一团。高新华忙着订酒店和餐厅，忙着吩咐人买新鲜水果和茶点。方雨馨则与蔡宇恒在会议室里先开了一个小会，向他报告这段时间整个华东区的工作。

略做总结后，蔡宇恒没有对方雨馨的工作提出任何建议，罕有地沉默起来。

"你在想什么？"方雨馨问。

"哦，我在想，怎么跟你说这事儿。"

"什么事？"方雨馨下意识地瞥了瞥会议室窗外，走廊上空无一人，她脑子里却划过盛佳琪的面孔。

"等一下要宣布一项人事任命。"

方雨馨的眉头突跳了一下，"这有什么不好说的？"

"好，那我说了。雨馨，盛佳琪要求做上海公司的老板。我……"

方雨馨点点头，"理所应当。"

"你能这样说，我就放心了。你还是做市场总监，负责具体的业务。以后，发给我的邮件给她报备一份吧。"

方雨馨换了个话题。

"你们什么时候结婚?"

"明年三月。这次来上海,我还要跟盛钧谈点事儿,公司这边我可能就不再来了。对盛佳琪,你只管敷衍就是,该怎么做就怎么做,不要顾虑太多。"

方雨馨苦笑。这话说得漂亮,傻瓜才会信以为真。

几分钟后,盛佳琪来到会议室,伸出手,笑盈盈地对方雨馨说:"这段时间辛苦你了。"

方雨馨轻轻握了握那只柔弱无骨的手,快速收回,笑道:"职责所在,盛总过奖了。"

两人互相恭维,说了些场面套话。

蔡宇恒笑道:"佳琪,方总一直跑市场前线,经验丰富,没事儿你跟她多聊聊,一定比我说的好听。"

接着他又对方雨馨说:"市场这边的工作还是照旧,有些重大项目,盛总希望参与的,你们一起去做。"

方雨馨点头应下,朝盛佳琪笑笑,心里却冰冰凉。

盛佳琪双手抱臂,眼皮垂着,嘴角挂着讥讽的微笑。身体语言和表情,泄露了她的内心。方雨馨初到深圳时进修过心理学,知道对面的盛佳琪,对她满怀防备和敌对心理。她迅速回忆了两人的交往过程,仍不清楚她在何时何地得罪过盛佳琪。

在这一瞬间,方雨馨萌生了一个念头。多年来,这念头即便出现过,也只是一闪而过,这一次,却如星星之火可以燎原一般,在她心里越烧越旺。

是我重新开始的时候了。一切的一切,重新开始。

回到办公室,方雨馨把旧台历扔进字纸篓,换上了新一年的台历。

2. 被架空的总监

重新开始。

八年前，方雨馨离开上海去深圳时，这四个字就刻在了她的脑子里。她执拗地让过去成为翻过的书页，翻过的一篇故事。

她不会翻回去重看旧故事，她要写一篇新故事。

在新的故事里，每句话，每个情节，都是她自己想写的。从离开上海的那天起，命运将掌握在她自己手里。

她确实改变了许多，她不再是从前那个天真、无知的女孩，她学会了如何在泥沙俱下的生活中低头闪躲，也学会了积蓄力量，让自己越来越强大。但她也渐渐明白，自己掌握命运，这话说起来倒是豪迈，而命运是条河，河有险滩，河有礁石，支流众多，河道迂回。你不能阻止河流奔向大海，你也很难改变河流的走向。个人能做的，不过是在命运的河流中练好泳技，有时顺流畅游，有时要小心避开漩涡，有时需要歇一会儿补充体力，有时又要一鼓作气赶在天黑前抵达某个安全的河湾……

蔡氏公司，不是某个安全的河湾，而是方雨馨借以藏身的壳。当她萌生出离开蔡氏的念头时，她感到了一种痛，撕心裂肺的痛。同时，她也清晰无比地看到一团热火在她体内燃烧，那是喜悦的火，是会变得更漂亮、更强壮、更自由的狂喜。

她对蔡氏的感情，是知了对蝉蜕，是蚕对老皮，曾经须臾不可分的一部分，如今已是束缚。

随后几天，她感到一种从未有过的松弛。

蔡宇恒果然没再到公司露面。盛佳琪天天来，会议室成了她的临时办公间，她在那里不停地召人谈话，与每个人开会的时间均不少于一小时。

整整四天，她唯独没和方雨馨开过会。

除了高新华对方雨馨一如既往，其余同事都在躲避这位市场总监。

方雨馨被架空了。

盛佳琪很快让自己变成前簇后拥的中心，市场部的员工已整整四天没出过外勤，日日守在办公室，靠电话、邮件与客户沟通，以便随时接受盛总的召见。

高新华倒是很少被外甥女叫到会议室。他的工作与业务经营无关，盛佳琪又要刻意显出自己公正无私的用人原则，对舅舅的态度反而多有不敬之处。从某个角度来看，这几天来，高新华看方雨馨，反而有种同是天涯沦落人的观感。

高新华虽是靠大舅子吃饭，却也并非无能之辈。他想得很开，有大树靠，自然要靠靠，面子不算什么，落得实惠才最要紧。盛氏变成蔡氏上海公司，新瓶装老酒，高新华的姐夫盛钧依然是股东，他却因此少欠了姐夫百分之五十一的人情，在他看来，反而是件好事。

方雨馨初抵上海，他很快发现此人一心做事，对人际关系毫无兴趣。高新华本人是处理人际关系的高手，反而对这样的人怀有特别的好感。随着时间流逝，方雨馨又拿下了好几个订单，他对这名年轻的市场总监心生敬意，好奇心大增，却又带着一些畏惧。这些稀奇古怪的感觉糅合在一起，令他对方雨馨的态度既恭敬又亲切，只是，他自己并没觉出来。

方雨馨每次出差，都是高新华亲自替她订机票车票，挑选合适的宾馆，住行安排得妥妥帖帖。方雨馨对高新华的配合非常满意，并由他的籍贯推而广之，觉得上海人细心、精明，是做行政、后勤的最合适人选。

透过办公室的玻璃窗，高新华有时会看到方雨馨静坐在办公桌前发呆。他凝望着那美丽的侧影，心中荡起一丝温柔的涟漪，很想知道那个脑袋瓜里究竟在想些什么。但当他敲门进去，与方雨馨面对面谈话时，他又谨慎起来，根本不敢流露出他想探寻她内心世界的欲望。

方雨馨心里在想什么，大概是这世上最难探知的秘密之一。甚至，即便她亲口说出自己的想法，也像是编故事，不可当真。

比如现在，他坐在方雨馨对面，听她说起一家开在小区里的饭馆，看她满怀深情地描述在那里吃过的牛排、饮过的咖啡，每个字都清清楚楚地飞进高新华的耳朵里，他却对这些话半信半疑。

他相信，在距离公司不远的某个老式小区里，有那么一家经营学生小饭桌的小店，也有那么一对恬淡散漫的夫妇。他不能相信的是，那间小店会提供超级美味的菜肴，还有用上好白兰地调配的顶级爱尔兰咖啡。

"惭愧啊！我在这儿待了好几年，却不知有这样好的地方。"

方雨馨笑道："我也是一个朋友带我去的。"

忽然她眼睛一亮，站起身，朝窗外的大敞间看了看。

"高老师，盛总那边还在开会吗？已经过了下班时间，我有点事儿，先走了。若是她问起来，你替我说一声。"

高新华识相，赶紧从座椅上站起来。

"我去看看。你有事你去忙吧，我会同她说的。"

目送方雨馨的背影消失在公司门外，高新华叹了口气。坐冷板凳的滋味不好受，方雨馨却没有露出丝毫不适感，反倒是他，替这名并未做错什么的上司感到难过。

耳边传来一阵笑声，会议室的门开了。盛佳琪在一群人的簇拥下走出来，看到高新华，她笑着吩咐道："高主任，打个电话给津典咖喱，看看现在还有没有位置——对了，把方总也叫上。"

高新华一边翻手机号码簿，一边说："方总刚刚走，她有点事，看你在忙，让我替她转达一声。"

盛佳琪顿了顿，淡淡地说："那就算了。"

她走到正在打电话的高新华身后，轻声道："舅舅！"

高新华不动声色，收线后一本正经地说："位置已经订好，去了报我的名字和手机号就行。没我什么事，我先走了。"

"舅舅……"

高新华看一眼嘟着嘴巴的外甥女，"什么事儿？"

盛佳琪委屈地眨眨眼睛，却说："没事儿。"

高新华挤出一个笑脸，低声解释道："我最讨厌吃咖喱了，去了津典，回家还得烧泡饭吃酱瓜。你们去吧！"

盛佳琪有她的目标和达到目的的手段，不能言明，只怪舅舅理解力欠缺，看不懂她的谋篇布局；高新华不喜欢看到市场部的人成天待在办公室不出门，看不惯这帮小滑头对盛佳琪的谄媚嘴脸，担心外甥女根本不是经营公司的材料。

甥舅俩都觉得自己是在为公司着想，又都不便告诉对方，而事实上，不便说出口，皆因两人各有私心。这个私心，就是方雨馨。

高新华对方雨馨的好感，仅能使他做到这一步。盛佳琪对方雨馨的清除行动，却才刚刚开始。

有盛佳琪的地方，方雨馨就得消失。为了达到这个目的，盛佳琪已对她的假想情敌开始了全方位的调查。

3. 亲子饭

穿过几条马路，方雨馨拐进了一个老式小区。市声被隔断在小区外，灯光从老余的小饭馆里透出来。方雨馨心中大喜，快步走了过去。

灯亮着，屋里却没有人。

方雨馨叫了两声，无人应答。她转身出门，惊喜地看到老余夫妇正朝她走过来。在他俩身边，还跟着一个小孩，想来是他们托管的某个小学生。

老余走在前面，"呀，是你！好久没见了。一个人两个人？"

方雨馨没有理他，浑身上下每个毛孔都被余太太牵着的女童给占据。

这不正是她在必胜客见过的女孩儿吗？她在手机屏幕上看了无数回的照片，她在梦里拥抱过无数回的小雨，是她吗？

是的吧？世间不会有如此相像的两个人。

不是吧？小雨就这样站在了她的面前？

她是在梦里，还是在现实中？

"你好啊！别站外面了，我们进去坐。"余太太朝她笑着，伸手拉了拉她的衣袖。

她感到了拉扯的力量，依然觉得这是在梦中。

"小雨，叫阿姨啊！"

小——雨！

"阿姨好！"

女孩的声音，甜甜脆脆的，像苹果，像蜜梨。

"哎！乖！"

方雨馨昏头昏脑地应了，脚底踩着一团彩云一般，随着他们进了屋。

还是那间屋子，在雨馨眼里已如仙境。灯光下，小雨的脸庞闪着莹莹光彩，头发乌黑，肌肤雪白，一双大眼睛忽闪忽闪的，看看余太太，又看看方雨馨。

老余对方雨馨说："今天我这里有从南汇乡下送过来的土鸡和土鸡蛋。鸡汤炖了一下午，现成的，我用辣椒给你炒碗鸡蛋，再炒盘塌棵菜。"

方雨馨喃喃道："煎蛋吧，不要辣椒。"

老余转身去了厨房，余太太请方雨馨在一张大圆桌边坐下，她与那女孩儿也在对面坐了下来。

方雨馨深吸一口气，"小雨？"

女孩抬起头，冲她粲然一笑。

余太太笑道："阿姨喊你，你也不答应。"

"姨妈，我笑，就是在答应阿姨呀！"

方雨馨连忙说："对对对，她朝我笑了。真可爱啊！"

余太太又说："她比较内向，见到生人总是一声不吭，也不大笑。今天倒是乖！"

余太太起身给方雨馨沏茶，回头跟女孩说："姨妈忙，你跟阿姨说说话。"

方雨馨目不转睛地望着小雨，连呼吸都嫌动静太大，唯恐呼气粗一点，小雨即从她面前消失。

"小雨，你几岁了？"

"八岁。"

"哦，已经过了八岁吗？"

"对的，我每年放暑假时过生日，可以穿公主裙。"

方雨馨鼻子发酸，眼角微湿，现在，只需再问一个问题，她就能确定这女孩儿的身份。

答案是她想要的，对此她有九成以上的把握。真相就在眼前，对此她有九成九的把握。

剩下的那一成，零点一成，那一点点的不确定，却在一瞬间膨胀，让她烦恼，又让她在烦恼中安定下来。

幸福来得太突然，就会失去真实感。不问、不说，当这是一场梦，不醒就好。

就这样，话在嘴边，随时都会脱口而出，方雨馨却犹豫了好一会儿，直到余太太端一杯散发着清新味儿的橘普，她才横下心来，呷一口茶，假装漫不经意地问道："穿公主裙的小公主，你姓什么呀?"

"我叫宋若雨。"

暖湿的气流在方雨馨体内奔腾，从她眼里、嘴里、每个毛孔里散发出来，形成氤氲之气。她像一名仙女，在幸福的森林中徜徉。

真的，这是一场梦。一个声音在方雨馨的耳边如此提醒，一句复一句，缕缕不绝。

"菜来了。"一个男性的声音将方雨馨从梦中叫醒。

老余端上来一盅鸡汤，随即又将两只煎蛋和一盘塌棵菜摆在方雨馨面前。

"姨父，我又饿了。"

"姨父给你煮碗面，好不好?"

"我说你会饿吧！刚才饭店里那么多菜，你不吃。你妈妈给你盛的一碗鱼翅羹，你吃了没?"

宋若雨摇头，朝方雨馨看看，又朝她姨妈望望。眼珠转动的功夫，方雨馨的心已化了。

"你吃这一份吧。"说着，她站起身，将炖盅端到宋若雨跟前。

"不用不用，她爱吃姨父做的面条，很快就好了。你快趁热——"余太太连忙阻止，却见外甥女眼巴巴地看着她，话说一半又改了主意。

"你今天奇怪呀，跟这位阿姨特别亲。"

方雨馨赶紧说："哎，就是啊！我好喜欢小雨！"

"那，一样夹一点给她，我让老余再给你添个菜。"

"不用不用，这样已经很多了。"

余太太去碗橱里拿了一套餐具，夹一只煎蛋和几筷子蔬菜到盘子里，方雨馨抢着舀了许多汤在碗里，又拣了好几块形状规整的鸡块放进去。

她哪有心思吃饭，眼睛一秒钟都不肯离开宋若雨，有一口没一口地吃了几筷子，心中万语千言，不知怎么说，脸上忽喜忽悲的表情，被余太太尽收眼底。

"呀，你来几次了，也不知怎么称呼你。"余太太问。

方雨馨随口应道："叫我小方好了。"

她低头夹了一块鸡肉，送进嘴里。对面的小雨夹了一块鸡蛋，津津有味地吃着。鸡和鸡蛋同吃，日本称之为亲子饭。她与她的亲生女儿，就这样，在一个她做梦都不会想到的时间、场所相会，安安静静地分食着一份亲子饭。

余太太，也就是沈黛，起身去了里面的屋子。透过一半透明一半模糊的玻璃隔断，她随时可观察到在外屋发生的一切。

小方看到小雨时的反应，实在有些古怪。沈黛并不担心小雨的安全，只是有些烦恼。

宋若雨是沈墨的女儿吗？这个问题，数年间，不止一次在沈黛脑子里闪过。她从未深想，不愿深想，也不敢深想。此刻，八年来，第一次，沈黛觉得，这是一个不应回避的问题。

那对面而坐的两个人，很容易让人以为她们是一对母女。

多年前在南京，沈墨曾提过宋逸尘前妻的姓名。她叫什么，沈黛以为她全无印象，但在几分钟之前，她忽然想起来了，宋逸尘的前妻姓方，名叫方雨馨。

4. 美好时光

屋子里只有方雨馨和宋若雨。

小雨津津有味地啃着鸡块，察觉到方雨馨的目光，抬眼看到那温柔的眼神，她的胆子就大了起来。

"阿姨，你住在哪里呀？"

"我……我住在附近，离这里不远。"

"你家里有小狗狗吗？"

方雨馨摇摇头，看到小雨露出失望的表情，顿时后悔起来。

"小雨喜欢小狗，是吗？"

"嗯！我们班的戴可欣，家里就有个大金毛。吴浩辰家有条雪纳瑞。可是，我爸爸妈妈都不喜欢小狗，所以我家没有狗。爸爸说被狗咬了要去打针，不然会死掉。妈妈不喜欢小动物，她说狗狗会掉毛，脏。"

方雨馨说："你想跟同学们一样，养条大金毛，或者雪纳瑞？"

小雨摇头，"我想养只泰迪。我想跟狗狗玩。"

她从衣袋里摸出一只钥匙扣，"我要这样的小狗狗。"

钥匙扣上坠着一只泰迪熊挂件，小巧玲珑，煞是可爱。

方雨馨柔声道："可惜阿姨家也没有狗狗，不然一定把它带出来陪你玩。"

两人边说话边吃饭，宋若雨胃口很好，很快将饭菜吃得精光，又用勺子舀着鸡汤，一口接一口地喝着。方雨馨见到亲生女儿长得如此漂亮、健康，心中百感交集，原本无意品尝任何美味佳肴，却因小雨吃得香甜，她也做出食欲大增的样子大口吃了起来，不知不觉中，倒也将面前的饭菜吃了一半。

"我吃饱了。阿姨，你吃好了没有？"

方雨馨赶紧说："嗯！我也吃好了。"

宋若雨跳下凳子，跑到她身边，双手拉住方雨馨的胳膊。

这亲密的碰触，几乎令方雨馨落泪。她极力控制着自己的感情，没有贸然抱住女儿。

"我们来下棋好吗？"

"好啊！"

方雨馨望了望周围，不知棋盘棋子在哪里，也不知宋若雨说的是什么棋。

那双搭在她胳膊上的小手忽然就松开了，宋若雨跑到里屋门前，"姨妈，我要跟阿姨下棋！"

正在里屋收拾整理的沈黛，顺手从抽屉里翻出两盒棋子和一个简易棋盘。

"下棋可以的，我喊姨父跟你下，不可以叫阿姨陪你玩。阿姨是来吃饭的客人，吃好饭还有别的事情要做呢。"

方雨馨急忙说："不要紧不要紧，我没事儿，我跟她下棋吧！"

沈黛捧着棋盒子走出来，笑道："哎呀，你别听小姑娘的。老余，老余！"

老余应道："叫我做什么？"

他从厨房间探出头，看到沈黛手里的棋盒。

"饶了我吧！我是小雨的手下败将，面子早输光了。要下，你陪她下，你的怪路子多，有时还能赢她两把。"

沈黛瞪圆眼睛，老余却已缩回到厨房里。他在那里喝茶、抽烟、用个iPad看球赛，顺便照看烤箱里正用水浴法烤着的轻乳酪蛋糕，忙得不亦乐乎。

方雨馨说："我陪小雨下吧！是五子棋吗？我是高手呢，很久没下，心痒痒的！"

沈黛笑道："你不嫌烦，就玩两盘吧！不过，先把饭吃好，喝点茶再说。"

方雨馨表示她已吃好，想到餐费竟还没付，赶紧从手袋里取出钱包。

沈黛拦住她，"今天不算数。我们家今天有事，原本不开门做生意的，你既赶上了，厨房里又有现成的东西，没有让你饿肚子的道理。下次再说吧！就这样，我先把桌子收拾一下。"

方雨馨还想坚持，那边小雨已摆好了棋盘，喊她过去，只得道了谢，赶紧去陪小雨下棋。

她连输两盘，知道宋若雨的棋艺极好，心里又是一番感触。小雨见这新认识的阿姨也是手下败将，脸上露出既得意又怅然的神色。

方雨馨笑道："原来你是这种路子……嗯，阿姨明白了。来来来，再来一盘，你肯定赢不了我。"

独居多年，方雨馨有时会打打围棋谱，以遣寂寞，五子棋自然难不倒她。她一面落子，一面问宋若雨功课怎样，平日放学后做些什么，学的是国画还是儿童画，钢琴过了几级……

她稍费一点心思就赢了小雨，下一盘又故意输掉。两人忽而说笑，忽而凝思，不知不觉消磨了大半个钟头。

沈黛看着她俩出神，却被老同学的来电给打断了思路。她一边接电话，一边走进走出，给小雨端来一碟水果，又给方雨馨的茶杯续上水。

老余做的蛋糕已出炉，脱模后晾凉，他切了两块摆在碟子里，准备端进屋，让两位"棋手"享用。

他刚出厨房，就与一个人差点撞上。

5. 如两只雌兽

"姐夫，急死我了。姐姐电话一直占线，你的根本就关机。我还当出了什么事呢！"

老余对来人笑道："能出什么事？你这速度也太快了，怎么就回来了？"

"人家老太太已经睡觉了！哪晓得她睡得这样早，我只好转回来，改天白天再去拜访。喏，拿着！这两瓶干邑是给你们的，刚才也忘记拿出来。"

屋里三个人都听到了他俩的对话，反应却大有不同。

宋若雨喜笑颜开，"妈妈来了！"

沈黛急忙挂断电话，迎了出来。

方雨馨心慌意乱，手指一松，刚拈起的一枚黑子又落进了棋盒里。

"妈妈！"宋若雨清脆的喊声刚刚落地，屋子里的空气就凝滞了。

沈墨脸色大变，身子却像定住了一般，挪不开一步。老余看到方小姐和他小姨子的表情，不明所以，迅速地朝沈黛使了个眼色，却见沈黛嘴巴微张着，目光在沈墨、方小姐和宋若雨三个人之间流动，神情古怪至极。

宋若雨又喊了一声妈妈，这声呼唤，令空气流动了起来。

"哎，你在干什么？"沈墨勉强应了一声，语气不悦。

"我在跟阿姨下棋。"宋若雨扭头看一眼方雨馨。

沈墨朝缓缓起身的方雨馨微微点了下头，眼波一横，目光落在她姐姐脸上。

"你在干什么？电话也不接！"

"我在接电话。"

沈墨忽然发作了，声音高亢，神情激动。

"你的手机一直占线，姐夫手机关机，我急死了你们知不知道？一年到头，我也难得把小雨托付给你们照看一回，就这一回，偏偏要让我急死！"

老余把两瓶干邑放在角柜上，岔开话题，"蛋糕要吃吧？我去切蛋糕，阿黛煮点咖啡。"

沈墨狠狠地看了一眼方雨馨，一把拽过小雨，"不吃，我们回家了。小雨跟姨妈妈父说再见，我们走！"

老余劝道："急什么？你自己开车，这会儿还是高峰期，再晚一点路上不堵。"

沈墨说："早点回去也好。老余你把蛋糕装乐扣盒子里，给墨儿和小雨带回去吃。还有八宝饭和干煎带鱼，我都装好了，一起带回去。"

沈黛没有留客的意思，匆忙去厨房取了东西出来，又催促老余快将蛋糕装进盒子里，自顾自热热闹闹地絮叨着。饶是如此，屋子里的气氛还是沉闷异常。沈墨和方小姐，像两只毛发耸起的雌兽，互望着对方，没听见她们说一个字，却似乎正在进行一场言辞激烈的谈判。

站在沈墨身边的宋若雨，一只手拉着母亲，一双眼睛却望着方小姐，露出不舍之意。

沈黛倒吸一口气，努力让自己镇定下来。

"小雨，等放假了再到姨妈这儿来玩。"

"哎呀！"沈墨如被人踩过一脚，叫出声来。她猛然扭头瞪了姐姐一眼，"不来不来。小雨我们走！"

沈黛被呛住了，闷了几秒钟，恨恨地说道："你像吃了呛药似的，对姐姐这副态度。算了算了，你们回去吧。"

"什么算了？这意思倒是我错了？我哪儿错了？"

"你……"

"我……小雨，我们走！"

"沈墨……"方雨馨喊出沈墨的名字。她一开口，沈墨就噤了声，沈黛也怔住了。一两秒钟的沉寂后，沈墨拽着宋若雨出了门。

"姨妈再见！姨父再见！阿姨再见！"

宋若雨清脆的声音冲淡了空气中的火药味，方雨馨和沈黛不约而同地跟着这对母女出了门。

沈黛赶过去，陪妹妹和外甥女到停车处，目送轿车驶出小区。方雨馨克制住了自己的感情，没有跟过去，呆立在门外，直到看见沈黛重新出现，她才回过神来，像做了错事的孩子，跟着沈黛回了屋。

　　沈黛推开通往小天井的小门，"我把空调开起来，我们在里面坐会儿吧。"

　　她并不看方雨馨，进里屋去磨咖啡豆，煮咖啡。

　　十个月前，方雨馨抵达上海后，冯城带她到这里吃了第一顿饭，喝了第一杯咖啡。

　　这是一个莫名其妙的所在，当时她就有所感觉，却完全没料到，十个月后，她第一次独自来这里，竟与她的亲生女儿相逢，在一起吃了一顿饭，下了几盘棋，说了许多话。

　　此刻，方雨馨仍能感到女儿双手搭在她胳膊上时的温柔，鼻息里仍能嗅到女儿发间散出的甜香。她多想把女儿拥入怀里，多想亲吻她粉嫩的脸颊，多想告诉小雨，她有多么想念她……

　　"吱呀"一声，沈黛端着一只托盘推门进来。

　　"爱尔兰咖啡，你喜欢吗？"

　　方雨馨点点头。

　　"沈墨每年都要给我好酒，我也不喝，就用来调咖啡，招待我喜欢的客人们。"

　　听到沈墨的名字，方雨馨不禁垂下了头。

　　"我是沈墨的姐姐，小雨的姨妈。你叫我沈黛，或是叫我阿黛，都可以。我只知道你跟冯城来我们家吃过两次饭，今天才又晓得你姓方。你的普通话说得很好，不是上海人吧？"

　　"我叫方雨馨，小雨的雨，温馨的馨。阿黛姐，我不是上海人，九年前在上海生活过一段时间，后来离开了。"

她感到口舌冒烟，停了一下，端起异香扑鼻的咖啡啜饮了一小口，顿时舒服了许多。

"三月份我第一次重回上海，在飞机上认识了冯城，他带我来到这里……"

沈黛点点头。没错，姓名对上了，时间也对。

九年前，妹妹沈墨和宋逸尘因冲动而离婚，宋逸尘又因冲动而闪电再婚，当他们发现彼此仍深爱对方时，宋逸尘的妻子已怀孕。她狠狠地批评了妹妹，希望她彻底离开宋逸尘，开始新的生活。显然，她的话不中听，沈墨开始回避与她见面。然后，直到宋若雨出生一百天，沈黛才接到妹妹的通知，她已跟宋逸尘复婚，并生了一个女儿。

也就是说，这个女儿，是沈墨和宋逸尘离婚后才怀上的。

那么，当初沈黛去南京见到沈墨时，妹妹已有孕在身。

沈黛太了解她的妹妹了，这件事从头到尾都很古怪，但沈墨若是不肯说，谁都无法撬开她的嘴巴。等她见到襁褓中的宋若雨，见到妹妹对那小婴儿的无限怜爱，她索性劝说自己，何必非要刨根问底，只要妹妹开心就行了。

6. 答案仿佛在空气里

方雨馨打心眼里感激冯城将她领入这藏在小区深处的小店。

一切如有天意，她在重返上海的飞机上与冯城相识，而冯城，简直就是带她与往事再见的使者。但她无论如何也想不到，重回上海后认识的第一个女人，竟是沈墨的姐姐，她女儿宋若雨喊作姨妈的人。

多么复杂的关系！方雨馨注视着沈黛，愁肠百结。这是将女儿带到她面前的人，但这个人是沈墨的姐姐。她能对沈黛诉说衷肠吗？

看上去，沈黛并不知道宋若雨的身世。倘若连亲姐姐都不知情，事情就如宋逸尘在康城"许愿树"咖啡馆里说的那样：知道宋若雨身世的人，少之又少。

"我认识沈墨，但我不知道，你是她姐姐。"

"我们长得不像。"沈黛笑了笑，"你们，你和沈墨，是在哪里认识的？"

"在上海。"方雨馨顿了顿，"通过宋逸尘认识的。"

"原来如此。那么，你是宋逸尘的前妻？"

方雨馨微微点了点头。

"难怪你跟沈墨一见面就路子不对！都是宋逸尘惹出来的事！"

沈黛说着，细细打量起方雨馨。

幽暗光影下，这张面孔和宋若雨的面孔，恍若处在两个时空的同一个人。

她和小雨，究竟是什么关系？

答案仿佛在空气里，伸手一抓就有了。

"事情已过去很久了，我也没想到会在这里见到她。"

"是很巧。我跟老余住对面楼的楼上，这里是托管中心，管管学生，开开小饭桌什么的。沈墨来我们家，几乎不往这里看一眼。她总说我跟老余是神经病，放着好好的写字楼工作不干，跑回来做伙夫、厨娘、娃娃头，做得还挺起劲。今晚上，要不是小雨在这儿，你跟她也不会碰上。"

沈黛感到方雨馨的身子颤动了一下。但也许这只是她的感觉。

"这孩子，平时很内向，不搭理人，也不知什么缘故，倒是跟你特别投缘。"

方雨馨无声地笑了，不自禁地沉入回忆中，脑子里全是小雨可爱的模样。

沈黛也沉默了。

她想到刚才追出去送沈墨和小雨时的情形。沈墨不理她，直到让小雨坐进车，她站在车外，才开口问沈黛："那人是你们店里的客人？"

"是，来过几次。"

沈墨"哦"一声，冷冷道："你这里人来人往，太复杂。以后我是不会让小雨到你这儿来了。"

"这就算复杂了？你最好给小雨造个温室或者保险箱。"沈黛也不客气。

"你挖苦我干吗？你看着好了，大不了我们全家移民，搬到外国去住。"

沈墨拉开车门坐了进去，迅速发动汽车，绝尘而去。

回到小店，沈黛本想同老余抱怨两句，看到方雨馨，立刻冷静了下来。她找到了让沈墨情绪激动的根源，也从方雨馨眼中看到了要倾吐一番的渴望。

7. 不如相忘于江湖

"砰砰"，两声敲门声，是老余。

"这是什么？今天没开小饭桌，没学生过来，是小雨的吗？"

他扬扬一只毛茸茸的小挂件。

沈黛瞟了一眼，不耐烦地说："你摆在抽屉里就是了。"

方雨馨站起来，"给我看看，好吗？"

老余说："哦，对，没准是你的。"

方雨馨欲言又止，从老余手里接过那只坠着一只小绒毛泰迪熊的钥匙扣。

"这是小雨的，她喜欢泰迪熊，想养一只泰迪狗。"

沈黛笑道："现在的小朋友都很孤单，养只宠物狗狗也好。不过，小雨这个心愿是实现不了啦。她妈怕狗，也不喜欢猫，毛皮动物她都不喜欢，最多养一缸金鱼给小孩看看。"

方雨馨急忙说："我养狗狗，我就住附近，我养一只泰迪狗，下次小雨来，我带狗狗陪她玩。"

她一边说一边迅速地做了个计划，明天不去公司，找家宠物店，挑一只泰迪狗抱回来养。

沈黛淡淡地劝道："算了。"

"怎么？"方雨馨僵笑着，唯恐沈黛知道她其实并没养狗。

沈黛起身，拉着方雨馨坐下来。

"你很关心小雨。"

她看着方雨馨的眼睛。

"但我妹妹，肯定不希望你接近她的女儿。"

"阿黛姐！"

"方小姐，我妹妹虽然有些任性，但从不做没道理的事。刚才我还在生她的气，但现在我想明白了。你和宋逸尘有过一段婚姻，她不愿意跟你接近，无可厚非。我想，她不会允许你再次介入他们的生活，不管是跟宋逸尘，还是跟宋若雨。"

情势急转直下。

方雨馨太急了，她是那样急于和宋若雨接近，沈黛不得不心生警惕。她是宋若雨的姨妈，是沈墨的亲姐姐，骨肉之间怄气、吵闹有何要紧？一旦感受到来自外界的威胁，她自然而然地挡在了最前面。

她看到方雨馨泫然欲泣的面容，又有些不忍。

"事情过去很久了，你也有自己的生活，不是吗？过去的事，就让它过去吧。古人说，相濡以沫，不如相忘于江湖。"

"忘？怎么忘？"

泪水不争气地涌出来，方雨馨的声音也变了。

"我能忘记宋逸尘，忘记沈墨，忘记那段婚姻，但小雨是我的女儿，我怎么忘得了？"

沈黛呆坐在椅子上，眼前是方雨馨被泪水模糊了妆容的脸。

她的猜测被证实，她的担忧在扩散，她对方雨馨的同情也在加深。

几乎在同一时刻，她的手机和方雨馨的手机铃声都响了起来。两人对视了一眼，沈黛起身走出天井，顺手带上门，接听她的电话。

方雨馨擦干眼泪，清了清喉咙。

"蔡总，你好！"

第十五章　爱很简单

　　每个人都有苦衷，每个人都有选择，每个人都为自己的选择付出了代价，每个人活下来，都是劫后余生。

　　宛如一道清冽的溪流淌过心田，宛如一缕暖风拂过心头。在沈墨对方雨馨的低声咒骂声中，冯城脸上竟绽开了笑容。从前他爱的是一个梦影，现在他爱的是方雨馨。多么简单的事，他竟花费了这么久的时间才搞清楚。爱情从来就不复杂，复杂的是人，想得太多，做得太少。

1. 作孽啊

　　"去北京吧！或者别的分公司。"蔡宇恒说。

　　"不！"方雨馨没有丝毫迟疑。

　　"你不是讨厌在上海工作吗？我以为你会喜欢这样的安排。"

　　方雨馨皱起眉头，她刚刚享受到与女儿相聚时的幸福，此时只觉蔡宇恒在跟她作对。

　　"叫我来上海，是你。我刚刚喜欢上这里，你派盛佳琪来，又让我离开。你怎么考虑的，我不关心，我只告诉你，要么我留在公司继续做事，要么，我走人。"

电话那头沉默了一会儿。

"雨馨……我们谈谈?"

蔡宇恒说他想谈谈的时候,通常是说服别人接受他的决定。

"你说吧。"

蔡宇恒坚持要见面谈,方雨馨却惦记着与沈黛的谈话,试图就在电话里把事情说清楚。忽然,她听到沈黛在外屋惊叫了一声,她的心"咯噔"一下,不安感像厚毛毯一样,呼呼压在她身上。

"我晚些时再跟你联系,这会儿我还有点事。"

她挂了电话,打开天井门。雪亮灯光下,沈黛跌坐在一张椅子中,老余正蹲在旁边,大声对沈黛说:"我们这就去川沙。"

"方小姐,我们要打烊了。"老余下了逐客令。

"阿黛姐……那,我改天再来。"

沈黛木然地点点头,"再会。"

没有互留电话,没有约定下次见面的时间,方雨馨百般不甘,却也无可奈何。看样子,沈黛和老余遇到了什么麻烦,需要马上去处理。

方雨馨走出小区后给蔡宇恒回了电话,一小时后,她在一间会所的大包间里见到蔡宇恒。

她不知道,就在这一个小时里,沈黛和老余关了店门,叫了辆出租车直奔逸凡玻璃公司,但在半路上他们又接到通知,改去了东方路上的仁济医院。此时,宋逸尘已被救护车送进医院抢救。

宋逸尘是在自己工厂里出的事。他被一名遭辞退的工人偷袭,两腿骨折,头被铁棍重击,伤情严重。闹事的人已被警方控制,但宋逸尘的情况却很凶险。

打电话报告这一消息的人,不是沈墨,而是逸凡玻璃厂的钱厂长。沈墨的电话一直处于关机状态，直到沈黛和老余赶到医院，守在抢救室门外，沈墨才给沈黛回了一个电话，语气不悦地问她有何贵干。

电话机掉在地板上，沈墨也瘫软在地。她让保姆照看好小雨，随即出门，重新坐进车里。

但她很快发现，她的手发抖，两腿无力，根本无法开车。她一次次做着深呼吸，依然没用。

沈墨失魂落魄地下了车，走到马路上，招手叫了部出租车，哆哆嗦嗦说出医院的名字后，她才稍微恢复正常，脑子生锈般钝钝地转动着，慢慢理清了这件事的来龙去脉。

肇事者名叫阿坤，目前已被警方控制。阿坤是谁？沈墨脑子里闪过一张面孔，一张寻常至极的面孔上，却生着一对目光混沌的眼睛。

她记得，有一次她陪宋逸尘巡视厂区，偶然看到此人，顺口问了问陪行的钱厂长此人叫什么名字，又顺口说了一句，眼睛是心灵的窗口，这个人的眼睛，看着不舒服。宋逸尘问厂长，那天你说有人中午在食堂闹事，是他吗？钱厂长说是，宋逸尘就说，那还留他做什么？

不久后，这个名叫阿坤的工人被辞退。他曾打电话给劳动局诬陷逸凡公司违法用工，也曾找过公司人事经理，要求赔偿……被辞退后他就一直失业在家，生活陷入了困顿，他将这一切归罪于辞退他的逸凡公司，归罪于逸凡公司的老板宋逸尘，他想了许多报仇方式，最后竟用暴力手段来实施了他的报复计划。

沈墨想，她果然没有看错，眼睛是心灵的窗口。

她闭上眼睛，脑子里再次划过阿坤混沌的眼睛。随后她看到了一小时前与她对视的一双眼，凄楚、悲凉……那是方雨馨的眼睛。

沈墨使劲摇了摇头，莫名其妙地说出三个字：作孽啊！

2. 他将满足未婚妻的任何要求

方雨馨从蔡宇恒嘴里听到柳丁的名字时，有些恍惚。

"是很久以前的一个同事。可是，我不明白这个人跟你我有什么关系。"

蔡宇恒闷闷地说："确实没关系。"

"雨馨……"他看着这个陪他一路走来的女人。

"你去北京吧，或者去广州，或者回深圳，回珠海，回蔡氏总部。"

"然后呢？"

"让你来上海，是我的重大失策。当初你若是坚持不听我的，就好了。"

方雨馨极少听见蔡宇恒承认自己决策失误，"是盛佳琪的意思吧？"

蔡宇恒却说："是我的意思。"

方雨馨哑然失笑。

时隔多年，方雨馨再次被人暗中调查。上一次是蔡宇恒，这一次，是蔡宇恒的未婚妻盛佳琪。不过，两人因调查目的不同，得到的信息亦有所区别。客户付钱，私家侦探提供客户想要的信息。当年蔡宇恒拿到的是方雨馨有过短暂婚史的报告；如今盛佳琪拿到的，则是方雨馨曾为一名富商怀孕生子的报告。

为这份报告背书的人，正是柳丁。

年深日久，记忆会走样，尤其是与自己无关的记忆。柳丁并没意识到他在胡扯八道，因为他本来就是在真话和谎言之间混日子的人。他告诉请他吃饭、喝酒的来访者，他确实认识方雨馨，那是一名年轻、美貌、精明过人的女孩。她与他曾是同事，但她来上班的目的不过是解闷，因为她搭上了一名中年富商，并怀了那个人的孩子。当然，她很快就离开了那家公司，或许专心去做了富商的二奶，或者留下孩子换了笔钱，开始新的生活。

　　至于他柳丁为何知道方雨馨不是那富商的妻子，道理再简单不过：柳丁亲眼见过那富商和他年貌相当的妻子在一起。一对男女，是夫妻，还是其他乱七八糟的关系，他们的表情、身体语言都是不同的，旁观者一望便知。

　　盛佳琪调查方雨馨的目的，本是想找些毁人名誉的桃色新闻，结果拿到了一只大彩蛋。

　　蔡宇恒替方雨馨辩解了几句，见盛佳琪面色不悦，为免生事端，只好闭嘴不言。但他对方雨馨的袒护，已然激怒了盛佳琪。

　　不久以前，蔡宇恒会对盛佳琪的反应一笑了之，现在他却不能对未婚妻的情绪掉以轻心。盛氏占着上海公司的股份，这还是其次，重要的是，一周前他刚刚得知，盛钧签下了一种新型建材的代理合同。这种建材节能、环保，技术领先，至少在两年之内，具有同类产品不可替代的优势。

　　蔡宇恒筹谋获得该产品的代理权已久，他也知道盛钧参与了这场竞争，令他瞠目结舌的是，盛钧与这个项目的关系，其密切程度远远超出所有人的预料。

　　姜是老的辣。蔡宇恒这才明白，放弃一个公司百分之五十一的股权，并非盛钧退隐江湖的前奏，而是他以退为进，积蓄力量，在未来两年里再上一个台阶的开始。

拿下代理权后的盛钧，是独立运作这一项目，还是与其他公司合作？论实力，论关系，蔡宇恒都应是首选。让人不安的是，这件事从头到尾，盛钧竟没对他露出一个字的口风。老爷子究竟打的什么主意，蔡宇恒心里着实没底。

盛佳琪是盛钧唯一的子女，唯一的继承人。交往至今，蔡宇恒没看出盛佳琪遗传到盛钧的半点商业天赋。或许，这正是他选中盛佳琪的原因。婚姻是优化自身资源的形式，妻子则是外来资源的载体。蔡宇恒并不认为他的想法有何不妥，女人可以因为男人的财富、才华而爱上对方，男人也会因为各种各样的理由爱上某个女人。蔡宇恒爱盛佳琪，因为佳琪又美又有钱，还有一个不劳他费心对付的脑袋瓜。

蔡宇恒承认，订婚以后，他对盛佳琪有些怠慢。现在他才明白，盛钧为何会容忍他漫不经心地对待自己的独生女儿，为何连他推迟婚期的决定都不置一词。他慢待的不是盛佳琪，而是盛钧。他很可能因此失去婚礼，失去未婚妻，失去一个商业帝国。

现在，他要抓紧筹备他和盛佳琪的婚礼。等他正式成为盛钧的女婿，他才有资格与老丈人联手，才有机会借此一仗，成为这个行业的翘楚。

当此关键时刻，对于盛佳琪的任何要求，只要不算过分，蔡宇恒都会满足她。偏偏，盛佳琪要的是，不要让她再看见方雨馨。

蔡宇恒同意了。对他来说，这不是妥协，只是暂时的避让。盛佳琪看不惯方雨馨，方雨馨却是陪他共度过最艰难时刻的战友，也是能独当一面的业务骨干。蔡宇恒决定让方雨馨暂时离开上海，去蔡氏其他分公司做事。

在蔡宇恒看来，任何东西都是有价的。在盛钧可能会带给他的巨大利益面前，方雨馨的分量轻了一些。但他没打算放弃雨馨，而是想尽可能地给她保护。

让他珍惜的人很少，方雨馨算一个。多年前他就决定要珍惜这个女人，不谈爱情，只做朋友。朋友，是他成年后自己选择的亲人。

然而，他忘了最重要的一件事：即便是骨肉至亲，每个人也是独立的个体。方雨馨尤其是。离开蔡氏，方雨馨死不了。

3. 她是厄运使者

宋逸尘遭袭第二天，冯城就得到了消息。

四季酒店的工程已全部收尾，冯城特意致电宋逸尘，想对他的帮助和支持表示感激。接电话的是沈墨，她简单解释了宋逸尘不能接电话的原因，但她嘶哑的喉咙和悲伤的语气，已让冯城感受到事情的严重性。

放下电话，冯城略思索了一会儿，随即奔赴机场，飞到了上海。

在飞机上，他一直在考虑要不要将这一消息告诉方雨馨，结论是，要。

下机后冯城拨通了方雨馨的电话，雨馨却在电话里抢先告诉了他另一个消息：她已递交了辞职报告，打算休息一阵子。

"那太好了！休息好了就来我们公司上班吧！我诚心诚意想请你担任我们公司的市场总监。"

"以后再说吧！冯城，知道我现在在哪里吗？我在宠物商店，打算买一条泰迪犬。"

她迫不及待地告诉冯城昨晚发生的事，她在老余的小店遇见了她的女儿，还见到了沈墨，老余夫妇竟是小雨的姨父姨妈……

她一口气说了那么多，冯城仿佛能看到她雀跃的样子。自从在康城"许愿树"咖啡馆邂逅宋逸尘，雨馨一直渴望见到她的女儿，现在，她得偿心愿，冯城可以想见她有多么高兴。

她满心都是女儿，说的全是女儿，或是跟女儿有关的人。那是方雨馨的世界，那个世界，不需要冯城……

"喂，你还在吗？"她忽然发觉冯城已很久没出声。

"我在。真为你开心。"

"我一夜没睡，又像是做了一晚上的梦。我有许多事要做，首先要养一条小狗，把它训练得乖乖的，这样才可以陪小雨玩。这方面我完全不懂，但没关系，我可以学。呀，我先不跟你说了，回头再聊！"

"那，你先忙，再联系吧。"

结束通话好一会儿，冯城才振作起精神。方雨馨连一声问候都没有，心里全是她自己的事，这让冯城有些失望。

他想起多年前，在康城，他在"许愿树"咖啡馆附近看到过一个女孩。那女孩眼神明亮，浑身充满清新的活力。她微笑的模样印在他的心里，从此再也没有抹去。

认识方雨馨后，冯城常常觉得她就是当年的女孩。时光荏苒，人的外表会改变，人的记忆也会出现偏差，方雨馨和他曾见过的女孩是不是同一个人，并不重要，重要的是，他渴望在方雨馨脸上看到幸福、快乐，渴望见到那萦绕于心、令他难忘的、温暖的笑容。

今天，隔着层层叠叠的空气，冯城也能通过电波看到方雨馨的笑脸。他应该满足的，失落感却一层层漫上来，让他对自己所做的一切感到怀疑。

他爱的是方雨馨，还是年少时偶然植入心头的一个梦影？

一夜之间，沈墨老了十岁。

她疲倦地朝冯城笑了笑，向他道谢并致歉。

"老宋已脱离危险，但还不能见客人。你来，我很感动。"

她告诉冯城，宋逸尘受伤严重，预后并不乐观。

"坐轮椅、瘫了，我都能接受。眼下比较麻烦的是工作上的事，老宋亲手管的事情不少。今天上午，我的手机都被他们打爆了，全是请示电话。我管不了那么多，交代给钱厂长去处理了。想想这些年来，老宋天天这样，真够辛苦的。"

冯城安慰道："这也是一种乐趣吧。"

"是。我虽然不赞同他这种管理模式，但你说得对，老宋对逸凡公司，对这间工厂，感情很深，就像对他的爱人，对他的孩子一样，辛苦归辛苦，却也是乐在其中。"

沈墨的眼角湿了，声音也变了调。

"昨晚上，我不知道老宋出事的时候，我还在想，回去一定要跟他说，立刻把厂子卖掉或关掉，马上办移民，离开上海，搬到外国去住。这事情我跟他谈过好几次，他并不上心，我只怪他贪心不足，什么东西都舍不得放手。昨晚知道出了事，我就想，要是听我的，早点卖掉这家工厂，哪里会出事？"

冯城记起来了，宋逸尘将四季酒店的项目转给双城公司的时候，确实提过他有移民的打算。冯城还替他办公室里的那些古董瓷器操了一番心，不知宋逸尘移民时会将这些宝贝带走，还是委托给拍卖行变现。

"宋太太，宋总过了这一劫，必有后福。"

沈墨再次道谢，抬眼却见姐姐、姐夫从走廊另一头朝他们走来。

沈黛将手里的保温杯、乐扣饭盒递给沈墨，老余同冯城打了个招呼。

沈墨低声问姐姐："你们认识?"

沈黛说："我们店里的常客。"

老余见到冯城，颇为惊喜。昨晚沈墨来接女儿时情绪不佳，对她姐姐态度恶劣，老余并不知其中缘故。宋逸尘突然出事，他和沈黛匆忙赶到医院，彻夜未眠，直至现在，夫妇俩都还没有机会谈及与方雨馨有关的事。

人没睡好就容易乱讲话，老余忽然八卦起来，对冯城说："昨晚你那位朋友来我们店吃饭，我还说你怎么没来，今天就在这里碰见你。"

沈黛大惊失色，使劲儿朝老余使眼色。

冯城说："是，我知道这事儿。"

沈墨说："你们在说什么?"

老余木呆呆地看了妻子一会儿，不解其意，只会摇头否认："没说什么。"

沈墨忽然笑起来，"我知道你们在说什么……你们在讲一个晦气鬼！一个害人精！"

极度的疲惫和压抑已久的痛苦，此刻全涌了上来。沈墨看到了摆在她面前的厄运：丈夫受伤致残，女儿有被夺走的危险……一切都将成为泡影，幸福与快乐与她绝缘。

这些都发生在方雨馨出现之时，犹如多年前方雨馨出现在宋逸尘面前，一切风浪，皆因这个女人而起。

4. 与杉杉撞衫

冯城惊讶地看着沈墨，那张被疲惫、痛苦扭曲的脸上，饱含着对生活的无奈。

这张脸慢慢变成方雨馨的脸，平静、隐忍，即使是笑，眼睛里也有漾不开的忧愁……又变成冯城经常画的那张脸，眼睛笑成月牙儿，嘴角翘起……

宛如一道清冽的溪流淌过心田，宛如一缕暖风拂过心头。在沈墨对方雨馨的低声咒骂声中，冯城竟想通了一件事：从前，他爱的是一个梦影。现在，他爱的是方雨馨。多么简单的事，他竟花费了这么久的时间才搞清楚。爱情从来就不复杂，复杂的是人，想得太多，做得太少。

"你太累了，去休息一会儿吧。"沈黛轻抚着妹妹的脊背，低声道："这儿有我和老余，你回去歇歇。"

老余从沈墨的咒骂中大致猜到了一点事情始末，他很尴尬，拍了拍冯城的肩膀，以示慰问。

沈墨确是累了。两天一夜未眠，又一口气说了那么些话，在姐姐的安抚中，巨大的疲倦感瞬间席卷了她，她眼皮沉重，呼吸声也重了。沈黛扶她在椅子上坐下后，她竟立刻睡着了。

沈黛坐在相邻的座椅上，让沈墨靠在她身上。冯城脱下身上的羊绒大衣搭在沈墨身上，低声对向他道谢的沈黛说："让她先歇会儿吧。"

医院外，天色已暗。

半小时后，冯城在方雨馨的住所见到她和她的新伙伴，一条半岁的泰迪犬。

"瞧你的衣服颜色，跟杉杉的毛色一个系列。"方雨馨看看冯城，又看看她的小狗，忍俊不禁。

出医院后，冯城直奔最近的一家小店，随便买了件能穿的外套，以抵御上海冬晚的寒气。年轻店主推荐的今冬流行款，竟与泰迪犬的天然外套撞衫。

"它叫什么？姗姗？是女生吗？"

"不，是男生。它叫杉杉，水杉的杉。"

方雨馨给狗狗取名时，第一个闪现出来的词汇就是水杉。

"我还不够了解你，但我觉得，你和杉树之间，一定有相同之处。"这是冯城说过的话。

方雨馨发现，冯城对她说的每一句话，为她做的每一件事，她都记在了心里。

杉杉，杉杉！她试着叫了小狗两声，那可爱的小家伙，圆溜溜的眼珠转了两下，发出"呜呜"的声音，似乎已知道这是它的名字。

杉杉对这个与它穿着同款外套的人充满好奇，一狗、一人，很快就混熟了。方雨馨在厨房为她和冯城煮方便面，小小的寓所里，欢声笑语，温馨无限。

喝掉最后一口面汤，冯城说："我刚同沈墨见过面。"

"哦？"

冯城才说了事情原委，方雨馨的脸色已惨淡如纸。

"你不要太担心。虽然我在医院并没见到宋总，但可以确定他已脱离危险。我跟宋总接触不算多，印象中，他是一个很有毅力的人。"

方雨馨长叹一声，"但愿，但愿他很快恢复健康。"

"你这样想，我很欣慰。"

"宋逸尘不是坏人。虽然我一度非常恨他，但都过去了。"

冯城拥住方雨馨，让她靠在自己肩头。

"都过去了，都会过去。雨馨，让我和你一起面对所有事情吧。"

冯城的肩头暖暖的，传来一股股热力。方雨馨偎在他身旁，心里非常踏实。她真希望能一直这样靠在他肩头，从此后，风风雨雨，都有人共同分担。

但她太清楚依赖他人的后果，太了解幻想破灭后的孤绝。今生今世，她都不会再让这种事发生。

仿佛听到她的心里话，冯城也叹了口气。

"我不会求你答应我，我会等。"

像水杉等待汛期结束，像湿润软塌的土地在时光流逝中变得干燥厚实。困顿、危险终将过去，一切不能杀死你的，终将使你更加强大。

5. 最好不相见

宋逸尘醒了。

他首先看到的，是沈墨的眼睛。

"逸尘！我在。"

那双眼睛，因疲倦而凹陷，不像平日那般美丽，却闪着喜悦的光。

"你放心。姐姐昨晚住在我们家，帮忙照顾小雨。"

宋逸尘试图点头，却无法动弹。他"嗯嗯"了两声，口齿含糊地叫着沈墨的名字："墨儿。"

沈墨擦了擦眼睛，"哎！"

"我……没事。你……苦了你。"

沈墨克制着没让眼泪再次流出来，甚至挤出了一个笑容。

"我苦几天不要紧。你给我快点好起来，厂里一摊子事，我可不能天天替你扛着。"

她太了解宋逸尘，给他一个目标，只要他想去做，就有机会做成。她曾痛恨宋逸尘的这一点，而今却无比期待这一点能将他们带进明媚的春光里。

接到沈黛打来的电话时，方雨馨刚带着杉杉回到寓所。

天光暗淡，像要下雪的样子。方雨馨给杉杉穿了一套漂亮的牛仔夹棉衣服，一人、一狗，在小区里溜一圈，还出了一身汗。

"你的号码，是冯城给我的。上次他来看宋逸尘的时候，把一件大衣落在了医院里。他说，衣服给你就行。方小姐，你看，是不是方便到我们店里来一趟。"

冯城昨天才离开上海，工厂新进的设备到了，他得赶回康城。

"呀！下雪了！"沈黛忽然岔开话题。

窗外果然已飘起雪花。

"方雨馨，你看韩剧吗？那上面说，初雪的时候，要吃炸鸡喝啤酒。你来吧，我请你吃饭。今晚没有预定吃饭的客人，小饭桌开到六点就结束了。你来，我让老余做些炸鸡，再做个火锅。啤酒管够，我这里还有葡萄酒，咱俩好好聚一下！"

杉杉突然冲着电话大吼了两声。

"啊……"方雨馨摸摸杉杉的脑袋，带着歉意说："好是好，但我不能久留。"

杉杉又叫了两声，沈黛笑道："上次你说要养条狗，马上就行动了？带过来吧！"

沈黛的态度热情又爽快，方雨馨难以拒绝，她收拾了一番，将杉杉装进垫了棉被的宠物篮里，撑把雨伞，走进了纷纷扬扬的雪中。

上海的冬天不算暖，下雪的时候却也不多。大概是这个缘故吧，路上每个人的脸上似乎都漾着喜气。相比之下，杉杉倒很安静，蜷在温暖的移动小窝里，舒舒服服地，一动也不动。

等到了老余和沈黛的小店，杉杉害羞起来，既不肯离开篮子，也不肯接受老余递给它的一只小橡皮球。但这只是暂时的，它很快发现这里每个人都很友善，试着爬出了篮子，在屋子各个角落留下它的尿迹后，它重新变得活泼起来，并找到了最愿意同它玩耍的那个人——老余。

老余把炸鸡和火锅端进天井屋，让方雨馨和沈黛尽情享用，他自己则随便用一点，坐在外屋看看各种球赛视频，逗杉杉玩。

"杉杉，跟小雨钥匙扣上的泰迪一个颜色。"沈黛说。

"就是为小雨养的。"方雨馨说。

沈黛沉默了。

这些天来，她在妹妹家和医院之间奔波，已在沈墨断断续续的诉说中将故事的脉络拼接完整。她是沈墨的姐姐，自然心疼妹妹的遭际，但另一方面，她却没法跟妹妹同仇敌忾，视方雨馨为试图破坏他人家庭幸福的恶魔。

她甚至很同情方雨馨的遭遇。就连她一贯不喜的宋逸尘，或许因为他正躺在病床上，饱受身体和精神上的双重痛苦，沈黛也不想责怪他。

几年前的那场车祸，让她意外地访问了一个陌生人的生活。也是那一次，她明白了生命的可贵、生活的可爱，开始学会谅解别人，尊重他人的选择。

每个人都有苦衷，每个人都有选择，每个人都为自己的选择付出了代价，每个人活下来，都是劫后余生。

她举起高脚杯，"雨馨，这一杯，我想敬你。"

方雨馨擦擦手，捧起酒杯笑道："不敢当，不敢当。"

两人碰了碰酒杯，各饮一口。

"事情我都知道了。雨馨，我敬你，真心诚意。"

雨馨笑笑，并不言语。火锅煮开了，发出汩汩的响声。乳白的汤汁在锅子里翻滚，沈黛为雨馨涮了一些羊肉，又给自己烫了一些生菜。

户外依然飘着雪花，屋子里暖融融的，氤氲的雾气里，雨馨在笑，沈黛流下了眼泪，却分不清她俩到底谁在笑谁在哭，反正，哭和笑也并不重要，重要的是，此刻她们心无芥蒂。

她们慢慢吃着、喝着，从沈黛的车祸和那段被移植的记忆开始说起，说到这家小店的缘起，又说到冯城。

"你看，说到冯城，你的眼睛闪闪发亮呢！"

方雨馨感到脸上发烧，"是喝了酒的缘故呀！"

沈黛大笑起来。

门外响起杉杉的叫声，拉开天井的窗帘，雨馨看到杉杉正和老余正在外屋玩着皮球，兴奋得满地打滚。

她不禁憧憬起小雨和杉杉一起玩儿的场景。

"真希望再见到小雨啊！"

沈黛在她身后叹了口气。

"你已经见过她了。她生活得很好，宋逸尘对她宝贝得什么似的，沈墨对她也跟自己亲生的没丝毫分别。还有我们，我们都是小雨的亲人。雨馨啊，我理解你，我也站在你的角度仔细考虑过这件事……"

方雨馨没回头，依然望着窗外的杉杉。

"我最好还是不要见她，是吗？"

沈黛默默点了点头。是的，最好从此不相见。方雨馨可以通过沈黛，间接了解宋若雨的情况。这是沈墨的要求，也是沈墨的让步。

"开始新的生活吧！雨馨！你这么年轻，又这么漂亮、能干，有爱你的人，有更宽广的世界在等着你。"

6. 孟丹已皈依佛门

这场雪，下了整整一夜。

醒来时，公寓对面的屋顶已白，地面上的积雪却已被清理干净。梳洗完毕，方雨馨最后一次去蔡氏上海公司，参加盛佳琪为她举行的欢送晚宴。

方雨馨很清楚，这是盛佳琪为她本人开的一场庆功会，但她愿意去捧场，以一名失败者的身份，为欺辱她的胜利者站台。

有什么关系呢？生活是条长河，处处都会遇到礁石，绕开它，仍可向着远方奔流。

宴席上的互相恭维，在方雨馨看来，只是一场浮夸的表演。但这也需要付出精力和时间，就凭这一点，方雨馨也谅解了盛佳琪脸上的假笑。

"方总以后还要多跟我们联络啊！方总是打算去念书、充电，还是要好好休个假呢？回老家待一阵子，听上去真不错，我很羡慕啊！"

方雨馨一脸笑容地敷衍着盛佳琪。这些年来，她和蔡宇恒保持着良好的友谊，这情谊包含了男女之间的正常吸引，也包含了工作上的互相利用。归根到底，这份情谊，在她最艰难的时候，给了她力量，让她在无边的海洋中找到了方向，最终成为一名还算专业化和职业化的经理人。

宴席终会散，情谊永难忘。看在蔡宇恒的份上，方雨馨也会祝福盛佳琪，祝她工作顺利，祝她生活愉快。雨馨很高兴，蔡宇恒选择了一名适合他的女人为妻。

只有在以水代酒与高新华饮一杯告别酒时，方雨馨才流露出淡淡的伤感。这名老于世故的男人，竟在这近一年的共事中，给予了方雨馨最多的照顾。

就这样，在农历新年来临前夕，方雨馨成了孤家寡人。上海这座城市，固然有她的无限牵挂，却再次变成了一名冷面君，并不因她的挂念而怜惜她。

冯城说，来吧，到康城来，到双城公司来！

李蕾说，回来吧！元旦你没回来，春节你总要回来吧！我快生了，你陪在我身边，我更有力量。

这一天，手机再次响起，却不是冯城或李蕾，而是一个陌生来电。方雨馨直接按了拒听键，几秒钟后，那个号码却执拗地再次响起。

"请问您是方雨馨小姐吗?"

"您是哪位?"

"我是孟丹的律师，我叫谢磊，您叫我小谢就可以。"

孟丹?

孟丹!

方雨馨愣了好一会儿，才回过神来。

"可是，我跟您的委托人并不太熟。"

谢律师在电话那头解释道，他只是履行委托人交付的事情，希望能和方雨馨见面详谈。

当天下午，方雨馨在一家律师事务所见到谢律师。

"去年三月，孟丹女士就找到我，签署了这份委托协议。那时我们并不知道如何跟您联系，孟女士也并未就此表示什么。两天前，孟女士将您的资料发给我，希望我能尽快与您联系上，将这件事交割完毕。"

方雨馨眉头微蹙，"孟丹本人在哪儿?"

谢律师双手合十，念了一句佛。

"孟女士去年就已皈依佛门，在福建莆田一庙里修行。"

谢律师找她要了身份证号和银行卡号，随后打开保险箱，取出一个蜡封的文件袋。

仿佛一张拼图找到图案最暧昧的那几块小样，终于，曾经百思不得其解的几件事，在方雨馨面前呈现出了清晰的模样。

孟丹给方雨馨写了一封信，内容很简单，文字也很平淡，但在方雨馨看来，每个字都很重。

信里写道，当年孟丹用方毅的资金去炒股，却被深度套牢，以至于无法负担方毅的手术费。她躲了起来，心里非但毫无歉意，还有些幸灾乐祸。因为，她的半生已被死去的前夫给毁了，她痛恨男人这种生物，方毅不过是她消遣的对象。她没料到，死里逃生的方毅会离家出走，希望与她共度余生……当然，方毅终于明白了，他爱上的是一个被仇恨吞噬的女人，离开她，才是唯一明智的选择。如今，仇人和爱过她的人，都已死去，唯有她孤独地活在世界上。她反思往事，决定皈依佛门，并将属于方毅的财产还给方家。她知道，在整件事中，方家受害最深的人，既不是方毅的老婆，也不是方毅的儿子，而是最柔弱最幼稚的方雨馨。

7. 世事难料

往事再次漫上来，像潮汐冲刷着海滩上的沙砾。

方雨馨赤足踩在退潮后的海滩上，沙砾幼滑，但还是有几颗粗沙藏身其中，猝不及防地硌疼了她的双脚。

她的脑海中回荡着Doris Day的歌 *Que sera sera*。

When I was just a little girl, I asked my mother, "What will I be? Will I be pretty? Will I be rich?" Here's what she said to me: "Que sera, sera, Whatever will be, will be; The future's not ours to see. Que sera, sera, What will be, will be…"

她怀念父亲，怀念当她还是一个little girl时的无忧生活。她曾以为那样的日子会一直延续下去，只会更好，绝不会稍微逊色。后来，她当然也发现了自己的天真，却只当是晴天的霾，起风后，天空就会恢复清朗。

父亲是那片天空。而霾天,却在他去世后依然持续。

方雨馨曾提醒过父亲,孟丹和其前夫的死亡有着难以说明的联系。方毅却告诉她,有些事,她还不懂……是的,雨馨不懂,她身陷于一个巨大的漩涡中,她自顾不暇,无力思索。即便她能够思考,以她当时的见解,也完全不能理解父亲的选择。

父亲在那一年秋天离开孟丹,回到了康城。收到这个消息时,方雨馨已在深圳。

父亲回了家,等待他的,是一个心如死灰的老妻。两个年过半百的中年人,历经浩劫,都只余下半条命,没力气折腾,也没力气恢复。他们凑在一起,搭伙过日子,劫后余生,余生仿佛已多余。

多少个日子里,方雨馨沉浸于自己的命运中,不愿再与父母有任何沟通。

究竟在生命中的哪个环节,她、父亲、母亲,他们全家,触怒了命运,让他们受到亲情变淡、人心离散的惩罚?

方雨馨将一切归于命运。

唯有如此,她才会感到平静。

她从没想过,孟丹,一个近乎陌生的女人,竟然对她的命运有着如此大的作用力。这发现令她无比惊恐。有那么一瞬,握在她手心的那张银行卡差点被她折断。卡里有孟丹委托律师打给她的一笔巨款——原本就属于方毅的一笔巨款。

原本,方雨馨的命运会是另外的模样!

近十年的光阴,苦涩、辛酸,一句抱歉、一笔还款,就能抵偿吗?

归隐于万丈红尘之外,就能勾销你带给一个家庭的伤害吗?

方雨馨摇摇头,她能原谅宋逸尘,原谅沈墨,无论如何,那些过往中还是有爱，有恩。但她不能原谅孟丹，这个人，带给她的，只有沙砾硌心的痛和难忍。

假如父亲还活着，孟丹会忏悔吗？假如父亲还活着，会如何理解这件事？

打开电脑，近期开往康城的动车票已全部售罄。方雨馨这才意识到，她赶上了全民春运。好在雨馨运气不错，下了抢票软件没多久，她抢到了第二天的一张退票。

原本趴在她脚边的杉杉，听到她快乐的低呼声，似乎意识到主人的快乐心情并非因它而起，扬起脑袋，"汪汪汪"，不耐烦地朝雨馨吼了好几声。

接到方雨馨的求助，沈黛立刻答应帮忙照顾杉杉。随后她高兴地告诉雨馨，宋逸尘就要出院了，虽然恢复期会相当漫长，但一切都在朝好的方面发展。

"真是太好了！回家还是方便些，老婆孩子都在身边，他的心情也会好一些。"

"是啊！逸尘说，每次看到小雨，他就想，不行，我得快点好起来。我的女儿这么可爱，我若是灰头土脸地被这点儿事情给打趴下了，怎么对得起我的宝贝女儿呢！"

方雨馨微笑着，听沈黛报告宋若雨如何聪慧可人，期末考试成绩如何优秀。沈黛说，往年过年的时候，她和沈墨两家总要聚几次，今年情况特殊，逸尘是不会到他们这边来了，但沈墨和小雨还是会来。到时候，小雨看到杉杉，不知会多开心！

唉，雨馨是多么嫉妒沈黛啊！

但她还是接受了沈黛的观点：宋若雨的生活平静、快乐，就算她对自己的身世有知情权，也不在此时。

至于方雨馨和宋若雨何时再相见，何时能相认，沈黛的回答是：不在此时，不知何时，顺其自然吧。

Que sera，sera，What will be，will be. 也只有如此了。

从上海开往康城的动车缓缓驶出站台。同一时间，另一辆载着冯城的动车，已飞驰在从康城通往上海的铁路上。方雨馨和冯城都想在抵达目的地后突然出现在对方眼前，给心爱的人一个惊喜。但这一次，看样子他们只能在相思中度过农历新年了。

8. 结束与开始

方雨馨和母亲叫了部出租车，让司机送她们到康城郊外的松陵。

节日的墓地并非如雨馨想象的那般冷清。下车后她在松陵大门口的商店里买了香烛和鲜花，沿着山坡走上去，找到父亲的墓地。

她用餐巾纸把墓碑上新沾的雨水和泥点擦拭干净，点燃香烛。

她有无尽的话要对父亲说，她的婚姻，她的女儿，她对康城和上海的逃避……以及和孟丹有关的种种思绪。

墓碑上刻着父亲的名字。这是一个双墓，预留着母亲的位置。这是方晓晖替父母做出的选择，母亲并无异议。当然，父亲的墓穴周围，也多为双墓，有的夫妻双方的名字都镌刻在上面，立碑者为他们的儿女和孙辈；有的和方毅的情形相同，墓碑上只有一方的名字，先逝的人静静等待着，终有一天，人世间的伴侣会与他在这里重聚。

爸爸，为什么会让一名陌生人参与我们的生活？

树木无声。远远的，却传来鞭炮声和人声喧哗。

除非与世隔绝，才不会与陌生人相遇。

方雨馨扶起母亲，"回去吧！"

母亲点点头，"回去。"

方晓晖去花市买了一盆开得正热闹的仙客来、一盆挂满果子的金橘树、一捧百合、一把玫瑰，把楼上楼下两套屋子布置得花团锦簇的。李蕾大着肚子，帮着丈夫做好了一桌丰盛的晚餐。夫妇俩刚把餐桌摆好，雨馨和母亲就回来了。

离开九年，方雨馨头一次回康城过年。

母亲还是那样，哥哥除了鬓角多出一缕白发，面上依然淡淡的。生活不会在一朝一夕之间改变原有的模样，改变是静水深流，沉默无语，却悄然发生着。

比如母亲给雨馨准备了全套全新的洗漱用品，比如哥哥在雨馨面前的餐盘中放了几块最好的白斩鸡……曾经分崩离析的家，在慢慢聚合；曾经的互不理解，也在时光的流逝中，转化为体贴。

李蕾希望雨馨留在康城，至少待上一年半载，有助于休养生息。

许希哲和李蕾的意见完全相同。

接到方雨馨的电话时，许希哲正在武汉的亲戚家吃饭。据她所说，她连饭都来不及咽下，立刻驱车赶回康城。

"干吗那样着急？"

"怕呀！路上有好几十公里，再加上红绿灯、堵车，总得花掉个把钟头的时间吧？你这人，消失了那么久，突然冒出来，多么稀罕的事啊！我真怕，怕我一个迟疑，你又从人群中消失不见！"

雨馨大为感动，张开双臂，拥抱了这位少年时的密友。

"哟，你胖了，肩膀上的肉这样厚，虎背熊腰嘛！"

"哎哟，您老人家再笑一个，啧啧，眼角皱纹可以夹死一只大苍蝇了。"

她们像中学时代一样，互相嘲讽着，笑得流出了眼泪。

这是农历大年初六，阳光明媚，温暖如春。方雨馨在街上闲逛时，偶然发现了一家照常营业的咖啡馆，便走了进去。

和梧桐街的"许愿树"咖啡馆不同，这里是一家典型的具有康城特色的咖啡馆：以咖啡为名，卖各种饮料、点心和简餐，咖啡却只有区区一两种，甚至有可能只有一样——雀巢速溶。

店堂很窄，在户外明亮阳光的对比下，店里的光线显得有些暗淡。雨馨随便看了看，除了一个弧形的玻璃橱柜，以及与之相连的收银台，店堂一楼所余空间，几乎全被一架旋转上升的楼梯给占据了。

"楼上有座位吗？"她问低头看手机的收银小姑娘。

"有。这里先点餐买单。"

雨馨看看餐牌，她并不渴，但还是点了杯美式，付钱后拿着号码牌，沿着狭窄的木质楼梯走上二楼。

跟一楼的逼仄相比，楼上算得上豁然开朗。阳光透过落地玻璃橱窗照进来，光线明亮。有波纹褶皱的白色窗帘、圆形小餐台、零散几桌客人，配合着耐听的英文老歌，颇有小资情调。

咖啡馆并不小，估计一楼除了她刚才看到的，还有一部分隐藏起来，用作厨房和储藏室。

雨馨在靠窗处坐下，阳光打在她的肩膀上，暖洋洋的，很是惬意。没过多久，侍者端着托盘，将她要的咖啡送了过来。

她呷一口咖啡，味道不错。她听到邻桌几名时髦漂亮的女郎的笑声、说话声，听到她们提及康城一中，便取出手机，毫不犹豫地拨通了许希哲的号码。

　　一小时后，她就在这里见到了暌别九年多的老友。

　　许希哲用了半个钟头概述她这九年的生活：结婚、生子、离婚、为争夺儿子的抚养权跟前夫打官司……

　　"真没想到我这辈子还会上法庭！生活啊，就是一场又一场的狗血剧。"

　　许希哲笑着叹了口气，"你呢？不消说，你躲着不见老朋友，已足够说明问题。说点儿开心事吧！比方说，有没有遇到可爱的他？你看你在笑，你笑得好甜蜜！来，说给我听听，让我也为你高兴高兴吧！"

　　相比九年前，许希哲至少胖了十五斤，目光也失去了从前的明净，添了几分沧桑。但她依然很美，眉眼俏丽，妆容精致，一头短发修剪得极其精美，在耳边留下一个优美的弧度。

　　方雨馨看到许希哲左耳耳郭靠近耳垂处的一颗黑痣，心中微微一动，环顾四周，忽有身在梦中之感。

　　"这得从一场梦说起，从这个咖啡馆，从你开始说起……"

　　手机响起来，打断方雨馨的故事。冯城的头像出现在手机屏幕上，许希哲兴奋得大叫起来："哇！好帅，好阳光！你在飞机上遇见的人，肯定是他！"

　　方雨馨感到浑身发烫，抓起手机，接听了冯城的电话。

　　"你在哪里？我已经在康城了，开着车满城找你。"

　　"我在……"

　　方雨馨把咖啡馆的地址告诉冯城，刚刚挂断电话，楼下便传来喧哗声。

"我这条小狗决不会乱咬人，也不会到处撒尿，我保证！"

"不行，本店不能携带宠物……"

方雨馨听到熟悉的"汪汪"声，是杉杉！

"希哲，希哲，快，使劲儿掐我一下，这不是在做梦吧！"

许希哲却没有掐她，而是目瞪口呆地望着楼梯口。

冯城抱着杉杉，笑嘻嘻地看着方雨馨。在冯城身后，站着一名容貌端丽的中年妇人，那是冯城的母亲，也是为宋若雨接生的程菲。

方雨馨听到老友在她耳边喃喃低语："我懂了，故事刚刚开始。"

方雨馨挺直脊背，看着冯城和程菲，嘴角上扬，绽开一朵笑容。

没错，一个故事结束了，另一个故事刚刚开始。

新故事里，她是一株挺拔的水杉。